U0608949

沙冬青

纪中玉 著

黄河出版传媒集团
宁夏人民出版社

图书在版编目（CIP）数据

沙冬青 / 纪中玉著. -- 银川：宁夏人民出版社，
2022.12
ISBN 978-7-227-07783-1

Ⅰ. ①沙… Ⅱ. ①纪… Ⅲ. ①散文集 – 中国 – 当代
Ⅳ. ① I267

中国国家版本馆 CIP 数据核字（2023）第 016650 号

沙冬青　　　　　　　　　　　　　纪中玉　著

责任编辑　管世献
责任校对　陈　晶
封面设计　姚欣迪
责任印制　侯　俊

黄河出版传媒集团
宁夏人民出版社　出版发行

出 版 人　薛文斌
地　　址　宁夏银川市北京东路 139 号出版大厦（750001）
网　　址　http://www.yrpubm.com
网上书店　http://www.hh-book.com
电子信箱　nxrmcbs@126.com
邮购电话　0951-5052104　5052106
经　　销　全国新华书店
印刷装订　宁夏银报智能印刷科技有限公司
印刷委托书号　（宁）0027067

开本　787 mm×1092 mm　1/16
印张　19.5
字数　290 千字
版次　2023 年 8 月第 1 版
印次　2023 年 8 月第 1 次印刷
书号　ISBN 978-7-227-07783-1
定价　40.00 元

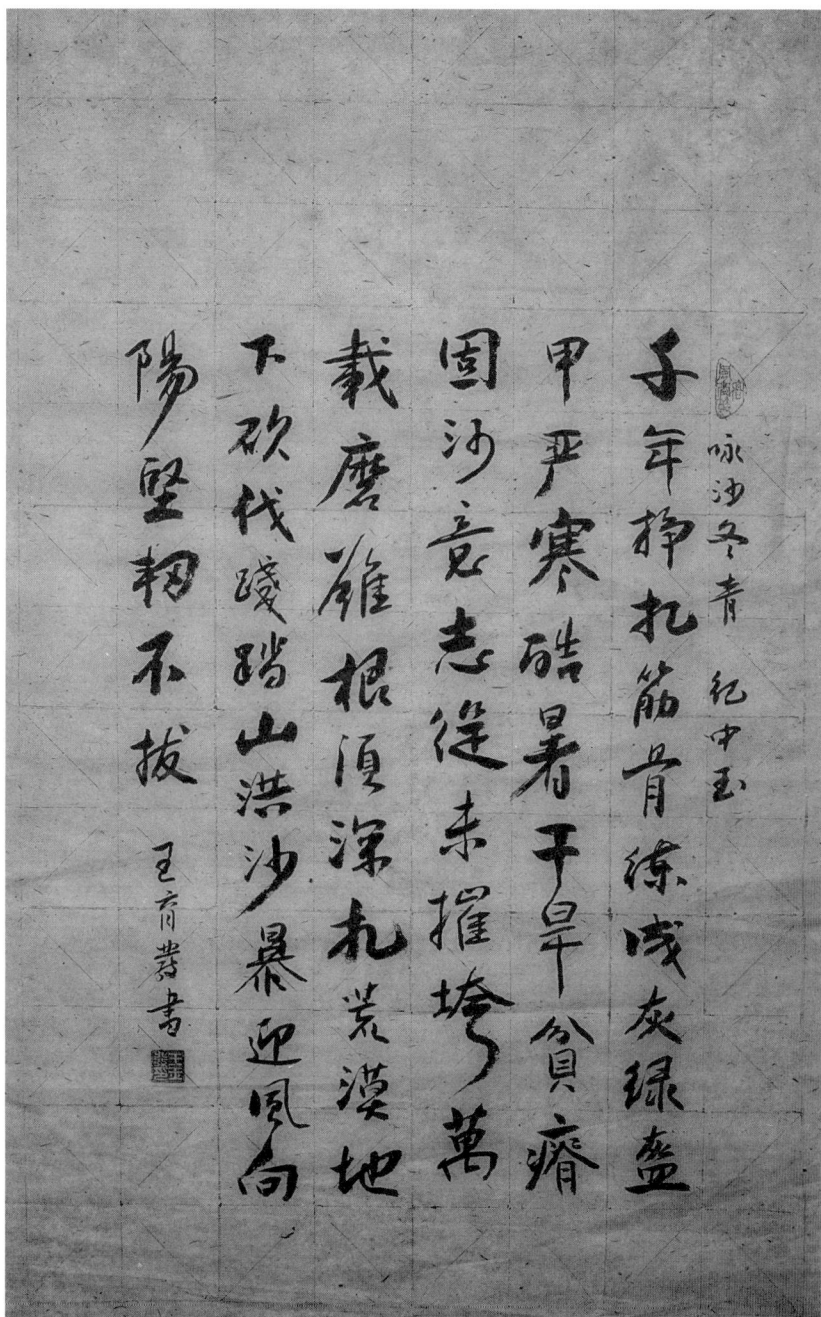

咏沙冬青　纪中玉

千年挣扎筋骨练戎绿盘甲严寒酷暑干旱贫瘠固沙竟志从未摇垮万载磨难根顶深扎荒漠地下欢代瑷珲山洪沙暴迎风傲阳坚韧不拔

王育发书

王育发（本书作者舅舅），吴忠市文化馆书法馆员，吴忠市回族文化艺术协会副会长，书法作品在全国多次获奖。

腾格里毛乌素金花银菓四季秀

昂首迎风固沙丘抗严寒战酷

夏沙暴袭击任砍伐岁月艰

难根保洁治沙人英雄汉繁育

冬青绿荒山黩奉献百世传

红龙先生再咏沙枣青 雪宝 诗

马雪宝，灵武市人民医院党办主任，酷爱书法艺术，作品在全区乃至全国多次获奖。

晚香枣翠云

清节凌晚香清节凌云

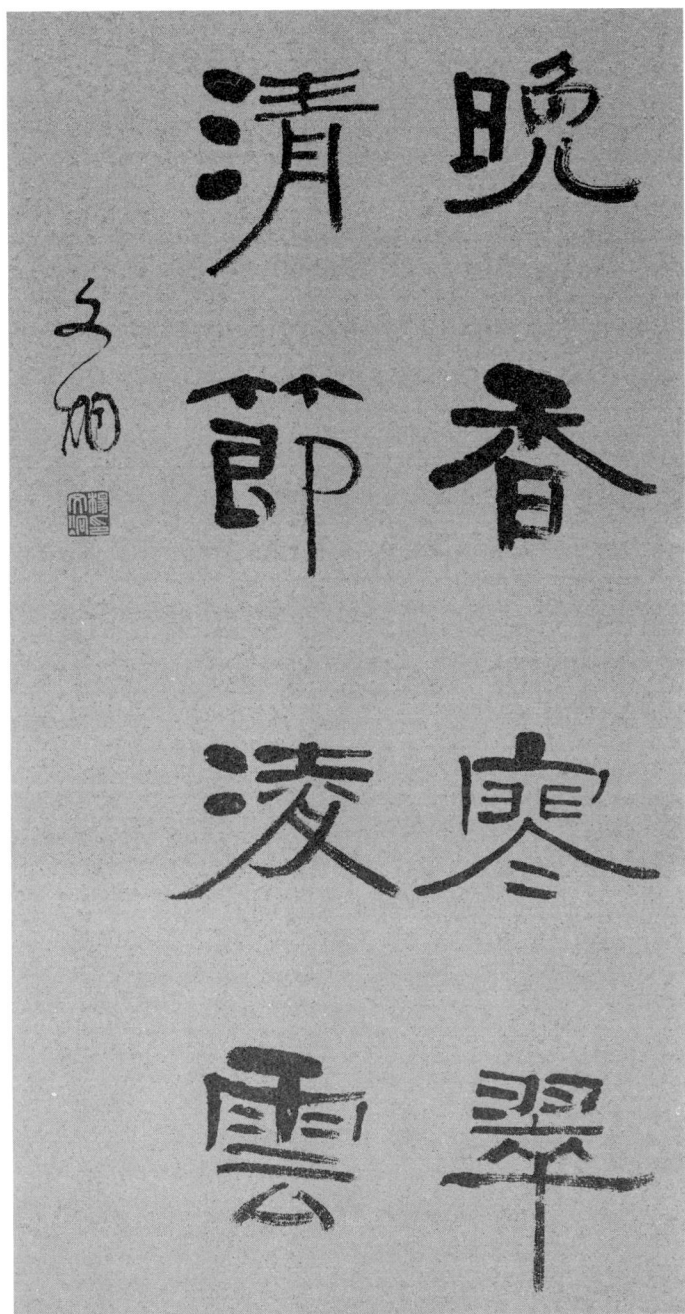

杨文炯（本书作者学生），灵武市政协主席。

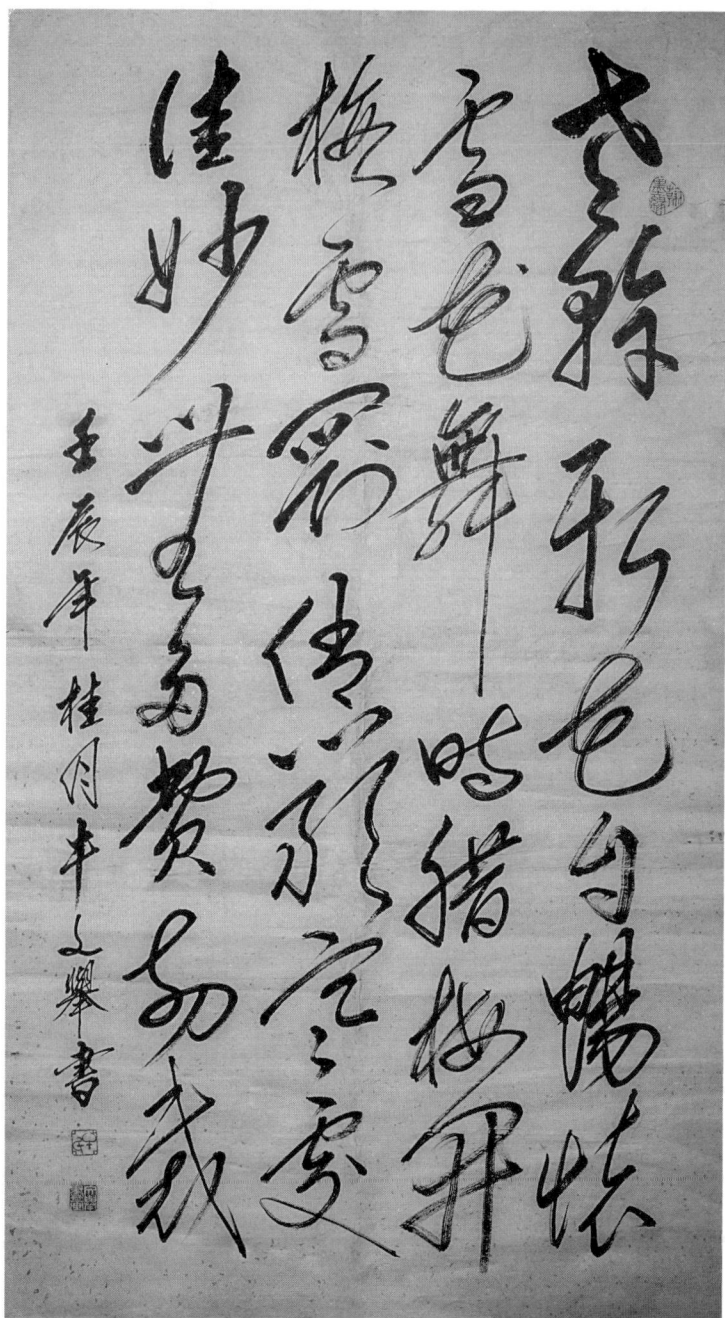

牛文举（本书作者吴忠师范同班同学），吴忠市老年书画协会主席。

七十立言犹未晚

闵生裕

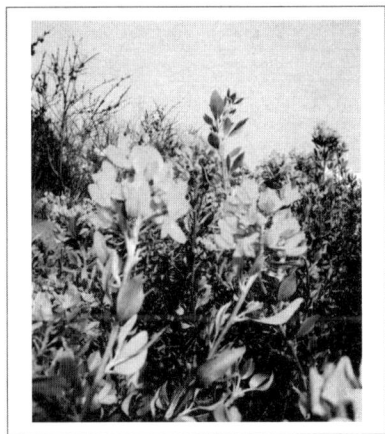

　　某一天，我收到一封信，收纸质来信之于我，也是久违了的事。寄信人是与我素昧平生的灵武的纪中玉先生，纪老今年七十一岁，和我爹同庚。他准备出一本书，要请个名家作序。我非名家，但一个长者对文学的热情与执着打动了我，不忍拒绝。为长者作序，我或不胜任，但是，认真拜读后写点感受是可以的。

　　于是，纪老将《沙冬青》的电子版发给了我。老实说，这本厚厚的书稿在编排和内容的取舍上，不尽如人意，甚至里面收的部分作品也有点泛、有点杂。文如其人。他的文章中总有一个真实的自我。从中也读出作者的性情和人品。纪老的书里记录了自己许多宝贵的人生经历，书写了许多人生感悟。这对我们晚辈来说，绝对受益匪浅。我对这位执着的回族老人心存敬意。建议他去粗取精，文字上进一步打磨，让这本书更加有模有样。

世事洞明皆学问，人情练达即文章。七旬老人立言，当有一份从心所欲不逾矩的从容。纪老毕竟不是科班作家，他一直是一个文学爱好者。公允地说，纪老的文字无多技巧，语言朴拙并不华丽，甚至非常原生态。他平凡而真实地生活着，朴实无华地书写着。就写作姿态而言，纪老是一个真正的文学草根。正如他自比的沙冬青，有平民情怀和草根情结。写陈年旧事，写家长里短。他是历史的忠实的记录者，是生活的原生态的书写者。他的文章充满了乡情野趣。充满了豁达乐观的智慧。许多待人处世的方法，归结起来都堪称"平民哲学"。

纪老有大量文字写乡土人情、写世道人心。在《"收听"里的风波》一文中，作者写自己年轻时，凭着对物理常识和无线电知识的挚爱，动手制作了一台矿石收音机，并在他家的烟囱上安了天线，被父亲发现后一顿毒打。当时正值蒋介石叫嚣"反攻大陆"，若被扣上"美蒋特务"的帽子，跳到黄河里也洗不清。在"文化大革命"时期，他的信条是"紧睁眼慢开口，思思想想往前走"，所以，他始终保持着清醒与冷静。在任学区校长时，有人举报两名教师偷听"敌台"的事。他奉行的做人原则是"宁伸扶人手，不张诌人口"。没有上纲上线，本着治病救人的态度，妥善处理。在那个人人自危的年代里，他的仁宅厚心以及处理问题的方式让人敬佩、令人感动。

《横城古渡给了他新生》一文中记述了自己的父亲被马鸿逵抓了壮丁，逃至横城古渡被一位汉族老船公送过黄河，逃过一劫。当父亲感激涕零时，老船工说："无论什么情况下都不能说出我渡了你。"这是一段关于回汉民族团结的佳话。即使在那个乱世，即使彼此民族不同，但是，人们内心秉持的道义和善良是一致的。《一条羊腿》是个有点传奇的近乎黑色幽默的故事，作者当年手中有点小权，自己原工作过学校的一个学生想让其推荐上中专而送了他一条羊腿，当时他不在家。回到家后，一边剥苤苤草的父亲不无挪揄他说"俺们的儿子也能吃人了"。父亲又警告说"鲇鱼上钩，吃了眼小的亏"。于是他辗转将这条羊腿退给了送礼者。生产队队长竟然从这条羊腿顺藤摸瓜，破获了一桩偷羊案。当然，从中我们觑见了纪中玉先生良好的家风和耿介的为人。

应该说纪中玉先生是一个经验写作者，他的文章最有生活气息、最接地气，乡谚俗语信手拈来。比如回族群众相牛马有一套，相人也有招儿。我们说相由心生，有时老人凭对他人仪态的经验，作出相对稳妥的判断。比如说"男看一张嘴，女看两条腿"。比如，宁嫁个"翻眼猴"，不嫁个"绵羊头"。如"正月公鸡二月猫，三月叫驴满滩嚎"，说的是动物发情的规律。"人面不熟烟搭腔，化解难题酒出力"说的是世俗社会的烟酒人情文化。这些都是劳动人民在生活中总结的民间智慧。

除了传统而正直的家教家风外，纪老先生还描写了回族群众纯朴善良、智慧宽容的本色。言及宰鸡宰羊、腌菜拌醋，他如数家珍，头头是道。说起回族的风味小吃，什么粉汤、羊杂碎、炸糖糕、盖碗茶，每每令人垂涎。另外，本书有对农耕时代的木风箱、铜火盆等老物件的记述，今天看来，这些已经完全消逝于现实生活中的东西早已是非物质文化遗产了。再如他向农民学习茄子打杈、韭菜移栽技术等等。作者写的是农桑之事，向我们展示的却是一幅幅塞上乡村的风俗画，读来让人倍感亲切。

读书，看你读什么？读这样一位长者的书，仿佛与一位老人聊天，从中获取的是人生趣味和经验。纪老先生是生活中的有心人，留心之处皆学问。他在给族中子弟的家信虽然写得拉拉杂杂，但字里行间语重心长，他不厌其烦地向他们讲为人处世的道理，传承优良家风。他告诉孙女，永远不要轻易接受他人财物，"天下从来没有免费的午餐"，"天下也没有贴面的厨师"，"拿人的手短，吃人的嘴软"。

纪老先生六十五岁开始文学写作，起步有些晚，但是，七十立言，为时不晚。这头伏枥老骥走得坚定，行得执着。中国已步入老年社会，我们常说

沙冬青

老有所为、老有所乐。这是老年人生活的极佳状态。倘若中国的老年人都要像纪老先生这样活得如此淡泊、如此精神，那也是我们这个社会的福祉。老牛自知夕阳晚，不须扬鞭自奋蹄。愿纪老先生健笔如云、笔耕不辍。

　　是为序。

2015 年炎夏

　　（作者系中国评论家协会会员，宁夏作协理事，宁夏杂文学会副会长，宁夏文联组联部主任）

生活在"沙冬青"的境界里

魏　锦

我欣赏年事已高，还孜孜以求的人，这是"沙冬青"的境界。

人生在世，需要经过许多驿站，而到了退休的年龄，离开了工作几十年的岗位，回到了家里，最好的选择，自然是清心寡欲颐养天年。可是如何让 60 岁以后的日子，真正做到清心寡欲颐养天年，并非一件容易的事情。君不见许多人退休之后，回到家里反倒焦躁不安起来，有的甚至身体出了大毛病，惶惶不可终日。

社会学家戴维斯说过："放弃了自己对社会的责任，就意味着放弃了自身在这个社会中更好的生存机会。"纪中玉先生选择了写作。写作使他的退休生活忙碌而充实，丰富而多彩，每当他的文稿在报刊上发表或者获奖的时候，他的精神世界犹如插上了翱翔的翅膀，江河湖海白云蓝天，是那样的纯净与高妙。个中美妙的滋味只有耕耘并且收获了的人才能真切地体验到。以至于这种收获达到了几十万字，准备出书的时候，其丰富的精神溢于言表。

当然，我不是说退休的人只有写作才是最好的选择。旅游、打球、摄影、唱歌跳舞、书法绘画、游泳健身等等，让大脑运转起来，让身体活动起来，有道是："活动、活动，要活就得动。"在活动中，清心寡欲的境界总是能够找得到的。

纪中玉先生的散文集取名《沙冬青》。这个名字好。用他自己的话说，文章里的人物、事件，大多都寓意着"沙冬青"这种高寒荒漠地区唯一四季常青的沙生植物的真性情，即不怕严寒酷暑，不怕干旱贫瘠，面对生生死死的厄运，昂首挺立，依然坚守防风固沙的信念。同时，作者大半生以"沙冬青"的精神自励，期望自己的晚年贡献出更多的精神食粮。我欣赏！他的散文接地气。《金堂桥变宽了》《笑着受苦》《马大爷的养殖故事》《马车辖辘的联想》等文章紧紧地扣住老百姓的喜怒哀乐，抒发了对真善美的赞美之情。许多细节来源于自己真实的生活体验，许多思想升华于人民群众对中华民族传统美德的发扬与光大，字里行间构筑着社会主义核心价值观的正能量。尤其是作为一个回族作家，对回族地区人民群众的生活习性、生产生活细节的刻画，充分体现了民族的优良品质，彰显民族特色，颂扬民族团结的主旋律。作者的文章情真意切，爱祖国爱人民爱家乡爱家人的拳拳之心跃然纸上，这体现在他的书信里。给儿子的信，给侄儿的信，给外甥的信。乃至给孙子孙女的信，更是不厌其烦地叮嘱、关照、要求、激励。把人生的真谛告知孩儿们。一位长者的人生历练，教科书一样呈现在他的众多的后辈面前。在信息传递方式如此便捷多样的今天，纪中玉先生的所为实乃令人钦佩。在中华国学热空前走红的今天，人们追忆前人家书，寻求之于心灵的教化作用，在许多地方已经成为时尚。可是能够像纪中玉先生那样，数年来情系儿孙，一封封地写，乐此不疲者，实属罕见。这里不光有情有爱，有期盼，有告诫，还有对手书汉字文稿的无限钟爱与钟情。

纪中玉先生的散文以真实生活为底版，触物咏怀，触景言志，关注现实生活，针砭时代积弊。还有《知道不》《就我也是那个话》等文章，在状物言事、逻辑推理等方面，都给人耳目一新的感觉。

他的文字朴实无华，语言鲜活独到、生动幽默。如：形容农民对土地的感情——"田种十年亲如母"；对一些刊物或电影电视中关于色情的低俗表述，说对青少年的不良影响——"没见过的看着了，不懂的学会了，睡着的兔子踢醒了"；说自作自受——"牛皮做鞭打牛，猴毛做笔划猴"；

说对人生的看法——"每个人都是从自己的泪水中幸福而无忧地走来。在把烦恼的泪水无情地掺和到奋斗的汗水甚至血水的过程中活着。再在自己和亲友的遗憾与无奈的泪水中离去";说对年老的看法——"黄昏也是美丽的,在于它散尽了铅华,停滞了喧嚣,沉淀下的不要说是曾经的灿烂与辉煌,就说释放过的光和热吧,也是值得肯定与欣慰的";说起自己的写作功用——"是我训练思维,增强记忆,启动脑细胞,延缓衰老的有效方法之一"。这些语言来自于大众生活,携带着泥土的芬芳,散发着浓浓的乡土气息,农村、农民、农业的生产生活画卷活灵活现地展现在读者的面前,读来流畅、清新、自然,仿佛要把你带入一个鸡鸣狗叫的烟火人家。在城镇化步伐加快,农村的老房子拆得差不多的今天,这些文字显得尤为可贵。

《沙冬青》近百篇文章,二十多万字,情真意浓。讲故事娓娓道来,说细节如临其境。除去文字表达上的清新自然风格之外,还有一个重要的因素,就是作者对生活的阳光态度和善于观察的能力。比如,"房子闹鬼""老师摸了我的头""制作矿石收音机"等细节的描写,充分体现了作者热爱生活勇于实践的"沙冬青情怀"。

《沙冬青》是一个年过七旬的老人追逐文学之梦的可喜报告,虽然还有些许可以琢璞为玉之处,但他带给了读者不少的启迪,如"始终努力学习,宁可学下不用,别叫用的时候没有","挺起胸脯走路,低下头来做人"……是那么朴素实在而又耐人寻味。同时,也带给我们众多的老年人一种思考——虽已近黄昏,夕阳无限好。盯住一两项个人爱好,愉快地尝试吧!让老年的生活多姿多彩起来。

祝纪中玉先生有更多更好的作品问世。

(作者系中国作协会员,宁夏作协理事,吴忠市原副市长,宁夏社科联原副主席)

沙冬青生长在我心里（自序）

老实说，我是类似蛐蛐一样鸣叫的文学爱好者。通过几年废寝忘食和忙里偷闲的辛勤笔耕，以自己平凡而又较为丰富的阅历，根植于生活，贴近人民；用朗朗上口的群众语言，把多年工作、学习和生活中，自认为新、奇、特的人和事，跃然纸上。说客气点是内容丰富、形式多样，实际上是提篮拣菜、杂七杂八。多数是一些感受，一种思考，一点启迪，一次收获，当属一孔之见。

我知道，任何文稿初次写成时，仅仅是毛坯式的语言文字的堆砌，还不能称其为文章。只有不断地斟字酌句后，才有可能算是文章。我没有"出口成章，下笔成文，一挥而就"的本事，有的只是"铁匠没样，边打边相"。一段一篇地构思，一字一句地斟酌。"事非经过不知难，成如容易却艰辛。"

在撰写的近百篇文稿中，虽多数文稿曾先后被多家报刊采用，且有五篇在区内外获奖，但仍有少部分文稿藏匿在电脑里，"未见天日"。

"丑媳妇不怕见公婆"。为了全面展示文稿的"庐山真面貌"，在更广的范围内"晒一晒"——接受更多的读者横挑鼻子竖挑眼，甚至吹毛求疵的评判。我清除了鲁迅先生曾严厉批评过"生不下天才,就不要生,写不出不朽之作,就不要写"的"流产与断根"的错误思想。因此有了出书的想法。

和大多数出书人一样,想请一位名家作个序,他却以"忙"为由推了……恩格斯曾经在《致约·布洛赫》一文中说过:"任何一个人的愿望,都会受到任何另一个人的妨碍,而最后出现的结果,是谁都没有希望过的事物"。依靠某位名家的涂脂抹粉式的褒奖来增光添彩,一是需要,二是情理之中,但这毕竟是人为的"外包装"。文章还是要靠本身的内在质量吸引读者,"酒好不怕巷子深"么。

既然要出书,自己便袒露心扉,诉说衷肠。我是怎样走向文学创作之路的?为什么又要写文出书?这在《我不能害你》和《我的文学梦》两篇文稿中已有明确的表达。"文章千古事,得失寸心知",这里就不再赘述。

人活七十古来稀。如今,造物主给我的生命时限,进入倒计时。作为一介凡夫俗子,回首往事,依然是思绪万千,心潮起伏,百感交集。诚然,百花凋零,剧场谢幕,难免使人伤感。但是,凋零的背后不应该都是死亡。谢幕的前面总有高潮迭起的尾声。在我看来每个人都是从自己的泪水中幸福而无忧地走来。在把烦恼的泪水无情地掺和在奋斗的汗水甚至是血水的过程中活着。再在自己家人和亲友遗憾与无奈的泪水中离去。这就是自然法则,概莫能外。"从心所欲,不逾矩"之年,还在不断地写作,不是一个"不识时务的二百五",也是一个"死不改悔"的"走字派",惹人耻笑和非议在所难免。

应该说,黄昏也是美丽的,在于它散尽了铅华,停滞了喧嚣,沉淀下的不要说是曾经的灿烂与辉煌,就说释放过的光和热吧!这值得肯定,值得欣慰,值得书写,值得点赞。

然而,笑归笑,议归议,干,还是要干。人往往是在众多人的品头论足中活着,特别是向往出人头地的人,更是被闲言碎语淹没的对象。评论也罢，争议也罢，它左右不了一个真正有理想人的生活习性和爱好，以及价值取向和追求。

常言说"娃娃不要惯，老人不要劝"。老人往往以自己见多识广而不听劝告。生活中的我，却是眼观六路、耳听八方、集思广益、博采众长的豁达之人。可在文学创作上，我不但是固执己见，而且是执着痴迷。对于我来说，过去爬格子，现在敲键盘，已经由不自觉变成自觉，由嗜好形成习惯。这不只是为逐步实现自己的梦想而努力，更是我训练思维，增强记忆，激活脑细胞，延缓衰老的有效方法之一。

作为一名回族作者，我的文稿中，有一部分是把回族人的一些独特的且优良的生活习俗，通过自己的感悟付诸笔端，这无疑是对回族优良传统的记录和传承，便于兄弟民族更深入地了解、借鉴、学习和宣传。从而为回族与各兄弟民族"交往、交流、交融"更紧密地团结再助一臂之力。

确切地说，我的文稿中关注的是老百姓的喜怒哀乐，倡导的是平民哲学。没有《阳春白雪》闲中肆外之作，多是《下里巴人》的《小放牛》之文。文中没有惊天动地的豪言壮语，却是来自灵魂深处最真实的人生感悟，可以说是有一点震撼魂魄的心灵鸡汤的味道。

在整个撰写过程中，我始终把坚持主导思想的正确性，喜闻乐见的群众性，"不浪费读者时间"的可读性，别开生面的知识性，耐人寻味的趣味性，当作选材和撰稿的原则。殷切希望能给阅读者一阵感动或一些启迪，一点提醒，或几分思考。岂能尽如人意，但求不愧我心。

把书名定为《沙冬青》，是沙冬青无论在什么样的环境中，四季常青，永不变色的操守不走样。坚持防风固沙，绿化大地的信念不动摇。尽管有人讥讽它终不成才，而在我看来：作为一个终身奉献人类社会，而又在众多沙生植物中独树一帜的物种，是永远值得保护、尊崇和赞扬的。

我钟爱沙冬青，赞扬沙冬青，学习沙冬青，沙冬青永远生长在我心里……

2021 年 5 月 30 日

目 录

沙冬青的情怀

在那寒风呼啸的沙丘里，在那干旱少雨、酷暑难当的山坳中，沙冬青以它固有的本色傲然屹立，恪守着防风固沙的天职，实在是难能可贵。

沙冬青，是宁夏境内唯一土生土长的四季常青的灌木（本地人称冬青）。它茂密的枝叶，浅绿中略显青白的颜色，使它在众多的沙生植物中鹤立鸡群。一心向上，生机勃勃，枝叶紧紧靠近，"团结一枝"，是沙冬青对外的形象。远远望去，有时活像灰茸茸的"小榕树"，有时又好似银灰色的"大蘑菇"。

多年生的沙冬青足有 1.5 米之高，占地 2 平方米左右。一棵沙冬青长有无数枝条，往往是大枝条上簇拥着不少的小枝条，小枝权中又冒出来几根大枝条，给人以"新枝葱郁老枝翠，笑傲风寒自无畏"的意境。

沙冬青枝干柔中有刚，发达的根系植入大地最深处可达两米，以此维系着它长生不死的生命。除却人为的砍伐，一般很少见到沙冬青彻底死亡的"尸体"。沙冬青无论是刚刚出土的，还是风华正茂的，抑或是暮年气衰的；无论是生长在沙海的旋涡里，还是在肆虐的沙暴中，被掩埋得仅露出末梢，被炎炎烈日炙烤得九死一生的；无论是生长在杂碎的卵石中，被无数次的狂风吹得东倒西歪，根部裸露几十厘米的，还是置身在大小沟岔里的石缝中，任由山洪冲刷，卵石击打的……春夏秋冬，沙冬青始终如一，依然顽强地生长，努力挺拔，奋发向上，似乎它从不抱怨大自然的无情和不公。永远固守不变的是它那浅绿中略显青白的颜色。这是沙冬青长年累月与大自然的搏斗中锻造出来的特性。

每当清明节来临时，在那久旱无雨的荒漠里，在那绵延起伏的山梁上，在那百草刚刚苏醒，还在打扮自己的嫩芽绿叶时，沙冬青已经第一个开出一串串金黄色的蝶形小花。这一串串金黄色的小花夹杂在沙冬青的枝叶间，好看而不喧闹，耀眼却不张扬。花期一直延续五十多天，给人留下了"俏也不争春，只把春来报"的美好印象。

千百年来，沙冬青正是因为它枝叶中含有生物碱，性温有毒，才避免了被牛羊等牲畜啃食的劫难。然而又因它易燃烧，"有油性，火力旺"的特性，在那缺少柴火的年代里，被当地人当作取暖烧饭的首选，从而招来被大量砍伐的杀身之祸。现在存活下来的沙冬青，也只能是在那些远离山庄，行走困难的所谓"撇边摺洼"的荒漠里顽强生长着。

沙冬青在防风固沙中，以枝条茂密、根系发达、生命力旺盛、抗旱、抗热、耐寒、耐盐、耐风蚀沙埋、耐贫瘠的特性得到了充分的发挥，它四季常青的特性，为城市园林、道路绿化增添了一道道新的亮丽的风景线。

一个冬天的早饭后，因为急着要找一个人，我不顾刺骨的寒风，骑摩托行驶在毛乌素沙地中的一个叫猪头岭的便道上，展现在眼前的是满目黄沙，百草枯萎，一片荒凉。骑着，骑着，蓦然，一棵棵不畏严寒，傲然生长，充满勃勃生机的沙冬青闯进了我的视野，这使我惊喜和激动，给我一种鼓舞和力量。

　　然而，令我更加激动，更加钦佩，更为惊叹的是，不远处，固沙林场的工人们正冒着零下十七八摄氏度的严寒，用麦柴在一座座沙丘上栽栅一米见方的草方格。据说这是宁夏治沙人独创的固沙"妙方"。近年来，他们在毛乌素沙地里栽麦草方格累计四十多万亩，并创造性地在方格中成功地栽植沙生植物，不但有效地遏制住了沙漠的扩张，还使沙漠中有了绿色。看着对面被千千万万的草方格锁住的沙龙，我被林场工人这种"冬战三九，夏战三伏"，长年累月为改变生态环境而吃苦执着的奋斗精神所震撼。

　　值得欣慰和庆贺的是，宁夏灵武白芨滩国家级自然保护区的科研人员，经过近二十年艰苦不懈的努力，终于攻克了人工繁育沙冬青幼苗并适时带土移栽的道道难关。这项技术为沙冬青大量的人工种植提供了技术支持，防风固沙工作迎来了前所未有的春天。

　　我赞美沙冬青，不仅是因为我钟爱沙冬青，更重要的是它无论在怎样的环境中永不变色的特性和防风固沙的情怀，这正是宁夏治沙人的真实写照。

沙冬青的传说

很久很久以前，鄂尔多斯台地的西边，一个被称作面子山的地方，零零星星生长着芨芨草、沙蒿、刺蓬、麻黄、老罐头、牛筋条、猫耳朵……唯独没有冬青（本地人称沙冬青为冬青）。面子山西边，就是塞上江南的银川平原。平原紧挨面子山边上住着一户农家。老两口生有三男一女，除了种几亩薄地外，还兼做豆腐生意，生活中克勤克俭，日子过得还算殷实。随着时间的推移，大儿子、二儿子相继结婚，女儿也出嫁了。老汉为了不使家庭矛盾闹出"声响"，决定让大儿子、二儿子分开另过。他把家里所有财产分成四份，即三个儿子各一份，老两口一份。大儿子、二儿子觉得应该是"三有三剩一最为合理"，鉴于老汉的威严，哥俩只是私下嘀咕了一阵，敢怒不敢言。家就这样分开了。

刚分开家时，老大、老二还能尽点孝心，经常过来看一看，家里有什么活帮助干一干，自己家里有什么好吃的还送一点给老爹老妈。实际上却是老妈帮老大老二带着孩子，如果不是带孩子，这份孝心有没有也就很难说了。

后来，三儿子娶了媳妇，有了孩子。老大、老二的媳妇首先就没了那份孝心，倒是多了几分嫉妒心。他们总认为："天卜的老，向着地上的小。老两口为小儿子扒光阴，送去好吃的，老人舍不得吃，全都给了老三的儿子……"此时老大、老二送点好吃的次数已是寥寥无几。老两口也隐隐约约察觉到了他们的反应，感到很委屈，便说："八十岁的老人门前站，一天不死吃碗饭。有时帮老三操操心，不是为他扒光阴，而是为自己吃喝体面些罢了。谁要是认为给老三扒光阴，我们老两口就随谁过，给他也扒一扒……"大媳妇、二媳妇一听这话，一个个像猪吃花椒——气闭了。私下咒骂道："谁要那两个老不死的……"妯娌俩再也不提给老三扒光阴的话了。但是，那种不满甚至是嫉恨的情绪有增无减。毕竟是"猫老不毙鼠"，随谁过的说辞也只能是说说而已。

几年后的一个严冬，老汉突然患病，还没来得及请医生救治就走了。办完丧事，妯娌最先赤膊上阵，接着妇唱夫随，一些家长里短，鸡毛蒜皮，是非曲直，一下子从私下变成公开，吵得天昏地暗，争得你死我活。老汉走了，没了主心骨，家里也就没了"镇菜的石头"，群龙无首，各说各有理，谁也不服谁。万般无奈下，老太太找来娘家兄弟——儿子们的舅舅。舅舅起先说了一阵，似乎没有从根本上解决问题，只是杀了杀那股嚣张的气焰。最后他斩钉截铁地说："你们弟兄三个，妯娌三个，只知道，'弟兄分家比钢硬'，忘了'孝顺父母比天高，家有贤妻比地深'的古训；做儿女的就是要对得起父母的养育之恩，对得起自己的良心，要知恩图报，对得起亲友和左邻右舍——社会舆论，给自己的子女做个好榜样，留个好印象，也为自己留条好后路，不然，就白搭了一张人皮……"舅舅掷地有声的劝解，不，应该是批评，或者说是咒骂，才算平息了这场无休止的争吵。深受启发的老三驳斥了媳妇"妈，是三个儿子的妈"的自私说辞，当众表态："母亲含辛茹苦养育了我，无论生活怎样艰难，吃稠喝稀我都会把母亲养老送终。哥嫂你们放心地忙自己光阴去吧。"这一语双关的说辞使哥嫂们脸上像打了屎巴掌一样尴尬而扫兴地离去。

家里唯一的一头毛驴被老二"借"去磨豆腐，老爹在世时，老二总是推三阻四，要不回来，现在更是无望了。没有驴驮炭驮柴，老三只能靠双肩从六七里之外的山里背来沙蒿柴，既要做饭，又要烧炕，日子过得捉襟见肘。屋里总是冷冰冰的，唯有土炕上有点温度。老妈隔三差五感冒，咳嗽声一声连着一声，喉咙里像拉着毛绳一样。不思茶饭，面容憔悴，整天唉声叹气，不时自言自语地叨咕着她的老伴留下的一句俗语："儿成双、女有伴，夫疼妻、妻疼汉，丢下老狗（妪）没人看。"老三隐隐约约听到老妈的叨咕，心里像刀绞一样难受。他心急如焚却又束手无策。

一个偶然的机会，听人说山里的麻黄能治疗咳嗽。他如获至宝一般，起了个五更，带些炒面、水，以及绳子和镰刀，只身来到几十里外的面子山里采割麻黄。由于寒冬腊月，长麻黄的地方，有的被羊只啃食得只剩下根了，有的地方也被秋天采药的人割了个精光。他翻山越岭，不辞劳苦，在荒漠中苦苦寻找，乏了坐在沙梁上歇一歇，渴了喝几口葫芦里的冷水，饿了吃几口炒面。找呀，找呀，带来的水喝光了，炒面还有一点，可是无水难以下咽。他已经是饥肠辘辘、筋疲力尽了。眼看着太阳快要落山了，仍然一无所获，他想回去。可是，老妈剧烈咳嗽时痛苦难受的身影在他脑海里不时浮现，使他欲罢不能，于是，他决心继续往前走。

走呀，走呀，功夫不负有心人。终于有幸遇上了一位放羊人，他诚恳地向其诉说了自己母亲的病情和为给母亲治病需要割些麻黄的急切心情。放羊人问了问老三的家境，又看了看已晚的天色，被眼前这位年轻人的孝心和执着精神深深打动，把自己曾经发现"谁也不能说的秘密"，准备开春收割了喂下羔母羊的麻黄地点说给老三。在放羊人的指点下，老三翻过几道山梁，在一个隐秘的沙旋里找到一片一丛挨一丛、生长得非常茂盛的麻黄。他欢喜若狂，好像这麻黄是专门为他长下的。看着一丛丛经过霜杀后的褐灰色麻黄，他从内心里感谢那位放羊师傅的慷慨和无私。要不是他的指点，是绝对找不到这里来的。他听说过这种经过霜杀的麻黄药用成分最全，治病效果最好。他憧憬着母亲喝了麻黄汤，咳嗽减轻后微笑的画面。浑身涌来的劲头替代了饥渴与疲乏。他要把这一片麻黄全部割下来，背回去不仅给母亲煎汤喝，还要送给左邻右舍那些感冒咳嗽的长辈喝。

割呀，割呀，不知不觉太阳落山了。沙窝里很快显得黑黢黢的有些瘆人。一会儿，又刮起了西北风。老三知道太阳落山的地方就是家的方向。

他赶忙把散放的麻黄收拾起来捆好，搭了个双肩，背上足有七八十斤重的麻黄，向西边走去。风呼呼地刮着，他迎着风吃力地前行着。起先他想"黄风怕得日落"，风会马上就停的，可是风越刮越大，沙子迷得眼睛都睁不开。他立马意识到：唉，那可能指的是春天，这是冬天呀。他每前进一步都使出吃奶的力气。此刻他已经辨不清方向了。走啊，走啊，饥渴、劳累和风沙使他再也无力前行了。一个趔趄倒下了，任凭他怎样挣扎，一直没有翻起来……

家里，母亲一边不停地咳嗽，一边眼巴巴地朝着老三归来的方向瞭望着。三媳妇更是坐立不安，一直等到天亮，还是不见老三的踪影。母亲让三媳妇喊来了老大、老二说明情况。老大心想："是不是遇上狼了？"但是他转念一想，老三身强力壮又拿着镰刀，不会的。老二猜测："是不是在哪个羊圈上过夜去了，再等等看。"一直到中午，还是不见老三的人影。母亲像疯了一样不停地哭泣，不停地咳嗽。全家人像热锅上的蚂蚁进出无序，坐立不安。无奈，又找来了女婿。老大、老二、女婿三个人合计了一阵，一块儿急匆匆地向面子山里走去。

他们找遍面子山上所有生长麻黄的地方和几处羊圈，都没有老三的踪影和消息。老三会不会遭遇不测？这个疑问在老大、老二内心深处都闪现过。但是，这不吉利的话谁也不愿说出口，只是心急火燎，脚步越走越快。走着走着，在一道向阳的山坡上，碰到一位放羊人，说明情况后，放羊人恍然大悟：想起昨天下午，曾给一位小伙子提供沙旋里生长麻黄的事。根据其指示的方向，老大、老二终于在一个沙窝里找到了老三。可是，老三身上还背着那捆麻黄，蜷缩的身体已被沙子掩埋了一半，嘴角、眼角、鼻孔、耳朵都塞满了沙子，脸和手脚都被冻得紫青紫青的。老大、老二看着同胞兄弟为给母亲治病，竟然被风沙夺去了生命，不禁嚎啕大哭，泣不成声，老大抱起老三的头紧紧地贴到自己的胸口上焐着，焐着，似乎要把老三焐活一样，眼泪像断线的珠子滴在老三的嘴唇上。老二一边揉搓着老三僵硬的四肢，一边撕心裂肺地呼喊着："老三冻青啦！老三冻青啦！冻……青……啦，我的好兄弟呀……"

老三的突然离去，使老大、老二的心灵受到强烈的震撼和无声的谴责，复苏的敬老爱老之心使哥俩争着要把母亲接到自己家里去养老。母亲悲伤而又气愤地说："老三走了，留下这孤儿寡母谁来照看？你们谁家我也不去。""百孝顺为先。"此时此刻从舅舅嘴里说出来更显得严肃和庄重。哥俩当众承诺负担母亲今后生活的一切费用……

但是，母亲说啥也不喝三媳妇煎熬的麻黄汤。麻黄汤本来颜色有些发红。母亲总认为那是老三的生命汤，血肉汤。后来在众亲友的再三劝说下，她紧闭双眼，勉强喝下了药汤。咳嗽病逐渐好转了。可是她脑海里始终浮现着老三被冻青而僵硬的尸体形象。嘴里像念咒语一样，一个劲地絮叨着："冻青，冻青，我的儿呀……

第二年春天，就在老三被沙埋的地方，长出了一种人们从来没有见过的银灰色叶子的植物，不久又开出一串串金黄色的蝶形小花。冬天来了，这山上所有的草木都枯萎了，唯独这种植物仍然不落叶，银灰色的枝叶在凛冽的寒风中显得更加生机勃勃、妩媚动人。人们以为是老三冻青后的化身，称这植物为"冬青"。从此冬青在这面子山的一些角落里安身立命，繁衍生息。就是在那青黄不接、干旱少雨的"草荒"时节，冬青依然生机勃勃。上山觅食的所有牲畜，不知是出于对孝子化身的敬重，还是别的什么原因，都不愿去吃食冬青的一枝一叶，这更加增添人们对冬青的神秘感和崇敬感。

老三为了给母亲治病，被沙暴夺去了生命。大地是全人类赖以生存的母亲，沙漠却像恶魔一样，不断地移动，侵袭和祸害着大地母亲绿色而健壮的肌体。作为孝子化身的冬青与众多的沙生植物一道，在固沙林场工人几十年艰苦卓绝地培植和精心呵护下，坚守在毛乌素沙地的每一寸土地上，防风固沙，生生不息，岁岁有绿，这正是大自然给予人类的一种恩赐。

西湖的金马驹

地面上有多少西湖，我不得而知。在我的家乡，就有两处用西湖冠名的湖泊。一处是位于灵武古城西边的西湖，一处是地处崇兴镇西边的旷野中的西湖。两处西湖都没有什么特殊的含义，只是多少年来，当地人因地理方位约定俗成的称谓而已。

我要说的西湖是崇兴镇西边那块广袤的土地。由于沧桑变迁，西湖早已名存实亡面目全非了。但是，人们依旧称它为西湖。

西湖，有多少年的历史已无从考证。我小时候在西湖边放驴割草。那时的西湖，湖水浩渺，水光潋滟，碧波荡漾，蓝天白云在湖水中滚动。偶尔有鱼儿跃出水面，湖面上立即荡起无数的涟漪。

东大沟现状

　　夏天，湖边杂草丛生，葱茏茂密，生机盎然：有大蒲子，小蒲子，芦草，一株香，大三棱，小三棱……湖中栖息着好多好多候鸟，那些鸟的名字也奇怪。有在蒲子丛中无休止地唱歌的麻咋咋（翠鸟），有全身长着黑缎子似的羽毛的章鸡，有在水面上盘旋，全身灰白，脖子上有圈黑毛，嘴角像抹了口红的"乖江哇"（鱼鸥），有体型较大的青装（苍鹭），有腿子特长的"麻姑娘"，有野鸭，有黄雁，有呱呱鸡……每年五月间，湖边聚集着成千上万的癞蛤蟆，那叫声大有地动天摇之威。

　　西湖的湖水，主要是新中国成立前农民粗放耕作，种地只灌不排，那些弯弯曲曲的支渠的退水和农田的排水都聚集在西湖里。夏天湖面就大了，水深了。冬天，湖面渐渐缩小，一直到每年的四月底，湖面最小时，只有二三百亩地大小。湖水最深处也不过齐腰深。

　　一九五六年四月，正是农村合作化时期。当时，我已是小学四年级的学生，每天放学后，与小伙伴照例要到西湖边放驴。

　　有一天，来了五个穿制服的人，扛着测绘仪器和红白相间的标杆，还有成捆的一米多长的柳木桩。他们在齐腰深的湖水中测量，打桩。好奇的我们从来没见过这世面，更没见过他们扛的那些"洋玩意"，稀罕得也脱去裤子，光着屁股，两手提起衣襟下湖看个究竟。春末夏初，湖水表层有点温，下面的水冰凉冰凉，瘆得小腿不时抽筋。那些测量的叔叔完全不顾水瘆，一直在水中忙碌着。一个叫"秃哈羔"的小伙伴大着胆子问："叔叔你们干啥着呢？"其中一个帽遮檐向后戴着瞄仪器的叔叔，一本正经且煞有介事地说："湖里发现有个金马驹。"又问："找到了吗？"答曰："刚闪了一下，就不见了。"小伙伴们信以为真：怪不得冒这么刺骨的冰水，一个劲地找（测）呢。金马驹啥样子？有多大？它会跑吗？它有妈妈吗？如果找到能值多少钱？我们怎么没看见？人家有"千里镜"望着了。小伙伴们好像哥伦布发现新大陆，你一言我一语，七嘴八舌争论不休。一时间猜测、憧憬、遐想充满了我们每个人的脑海。

回家后，我趴在门外的艾子棚里——这是我少年时为躲避干扰，独立学习最隐蔽的地方——兴致勃勃而又潜心尽意，把西湖发现金马驹的事，认认真真地写了一篇周记。那会儿，我心里沾沾自喜，憧憬着这抢来的爆炸性新闻，肯定能在我们班周末"周记评讲会"上抢个"头版头条"。届时，老师赞扬式的点评，再加上同学们把刮目相看的目光集中到我身上的一刹那，我会心花怒放。我像做美梦一样预测着这篇周记带来的"轰动效应"……

可谁知，周记本提早发下来了。我兴冲冲地翻开一看，老师用红毛笔美美地打了一个大叉，本子有多大，叉就有多大。我的心一下子从头凉到脚跟，竟然还有同学揶揄我："你这个叉抵我们几十个叉。恐怕我们一辈子也挣不上这么大的叉。"我心里像吃辣子喝了醋，甭提有多难受。

透过这个大红叉，可以想象到：老师批阅这篇周记时，一定是那种"是可忍，孰不可忍"的气愤之情；透过这气愤之情的背后，还可以隐隐约约听到那咬牙切齿的咒骂声——"一派胡言，狗屁不通"。

实际上，孤陋寡闻、充满霸道的老师，这个大红叉扑灭一个稚嫩童心中燃烧的遐想之火，糟蹋了一个善于捕捉信息少年的新闻敏感。

十几天后，正是一年四季湖水最少的时候。我们又一次来到西湖边放驴，展现在眼前的是，全县农民开挖一条由南向北的排水沟，就是现在的东大沟。远远望去，一面面红旗迎风招展，黑压压的人头攒动，人声鼎沸，成千上万的农民工排成几十里的长龙，撂土的，背土的，生机勃勃，热火朝天。土地改革后，翻身当家作主的农民，焕发出来的高涨的生产热情，变成了改天换地的实际行动。

我和小伙伴坐在湖边，仔细观察农民叔叔在近一米深的湖水里挖沟。那时没有女人上工，清一色的男人。由于穷，都没有裤头可穿。干脆穿着补丁摞补丁的裤子，光着上身，弯着腰，在水中捞泥。十几个人围成一个圈，屁股向内，脸面朝外，每人负责一米多长，先从脚下捞泥围圈。稀泥垒不住，容易滑坡决口。农民叔叔们七脚八手堵住决口。泥圈围好了，用锹和脸盆把圈内的水泼到圈外。直到把圈内的水大致泼干，再根据桩号的标示，由前些天说"发现金马驹"的那个叔叔给农民讲解此处沟口面多宽、沟深多少、底宽多少等等。农民按要求往两边撩泥土。一会儿，圈内的六七米长的沟的轮廓就挖出来了。人们再去围圈，泼水，挖泥土。就这样，这伙人一段，那伙人一段，终于把通过西湖中的沟挖成了。西湖不知积攒多少年的水通过东大沟排到黄河里，西湖消失了。

农民这样在水中挖沟的方法，在我脑海里留下永远不会磨灭的印象。长大了，懂事了，每逢回忆起当年农民在西湖水中挖沟时那些记忆犹新历历在目的场景，对家乡父老乡亲所拥有的聪明才智和在生产实践中的发明创造佩服得五体投地。我常常这样想，是谁教给农民在水中那样挖沟？有关的水利资料中是否有此记载？

现如今，崇兴镇的西湖的水面没有了。农田里排出的水，各支毛沟渠的退水，都从东大沟默默地流向黄河。随着科学管水，节水农业技术的推广，

东大沟的水越来越少了。

　　五十多年来的变迁和改造，西湖和西湖四周的滩涂都开垦成了田连阡陌、沟渠纵横、排灌畅通、稳产高产的"吨粮"田，当地农民亲切地称为"精华之地"。这里每年种植的无论是水稻、小麦，还是玉米都是全市长势最好的，真是"田种十年亲如母"。多少年来，区内外参观学习者络绎不绝。市里为了便于生产和参观，特意把横穿田陌的腰带路，铺成了宽敞笔直的柏油路。

　　要论产值，六十多年来，西湖为社会产出的粮食，如果折算成黄金，其价值超过一个、十个甚至几十个金马驹了吧！当年穿制服在西湖中测量的叔叔们，和那些在西湖水中开挖东大沟的父老乡亲，多数早已长眠于西天河（大河子沟）之畔的东山坡了。只有少数也已是耄耋之年，人人按月领取政府发放的养老保险费，在家感受和谐社会带给他们的温馨和幸福。当年在西湖发现金马驹之说，应该是真的。厚德载物，物尽其值，金马驹就是西湖的价值吧！

现如今：西湖变成稳产高产的"吨粮"田

金堂桥变宽了

金堂桥位于古老的秦渠下游的灵武市境内。新中国成立初期仅仅是一座摇摇欲坠的木头桥。

一九五四年，国家在此修建了桥面宽三点四米，跨度为八米的带闸水泥桥。桥的建成提高了水位，有利于渠东农田的灌溉，也便利了渠两岸乡亲们的往来。

斗转星移，时代变迁，由于桥闸位于大路"马蹄形"的顶端，而且又高（桥面高出水面一点四米），活像个拱桥。杜木桥乡曾多次向有关方面请求改道，即把桥向上游移七十多米，为直道。由于种种原因，总是不能如愿。

金堂桥

一九九六年春天，我被分配在该乡的一个村完成包户扶贫任务。一天，村支书领我挨门逐户了解贫困户的情况，来到金堂桥边。当农民得知我是市上派来扶贫的干部时，好奇地一下子围上来问这问那。一位回族农民激动地说："扶啥贫呢？能把这座桥降低几十厘米，加宽几米，就等于扶了多少贫。"接着围观的百姓七嘴八舌，你一言我一语，情真意切地讲述了目睹从这座桥上摔死、淹死、摔伤的一个个有名有姓的行人的肇事经过。我头皮发麻，心里发怵，不由得深深地吸了一口冷气。一位上了年纪的农民动情地说："摔伤一个，马上就是一个贫困户；摔死一个，就是几个贫困到底的贫困户……"我认真听着并作了详细的记录。我问村支书，是否向有关方面反映过？他说："反映过，不顶事。"我说："你可能没找到点子上……"

晚上，我辗转反侧不能入睡。想起古戏出场时的两块仪仗牌——"肃静"（不要乱喊）与"回避"（让开不管）是封建时代官吏的行为准则，或称当官秘诀。我在问自己：难道以全心全意为人民服务为宗旨的共产党人，对人民群众的呼声、人民群众的疾苦也采取"肃静"和"回避"吗？共产党员的党性和良知刺痛了我那"应付差事"的自私神经。细细想来，白天走访过的四户贫困户，只有一户比较贫困，其他三户与当地农户比较，不但不贫困，还是有些富裕的"关系户"。既然是乡村两级上报的，也就不动那个脑子惹那个麻烦了，只好顺水推舟了。但是，农民反映从桥上摔下去那些人的情景一幕幕浮现在我的脑海里。

思来想去，不由得回想起八年前，我曾搭车去同心县的预旺镇，汽车在通过仅有八十多米宽，深达一百二十多米的黑峰沟（苦水河上游）时，竟然用了一个多小时，而且道路弯弯曲曲，坑坑洼洼，险象环生。同去的三位亲戚吓得心惊肉跳，只好半道下车徒步跟在车后。司机师傅"手里捏着一把汗，心都提到嗓子眼"，小心翼翼地驾驶着。我硬撑着坐在左摇右晃的车上，看到一边是被雨水冲刷的黄土质的悬崖峭壁，一边是深不见底的沟壑，让人毛骨悚然。我了解到沟两边集镇的菜价、煤价、柴草价格等悬殊。主要是运输困难造成的原因。回来后，我撰写了一篇《天堑黑峰沟何时变通途》的读者来信，寄给宁夏日报社。据说报社将来信转给自治区水利厅。第二年春天动工，第三年一座气势恢宏的钢筋混凝土大桥在黑峰沟上架通了。此时，我又一次想到党报，一个为人民鼓与呼的念头油然而生。

于是，我又撰写了《险桥丧几命，该谁来过问》的读者来信。在发稿前，我又来到村上进一步核实情况后，把稿子拿到乡上，找领导审阅盖章。因领导不在，我把稿件托付给一位熟人，由他帮助把章盖上。结果章没盖成，反而遭到个别人辛辣的讽刺和刻薄的挖苦。我美美地着了一肚子气，读者来信"流产"了。后来，我才意识到：光凭好心并非就能办成好事，热情替代不了现实。

毛泽东主席"世界上怕就怕认真二字，共产党就最讲认真"的谆谆教诲音犹在耳。我想"世上总有个识货的三爷"，一不做，二不休，一气之下，我到市水务局打问到自治区水利厅的地址和厅领导的名字，把这封"流产信"加了说明后，直接寄给厅长。这时已是小麦灌头水的季节，渠里有了水，桥是暂时不能修了。

秋天，渠里没水了，我又写了一封诚恳而又语重心长的信，给水利厅厅长。后来，听村干部说：厅领导和秦汉渠管理处领导儿次到金堂桥查看，终于做出了"降桥加宽"的决定。

当我再次下乡来到这个村时，看到金堂桥已降低了，并且加宽到六米。一座宽阔而又平直的水泥桥，横跨秦渠，连接着渠岸两边的柏油路。一辆辆机动车、摩托车、自行车安全驶过。人们再也不为桥高坡陡弯急费劲，再也不为桥面狭窄的危险而担忧了。

马车轱辘的联想

不知哪位慧眼识珠、意蕴深厚的决策者，把年代久远的车轱辘搬进了宁夏灵武市二中的校园，摆放在一进校门最显眼的草坪上。绿草茵茵，鲜花朵朵，硕大的车轱辘在百花丛中显得古朴厚重，古色古香，又耐人寻味。它展现着本地丰厚的文化底蕴和悠久历史的沉淀。学生不知它为何物，就连一些青年教师也不知怎样使用。

看着这似曾相识的车轱辘，勾起了我久远的回忆。我一眼就看出它是当年的马车轱辘而不是牛车轱辘。与其说它伴随着我的少年乃至青年一起走来，不如说我和乡亲们曾经拉着木马车沿着乡间那条弯弯曲曲坑坑洼洼的土路，顺着那两条深深的车辙，走过多少艰辛苦难而又刻骨铭心的岁月。

木马车送土粪，拉粮食，这在新中国成立初期的农村以及后来的"大集体"时，是农村最先进的交通工具，比起人背、驴驮要先进得多。"大集体"时，每逢冬天，木马车就没有停歇的时候，二十四小时不停地运转，换人不换车，搞所谓的"黄土搬家"——拉土粪。三匹骡马刚刚卸车，十六个劳力就接着用人拉车，从凌晨两点一直拉到上午十二点。不论天气多么寒冷，狂风怎样呼啸，一个班次拉六车土粪，来回要跑九十多里路才能完成任务。卸车时饥渴至极、疲劳至极已无法用文字形容。歇工回家上炕腿拿不上去，只好用手去拉。狼吞虎咽地吃完第一碗那"叨着淌，喝着响"的二和子菜米汤，吃第二碗时端着半碗饭竟然睡着了。就是这样，去迟了还抢不上"位"——因为不去拉车就得用背篼背土粪，负重前行比拉车要苦。

父亲三十岁时才有了我这姗姗来迟的儿子，内心深处对我的宠爱可以说是超过周围所有的人。但是，劳动锻炼，在艰苦的环境中磨砺，这种祖传的育儿方式在他的脑海中始终没有淡化或遗忘。我当时还是一名初中学生，正赶上放寒假。其实那些拉车的大人因我年龄小、力气小，对我还是比较排斥的。无奈，父亲是饲养员，我跟父亲在饲养院里睡热炕，一有动静他就催促我起来把绳子拴在车上……

木马车没有刹车装置，下坡时车辕里的三位掌辕的人只管方向，由车自行奔驰。所有拉车人在拉车过程中，神经一直处于高度集中的状态，既要看高低不平、坑坑洼洼糟糕极了的路面，防止绊倒，又不能偷懒。偶尔有偷懒的，车辕里的人就悄悄地把你没拉紧的绳子收起来，待到"领班"喊声"拉呀"那玩笑就开大了……

马车轱辘一般都是由榆木和硬杂木制成。木匠师傅为了使车轮更能负重，更加耐用，制作前先把毛坯料放到盐水锅里浸煮一段时间，目的是改造杂木的硬脆性，增加柔韧性。车轱辘是由车头（即车轴匹），十八根粗细一样、长短一样的辐条和九块薄厚一样、弧度一样的车网子（即车轱辘的轮子）以及车头上的铁箍、铁串还有网子上的铁瓦、铁钉组成。

车头是一车之主，是全车凝聚力、向心力的集中点，也是全车辐射力、平衡力的交汇处。车头由一块高五十厘米，直径五十厘米长的无任何瑕疵的囫囵榆木精心制作而成。其中，竖着在木头的中心凿一个直径十二厘米（小头)和十八厘米(大头)的穿车轴用的圆锥型洞,还要横着凿十八个大小一致、布局合理安插辐条用的长方形通眼,这么大的一块木头要凿这么多眼,木匠师傅任何一点疏忽大意都会费工费料,甚至前功尽弃。因此,自古就有"铁匠小了一锤,木匠小了皮贼(报废)"一说。

车头与十八根辐条、九块网子始终配合默契、团结一致、同心协力。任何一根辐条、一块网子都不能偷懒,不能分裂,不能羸弱,更不能缺席,否则就不能负重前行,有道是:"车轮跑得快,全凭车头带"。

只有十八根辐条才能把车轮的三百六十度分成左右均等、布局合理、受力科学的格局。十七根不行,十九根也不行,只能十八根。这是老先人们经过无数次的制造和实验,千百年的改革和创新,才创造成眼前这一固定的模式。

十八般武艺""十八罗汉""十八岁成年"……它揭示了一个深刻而又显而易见的道理:五彩缤纷的世界,需要的是五花八门的人才。而人才就必须学会十八般武艺中的一般或几般,要学会十八般武艺,九年义务教育就是基础,就是动力,就是资本。特别是初中阶段,孩子们正处在青春躁动而又叛逆的年龄段,思想品德的锤炼,文化素养的积累和提高,身体素质的成长和发育等,是非常重要的。没有初中这个特殊又短暂的重要阶段中品德的锤炼和知识的积累,想学习十八般武艺中的任何一种不是非常困难,就是望洋兴叹。

木马车轱辘从来都是只能前进,绝不能后退(即倒转),因为后退,一则是无法受力,再则也无法把握方向。

老师们的教书育人与木匠师傅制作车轱辘,锯铆斧砍,精刨细凿,同属一理。木匠师傅刨凿的是木头,而老师培育的是正在成长中的未成年人,老师所付出的心血要多得多。同学们理解了老师们的艰辛和劳苦,欢迎老师们的"锯铆刨凿"式的教诲和修炼。"九层之台,起于垒土,千里之行,始于足下",日积月累,水滴石穿,像老先人赞扬车轱辘一样"车慢撵上兔子哩"，"慢吧慢，就怕站"，只要不断努力，一丝不苟、坚持不懈打好基础，就能经受住社会风雨的任何考验和无情的筛选。

马车毂辘前行，由于车轮大、速度慢，转一圈看得很清楚，确实给人一种"一轮一转"的意蕴和感悟。灵武二中二百多名教师中有一半以上都曾经是二中的学生或是二中老师教过的学生。他们如今成了二中教学中坚的力量。每每站在讲台上，想当初他们是老师举起的学生，看现在却是举起学生的老师，相信他们一定会思绪万千、感慨万千。尽管每个人内心深处的某一个角落里，都会有着生活中、工作中、情感中这样那样的不爽。但是老师们的传道授业解惑的职业操守，使自己一点也不愿放松，一刻也没有放松过。不论是春夏秋冬，每天早晨六点学生到校就有老师到校，晚上住校学生上自习，老师们又要去辅导。平心而论，老师这个职业的辛苦超过周围的各行各业。把教书育人说成是太阳底下最光辉的职业，把老师称作人类灵魂的工程师一点也不夸张。把老师比作春蚕，比作蜡烛，比作人梯，比作酵母实在是恰如其分。老师就是社会分工中最负责任，最凭良心，最为辛苦，具有再创造性的劳动者之一。

一首赞扬老师的歌《长大后我就成了你》揭示了教育事业像车轮一样"一轮一转"的规律。现在二中的学生中，有一天就会有人成为二中的老师。他们也要在那三尺讲台上画出彩虹，挥洒泪滴，放飞梦想——我就成了你。但是，"我就成了你"，仅仅是一个美好的祝愿，一种热切的希望，一个远大的理想。要真正成为一名光荣的人民教师，还要经过漫长而又艰辛地化蛹成蝶的过程。

古老的马车毂辘被高速飞奔的车轮无情地替代了。它曾经有过的辉煌早已成为久远的历史。这副马车毂辘当作文物被供奉在二中校园里也许是它最好的归宿。但是，它那体现老先人聪明才智的一面，它那种忍辱负重始终沿着大道、正道滚滚向前的精神，它那至死也绝不后退半步所固有的个性和恪守的原则，却在我的脑海中留下深深的辙印……

捉鬼　捣鬼

鬼是信迷信的人认为人死后的灵魂，或者说独立于人体之外的一种既无形又无影的玄妙之体。鬼是什么样子，从来没人见过。但是，一些文艺作品中青面獠牙，人面兽心，牛头马面，变化莫测，力大无比，来去无踪，无时不在的描写，确实令人谈鬼色变。

捉　鬼

刚参加工作时，我被分配到一所一到五年级三个复式班仅有三十六名学生的山区小学里任教。原先建校时，为照顾各庄头的距离，当地领导选定一个四周没有人烟的所谓中心地带——一座山梁上。学校离最近的民宅也有三里多路。每天上午九点上课，下午两点半放学。两位民办教师与学生上学一起来，放学一起回。从下午放学到第二天上课，几乎没有人来学校。学校里只有我一个茕茕孑立、形影相吊的身影，除了《毛泽东选集》没有任何可读的书，也听不到广播，偶尔能看几张过时的报纸。寂寞难耐的时光，确实有些度日如年的滋味。

半个多月后的一天，一位民办教师无意中讲起了学校东边有鬼的故事。说白天看不见，特别是月色朦胧的晚上，鬼最凶，两股冷绿的光，晶莹剔透，时隐时现，绿得吓人。从不信鬼的我，也就左耳朵进，右耳朵出，没当回事。

又过了几天，那两位民办老师又讲起那个鬼的故事。你一言他一语，一个活灵活现地描述，一个好像身临其境地补充，听得我也有些心虚起来。这一次可引起了我的重视。为防不测，壮我之胆，枕头边放了一把菜刀和一支手电筒，每天晚上，总是在心有余悸中睡去。心里盘算着，学期中间申请调动一是难以启齿，二是也不现实，只能忍耐。待这一学期结束后，一定要想办法调离这个"鬼地方"。

说来也巧，一天夜里，我起来小解，夜幕低垂，万籁俱静，仰望天空月似银钩，繁星万点。环顾四周，突然，不远处有两道绿光一闪一闪地扑进我的眼帘。我顿时心惊肉跳，毛发直竖，浑身起了鸡皮疙瘩，脑子里像刮凉风一样，只听得心脏咚咚地跳个不停。用手电筒一照那绿光更绿，更亮。心想：怪了，今天真是遇上鬼了？还是先躲为上。心存疑虑的我回到屋里，脑子里却翻江倒海，根本无法入睡。这绿光究竟是什么？难道世上真的有鬼吗？如果真是鬼，在这荒山秃岭，独自一人怎么与鬼斗……

思来想去，想到鲁迅先生捉鬼的故事，年轻气盛的我，一骨碌爬起来，穿好衣服，一手提着菜刀，一手拿起手电筒，以初生牛犊不怕虎的气概，向着刚才发现绿光的地方走去。手电筒光下，绿光越来越绿，并且一动不动。八十米，七十米，六十米，我关掉手电筒，绿光渐渐弱了，只见一个黑影在蠕动，我继续勇敢地向前走去。约三十米打开手电筒，绿光再次亮起，噢！原来是一只猫。而且是我们学校库房里长期居住的那只体型高大的灰色野猫。绿光是猫的两只眼睛，大灰猫正在一个黄鼠洞穴旁守候。待我走近时，猫跑了，绿光也随之时隐时现地远去，真相大白了。

学校的库房墙是用土一层夯一层地打起来的，由于年久失修，墙根被朽蚀出了几个洞，这只无家可归的大灰猫就通过一个烟筒粗的洞进出于这间库房里。平时我把剩饭用一只豁豁碗放在洞口，也许是学生活动的缘故，白天很少见它。今夜若不是我这冒险一探，可能还会疑心重重，甚至胡思乱想。

后来，才得知学校小，学生少，用不了这么多老师，两位民办老师只有小学三年级文化程度。我这公办教师的到来，直接影响着两个民办教师中要有一个能否继续工作的问题。用鬼来吓我走是他们有意驱赶外来老师的一个雕虫小技。据说：在我之前的几位公办教师都没待上多长时间，就想方设法调走了。

什么鬼，世上哪有鬼？只不过人的心里有鬼罢了，完全是庸人自扰，自造紧张，这次捉鬼更加坚定了我不信鬼的信念。

再捉鬼

家乡是引黄灌区的一个土地肥沃、灌溉便利的精华之地。这里紧靠古老的秦渠，田陌平整，人口密集，新中国成立前是有钱人巧取豪夺、大肆兼并、寸土必争的地方。当时出现过"四大绅士（官僚地主）八大相（地主），二十四个弯不郎（富农伪保长）七十二个搅损棒（地痞流氓）"横行乡里，欺压百姓。

儿时的记忆中，这里的有钱人家都拥有占地五六亩以上的大宅子，一处连着一处。这种宅子四周都是用土夯实的"老墙"，墙铺底宽五米，墙高约十米，收顶宽两米，最上边用土坷垃，紧贴外边加砌一点八米的泥矮墙，泥矮墙上每隔两米远有一个射击孔。我家所在的生产队里就有五处这样的大宅子，其中有一座黄姓宅子，曾驻扎过国民党的军队。

据说，当年被抓来当兵的青年农民，不心甘情愿替国民党卖命，又逃不出戒备森严的"虎狼窝"，其中有两个鲁莽者异想天开，趁夜黑人静，各抱一捆麦柴，从宅子墙上跳下。本来想柴先落地，人在柴上不致摔死，结果恰恰相反，人先落地，一命呜呼——成了国民党军队教育士兵不要逃跑的活教材。

"大集体"时，生产队为了节约好地，"园田规划"时把我家的宅基地安排在这个宅子的北墙根外——正是当年摔死国民党士兵的地方。谈事色变，望而却步，大多数人是不愿到这里来的。在那"土皇上（生产队队长）决定全队人命运"的年代里，也只好从命。可是心有余悸的我，总感到这里瘆人得很。

　　一年春天，几十里外工作的我回到家里。妻子神秘兮兮地对我讲述了家里闹鬼的事。她说："白天孩子小，都在老妈家，我在生产队里干活，近来，特别是晚上，房顶上好像谁拿着干羊皮在抖动，响声可大哩，吓得夜夜难眠。"看着妻子略肿的眼皮，憔悴的面容，我心里有一种说不出的愧疚。应了当时家在农村的工人、干部中流行的一句顺口溜："进了门，上了炕，老婆就告状，有心不听，说话有因，听完之后，装个龟孙。"心想，今天这个"龟孙"是装不下去了。心里也有些嘀咕，无形之中与那两个逃兵之死的故事联系起来。但是，没有说出来。因为妻子是从外面嫁过来的，她不了解那些逃兵之死的事，不能给她增加额外的心理负担。实际上，那些长嘴婆姨们早把逃兵之死的故事，经过画蛇添足地加工之后，给妻子说得一清二楚了。只是妻子与我相互隐瞒，心照不宣罢了。

　　我半信半疑却佯装镇定地说："不可能，我就不信，世上哪里有鬼呢？"为了消除她的疑虑，缓解紧张气氛，我开玩笑说："是不是夜深人静的时候感到寂寞，想我哩吧？"妻子却一本正经地反驳道："瞎扯，人一天干活累得上气不接下气，夜晚又睡不好，哪还有其他想法？不信，今天夜里你听着……"

　　星期天，为了多挣点工分，主动参加队里劳动了一天的我，早已进入梦乡。半夜里，突然，我的头好像被人推了一下，醒了。睁开惺忪的眼睛，屋里一片漆黑，只有窗格上封的白纸有些发亮，朦胧中房顶上咯哩吧啦，时大时小响个不停。我知道这是老婆听到响声，特意推醒让我听的。我说我出去看看，她压低声胆怯地说："不行，万一让鬼伤了咋办？"不管三七二十一，我拿起了农村烧炕用的木叉叉，为了给妻子壮胆，顺便念了一句回族人驱赶恶魔、祈祷平安的一段话，开门出去了。

　　夜幕罩地，繁星眨眼，黑夜里伸手不见五指。远处不时传来几声犬吠。我轻手轻脚地在两间房子的四周仔细搜寻了一圈，没有发现任何迹象，回到屋里和衣睡下。但房顶的响声仍然不绝于耳。我端详了响声的位置，推断说："这可能是我们家的有线广播的电线被风吹后而发出的声音，你听，响声最大的地方，正是广播线进屋的地方。"说罢，也就呼呼睡去。

早上起床后，妻子去厨房做饭，我却不服气地在房子四周溜达，寻觅"鬼"的蛛丝马迹。约莫半个小时过去了，一无所获。于是叫来妻子在屋里听，我用长杆子在外面敲广播线，看是否与夜里的响声一样，她听后坚定地说："根本不一样。"接着她又在外敲广播线，我进屋听，确实如此。她又去了厨房，我继续在房子响声最大的北墙外观察着、思忖着。

突然，像是从房顶，又像是从墙壁里飞出两只麻雀，没看清。墙壁是用艾子泥抹得光光的，没有任何洞穴和缝隙，只有接近房顶的地方偶尔有几个寸把长的椽头伸出墙外。仔细观察了一会儿，有一个椽头上边似乎有个洞穴，心想麻雀是否从这个洞里飞出？搭梯上房，跪在房边低头一看，果然如此。洞穴里藏着四只即将出窝的小麻雀。贼溜溜的小眼睛一眨一眨的。于是，我找来指头粗的一根木棒伸进洞穴里，拧了几圈，往出一拉，连同窝里的鸡毛、柴草、四只小麻雀一起拉了出来，小麻雀惊慌失措而又跌跌撞撞地飞了。一对老麻雀在不远处叽叽喳喳地叫骂着。

我惊喜若狂，高声地呼喊着："鬼叫我抓住了，鬼叫我抓住了。"妻子揸着两把面手，慌忙从厨房里跑出来，惊奇地问："哪是？"我让她进屋里听与夜里的响声一样不？我用木棒在麻雀窝里来回搅动，她说："咋搞的？一模一样。"我给她讲述了刚才发现麻雀窝的经过，她开怀畅笑着向厨房走去。我和了些草泥，把"闹鬼"的洞穴封牢，自言自语地说："麻雀先生，请你去别处闹鬼去吧！"

捣 鬼

几年后，我从山区调到川区负责苦水河畔的一所小学，当时学校里为了贯彻毛主席"学生要以学为主，兼学别样……"的"'五七'指示"，在紧挨苦水河边上开了七亩多荒地，种上了黑豆、高粱和黄萝卜。秋天紫红的高粱涨红了脸，鼓鼓的豆荚挂满了枝，金黄色的萝卜甜又脆，好一派丰收在望的景象。可是天天有小偷光顾，而且一天比一天凶。眼看到手的粮食被糟蹋得七零八落，作为学校负责人明知学校是"一嘴软菜"，我心急如焚却又一筹莫展。因为当时老师人手紧，就连我这个校长也得包一个班的语文和数学，实在是抽不出人去看护。我偶尔察看足迹好像是娃娃和女人所为。

紧挨学校地边的沟崖上，是本地回族人多年的墓地，墓地上杂乱而有序地隆起着无数座坟堆。据说每到夜晚总有"鬼火"闪烁，时而随微风飘移，白天都有些骇人，晚上更是恐惧得没人靠近。沟崖上有雀洞、蛇洞、獾洞，还有夜猫子洞。苦思冥想，一个捣鬼的念头在心中萌生。

正巧，有一天晚上，一、二队放映电影，看电影是当时农民业余文化生活中的大喜事。三、四、五、六、七、八、九队和其他大队的农民都要去一、二队看电影，必须从距学校开垦的荒地二百米处的路上经过。我心想：天赐良机。

于是，几个老师把一个大西瓜的瓜瓤吃掉，在西瓜皮上合理布局，精雕细刻，开凿出斜眼睛、歪鼻子和大嘴豁牙五个洞，再在洞上贴上红纸，顶上开一个小洞冒烟，瓜皮中点燃一支蜡烛，"鬼头"就做成了。

派一位男老师在散电影时混在人多的一拨中，路过学校田时，特意对学校田张望。派另外两位男老师，在学校田边的一条无水的渠里，等散电影时，点着蜡烛，举起"鬼头"来回走动，由于风的作用，蜡烛上的火苗，一闪一闪，"鬼"的眼睛、鼻子、嘴都闪着一亮一暗的红光，惟妙惟肖。当混在人群中的老师在经过学校田时，一看到"鬼头"，当即便喊："学校田里有鬼，你们看，红眼睛，红鼻子，红嘴，啊呀，太吓人了！"人们一看，果然如此。大人喊着，小孩哭着，你追我赶，慌不择路，不时有摔倒者……

学校地里有鬼的消息不胫而走，传得沸沸扬扬，说得活灵活现，甚至有人"加盐调醋"，说学校开荒时，距离死人坟太近，亡人不愿意……大有"话经十人口，老鼠变成虎"的势头。

老师们一个个笑得前栽后仰，笑出眼泪。闹鬼的老师见好就收，庆幸没出啥事。正如鲁迅先生所言："捣鬼有术，也有效。但有限。"我提醒说："任何人都要守口如瓶，不得向包括家人在内的任何人破解这个谜底。"

从此，学校地里的豆子、黄萝卜直到收获都安然无恙。

杜木桥的变迁

杜木桥是宁夏灵武市境内架设在古老的秦渠下游的"三桥"（杜木桥、郝家桥、郭家桥）之一。听老人们说，很久很久以前，秦渠在这里只有一根大榆木梁横跨的"独木桥"，后来又担上了一根榆木梁，上面铺了三寸多厚的榆木板，只能单行过木轱辘的"老牛车"和行人。这就是一九四九年新中国成立时杜木桥的状况。

新中国成立初期，桥两边"鬓角"处各有两棵三个人才能合抱的大榆树，高耸入云，七股八叉，虬枝旁斜，遮天蔽日。树上的乌鸦窝、喜鹊窝、斑鸠窝、青装（苍鹭）窝星罗棋布，为大桥平添了几分勃勃生机。从树的长势可以推测桥的年龄也有好几百年的历史。也许是桥东众多的"杜氏"回族乡亲出资建造的缘故吧，后来这桥便被称作"杜木桥"且一直沿用至今。

多少年来，渠东的人要过桥去吴忠、上崇兴赶集、交公粮、串亲戚，桥西的人要到东山砍柴、驮炭、捡盖房子的石头，这一切都要通过杜木桥。

新中国成立前，杜木桥东的海子湖、杜家滩、碱滩、东大滩……只生长着寥寥无几的盐蒿和碱蒿，是典型的"黑驴打滚白驴翻"的盐碱荒地，能开垦出来的也是靠近支毛渠两岸的"眼儿四见"的零星的"种一葫芦打一瓢"的农田。境内没有一条排水沟。仅有的三条支毛渠，也被人们称作"晒肋巴渠"——秦渠里水大时才能上水，水小时支毛渠根本没水。多数人靠打柴、驮炭变卖和打工为生。

当时流行一段民谣足以说明杜木桥人民的生活境况："下了杜木桥的坡，看见家里豁沿锅，倒水一锅，下米半合，刮的风，摆的浪，穷人饿断肠。"

新中国成立后，国家在原桥的上游五十米处，建起一座六米宽的钢筋水泥桥，人们出行方便了，再也不为过桥时的安全担心了，再也不为过桥错车费时了。

"大集体"时，杜木桥东一带成立了杜木桥人民公社，这是一个拥有一万四千多口人的公社。政府组织群众对境内的盐碱地大搞田园化建设，开挖几条大型排水沟和几十条支毛沟，土地盐渍化程度得到了有效的改善，基本结束了"种一葫芦打一瓢"的历史。但是，仅靠地里刨食，杜木桥人的生活依然没有彻底摆脱贫困。当时人们戏称杜木桥公社为"巴怜公社"，称大队为"可怜大队"，称生产队为"穷酸生产队"。

党的十一届三中全会后，杜木桥是全市第一个实行包产到户的公社，人们焕发出了高涨的生产热情。他们扬长避短，大力调整产业结构，实行科学种田，逐步走上了富裕之路。近年来，随着国家逐年加大对农业机械化直补的力度，农民从喊了多少年"三弯腰"之苦中真正解放出来了。即插秧弯腰——用旱直播和插秧机，薅草弯腰——用药剂除草，收割弯腰——用收割机收。群众剩余的时间多了，精神文化丰富了，精力充沛了，放开手脚，走南闯北，各种勤劳致富典型如雨后春笋般越生越多、越长越旺，涌现出一大批成功的企业家。比如：建筑企业家肖金智和他的建筑团队；以百万富翁吴自明为首的废旧金属收购群体；甘草购销企业家吴占军；拆车（旧汽车）大王张彦林领衔的近千人的拆车大军。特别是做皮毛、羊绒生意的异军突起，出现了马生国、杨建荣、周学文、杨立功、马国宾、李耀山等一批曾在杜木桥边出生、长大，如今拥有亿万资产的羊绒企业家。目前这些企业家的固定资产有十多亿元。他们把生意做到了全世界，就连英国的邓肯纱厂也被兼并了。企业安排家乡及周边两万多名富余劳动力共同致富。工人们每人每年从这些企业中领取工资，最低也有三万多元，有相当多的工人甚至已经在城区购置了楼房，孩子在城里上学，成了名副其实的城里人。

随着社会经济的蓬勃发展，人民生活水平的不断提高，杜木桥上的车

杜新路

流量与日俱增，大吨位的车越来越多，默默无闻服役五十多年的杜木桥不堪重负，有关部门只好限载。杜木桥成了本地经济发展的瓶颈。党和国家为发展民族地区经济，急群众所急，想群众所想，二〇〇九年国家斥巨资，在杜木桥上游三百多米处，重新建造一座十四米宽的新杜木桥，并修筑了近二十米宽的新（华桥）杜（木桥）公路。如今路两边的林带郁郁葱葱，生机盎然。几十吨重的工程车、几十米长的半挂车畅通无阻，川流不息。杜木桥变成了名副其实的政府与回族群众的连心桥，也是发展民族地区经济的致富桥。

喝　场

"哎嗨……了……了……了……嗷嗨……了……了……"

这种高亢嘹亮、婉转悠扬，似乎没有歌词的歌声从热浪滚滚的打麦场上传来，使听者不由得产生一些遐想：是农民面对劳苦的烦闷、忧愁和无奈情绪的宣泄，还是苦中求乐，面对着即将装粮入库的那种企盼、舒畅和喜悦心情的表达呢？应该是兼而有之吧。千百年来，家乡农民把这种从麦场上传出的歌声叫作"喝场"。

记得小时候麦收后的清晨，大人们把一捆捆小麦解去草葽子，麦穗头朝上斜铺在麦场上，待晒到十一点左右，套上两匹毛驴拉石磙，一圈挨一圈地转着碾压麦穗——打场。在那烈日炎炎的七月，此时此刻，太阳像火球一样炙烤着大地，大地像蒸笼一样蒸煮着麦场上的农民，此时能找点阴凉避避暑，那是最惬意不过的事情。然而，这个季节里农民最欢迎最满意的就是这种天气。正如白居易诗云："足蒸暑土气，背灼炎天光。力尽不知热，但惜夏日长。"因为天越热，麦子晒得越干，也就越容易打碾脱粒了。

这时，拉着牲口的大人，便无聊地喝起场来。你听那时高时低、起伏有节的唱腔，打破了酷热沉闷的气流一直飘向远方。能上学的小孩子跟在牲口的后边，一边驱赶着牲口，一边捡拾牲口偶尔拉下的粪便。一些大胆的孩子也不甘寂寞，学着大人们的腔调，稚嫩地吼上几声，似乎"喝场"后继有人了。

一次，我问一位有点文化的老农："你们喝场，既不像花儿，又不像是号子，更不像信天游，又没有词，喝的啥意思？"他饶有兴趣地向我揭示了"喝场"的内涵:"喝场是农民祖祖辈辈流传下来的麦场上独有的歌。它的歌词就是:哎嗨,了,了,了。它表达了农民对当时那种贫困潦倒、缺吃少穿生活的厌恶和无奈。"了,了"它寄希望那种生活赶快终结和完了以及对解除劳苦过上幸福生活的向往和企盼。"哎嗨,了,了,了",同时也是希望麦场上的粮食赶快打碾完了,别碰上雨天。

"大集体"时,麦场上套上十对八对牲口,拉着石磙打场。每对牲口都有一个人牵引着。这些人都是由生产队里上了年纪的老汉担当。老汉们不知是郁闷还是无聊,便喝起场来。与唱歌一样,有唱得好的,有唱得差的。可是,只要有人带头,便会引起共鸣,大有一呼众应、百家争鸣之势。你听那此起彼伏的尖细的高音、浑厚的中音、苍老的低音,活像组成的多重唱一样,都想一展歌喉。如果有几个女人驻足旁听,那老汉们喝场的兴趣就更浓、劲头就更足了。

后来有了拖拉机带五个石磙打场,又快捷,又节省劳力。喝场的老汉们再也没有喝场的机会了,只是待在场边树下乘凉说笑,就等着翻场——把粮食翻过了再碾压一遍;起场——用权扬或耙子把秸秆搂去,把麦粒堆起来;扬场——借自然风吹去柴芰和土尘,收获粮食。

不几年,麦场上有了动力电,各式各样的脱粒机、风扇先后登场。这些机器又比拖拉机带石磙子打场快了几十倍。农民种粮逐步使用良种,种田的方法较前些年更科学了。劳苦的生活正像喝场里所抒发的既简单又深刻的歌词一样"哎嗨,了,了,了",终于了结了。

现如今,不要说打场,喝场,连麦场、脱粒机都不要了。每当收获季节,农民拿着袋子等在田边地头,从收割机里直接装粮。正像农民编的顺口溜:"不用镰刀不用脱,不用汗水往下落,不用麦场不用扬,手拿袋子光装粮。"从前喝场的老人有的已经长眠于东山坡了。健在的也是耄耋之年,在家享受国家按月发放的养老保险金,安度晚年。我曾见到一位当年喝场的老人,说起喝场,他说:"历史的车轮是不会倒转的,不可能再有打麦场那样的环境了。如果要我喝场，我还是那个调，可是词却是哎嗨……好……好……好……实在……好……"我问："为什么？"他坦率而认真地说："说句掏心窝子的话，我们这帮和共和国几乎同龄的老人谈论起现在的活人、现在的社会、现在的生活，一是万万没有想到；二是给共产党说一万个谢，都不算多，共产党太好了……"

穿的愁肠

每当看到户口本上小儿子的出生年月日时，脑海中总是浮现出一件当年自作聪明，大胆冒险，可笑之极，而今又记忆犹新、羞于启齿的往事。

一九七二年十二月三十一日——这是经过查阅有关资料，认真推算出来的小儿子出生的日子。可是一看日历，这一天正巧是星期天，当时办手续的公社、发放布票的供销社都在休息。过了这一天就是一九七三年了，新生儿一九七二年的布票就无望了。在那个物资极度匮乏并凭证供应的计划经济的年代里，一丈二尺布票对于缓解一家人穿衣的愁肠是何等的重要！

根据我前几个孩子出生的规律：孩子出生能占上当年（十一月二十日前）口粮的是女孩，占不上口粮的是男孩。于是，自作聪明提前三天，即十二月二十七日为小儿子报了户口，领到了跨年度的两丈四尺布票，妻子和我心里悄悄地高兴了好一阵。

回想起当年为领一丈多布票，这种冒险的举动是多么幼稚可笑。万一生下是女孩，或者孩子拖到一九七三年出生，又或者生下不活……那这变幻莫测的结果谁也拿不准。在那个以阶级斗争为纲的年月里，妇女队长时常以“瞧月婆”为名，查看坐月子妇女的情况是常有的事，万一“谎情败露”，那可是臊毛、丢人，甚至“上纲上线”挨批的大事。唉！贫穷的时候，为多得一点布票，可真是“处心积虑”啊……

俗话说：“穿在身上，吃在脸上。”现如今，人们的生活日新月异，像走马灯一样发生着精彩的变化。无论城里乡下，无论男女老幼，在穿着上不断地追求超前、超新、超众、超奇，新颖别致，高档名牌。你看那家家户户的衣柜里的衣服，陈的摞新的，堆积如"山"。大街上，商店里，单位内，处处都有论时兴、比时髦、议时尚的人群。个个争当时尚的"弄潮儿"，谁也不甘落后。特别是那些最爱穿着打扮的年轻女性，为追求"回头率"，千方百计也要争先恐后地标新立异。哪怕"血汗巢空"，甚至是"债台高筑"也在所不惜。

愁肠的是褪下来的衣服却没有一个理想的归宿，成了每个家庭中的累赘。那些"下岗"的衣服绝大部分不是破旧，而只是过时了；不是大小不合身，而是颜色不流行；不是样式不时兴，只是款式不新颖。老先人们"新三年，旧三年，缝缝补补又三年"的传统早已成了老皇历了。无奈，城里人把它扔到垃圾箱里，乡下人不是点火焚烧，就是用旧衣服装袋塞堵淌水的环洞。

一个星期天的早饭后，门外来了一位要饭的大个子老人，按照惯例散半盅子米打发走人。我却慷慨地散给他一碗米，看脸色他很高兴。我的个头大，褪下的衣服没有一个合适的人选接受。我把一身灰色毛的中山装散给了他。他接过衣服转身走了，当时没发现他脸上有什么不愉快的表情。

过了一会儿，我出去办点事，却发现在离我家一百多米路边的树杈上挂着我那身衣服。当时我感觉人格上受到了莫大的侮辱，心里涌出了诸多不满，顺手收回了衣服，心想：这放到过去，我吃席穿都是上等衣服。你不穿，我穿。我还自言自语地咒骂道："时代好了，叫花子都升级了……讨吃放不住隔夜食……下辈子还当讨吃……"

几个月后的一天中午，我去村医疗站的路上，正巧碰上了那位大个子要饭的老人。我问他："你还认识我不？"他说："想不起来。"我说："我散给你的那身灰衣服，你为什么又不要了？"他若有所思，可能想起了我给他散衣服的细节。说他是南部山区的人，现如今也不缺吃少穿，有政府发给的农村养老保险，还有退耕还林的补助，儿女们都外出打工，一个儿子搬迁到这里的移民新村，日子过得都不错。他是在家里闲不住，就出来啦……"俺们衣服也多着呢，每年除了娃们给做的外，还有民政部门捐来的。

你那身衣服我穿上太扎眼，不好讨要，就是回到家里穿，也是'四不像'——不像工人，不像干部，不像城里人，不像本地人……"

过去衣服不够穿是愁肠，现在衣服太多穿不过来也是愁肠。如今，饭馆里吃饭有了"光盘行动"，吃不了了"兜着走"。那衣服多了，怎么办呢？

苏亲家的二三事

2014 年 5 月 12 日傍晚，即将住进楼房，要享受银川城里人幸福生活的苏亲家，在晚期糖尿病的折磨下，把他的人生终点牢牢地定格在七十三岁的里程表中。

（一）买盖房木料

亲家经济不怎么宽裕，小儿子要找对象，不盖几间房无处安身。一个星期天，特意从芦草洼赶来，打算来吴忠买些木料。请我给参谋参谋，搞搞价。他计划买些杨木的檩条和椽子，价格相对便宜，顺便给邻居也代买些。我了解他的意图，并在木材市场转一圈后，分析道："杨木不结实，而且有天牛虫害，再说，你给邻居代买木料是帮助他人，是好事，还可以拼车降低运费。可是两家买成一样的，到时候，免不了挑挑拣拣，哪些给你？哪些给他？搞得双方心里都疙疙瘩瘩。你是出力不讨好，他是拿钱买个不愉快。"他为难地说："我又没那么多钱！"我说："这你别管，咱们尽钱吃面，想法买松木。"

市场上那些木材商把椽子码成垛，"包皮苦面"——里面放的次的，表面上放好的。价格谈妥后，木材商根据买主需要的数量，用一根木头隔开，让客户只能在他指定的范围内挑拣。挑拣不够说定的数目是不行的，发生争执不愿买也不行——"原来那根椽子在哪个位置，必须给我原封不动码好"，这纯粹是欺行霸市的强迫成交。木材商把一些梁材的横截面截成斜面，用来多量尺寸。那些拉运木材的和木材市场的掮客（俗称牙子），都为经销商"拉黑牛"。总之，只要上了贼船，宰你没商量。

改革开放以来，随着人们生活水平大幅度的提高，农民普遍拆了土坯房，盖起了砖瓦房。盖房子椽子要粗的，梁和檩条要疙瘩少而又少的。市场上那些细椽子，有毛病的梁和檩条几乎无人问津。我们抓住这个"缺口"，先买松梁。有几根松梁从根部看心子有些腐朽，可是瞧重量很沉，说明腐朽得不深。起先商家还用尺子量。我说："不用量了，就你这个没人要的，一口价。"通过斗智、斗嘴、斗心理，三下五除二以每根一百八十元的价格，搞定了四根松梁。顺便还买了些细松木椽子和杨木椽子。

接着雇车拉运，一下子涌来三位开四轮车的师傅。说好了线路、地点，经过讨价还价，以一百二十元运费选定了一位较"热情"的师傅成交。为了怕搅口，他重申了一遍线路和具体位置——炼油厂东五里。一切就绪后，我觉得没时间请亲家下馆子，散给了五十元钱，他便上路了。

后来听说，开车师傅快到他家时，提出："路程太远，必须加钱，不加钱，就地卸车。"亲家说："还没有到炼油厂东呢。"开车的师傅说："我不管那些，不加八十元就卸车。"亲家心想：当天可能活路少，运费要得低了点，想补救一下。或者这家伙早就在打亲家给的那五十元的主意了。无奈，他答应了师傅的要求——再加五十元。卸车时，亲家本打算不说什么，但因为牵扯到与邻居分摊运费的事，他便把开车师傅路上加运费的环节一五一十地说了。众人一听，纷纷谴责，甚至叫骂开车师傅"不讲信用、半路坑人、宰人，找派出所……"他却以豁达宽容的姿态息事宁人，多加了五十元，并拍着开车师傅的肩膀说："平安无事地来了，平安无事地回去吧！"

（二）小儿子的婚事

夏天，早饭后，亲家突然来到家中。寒暄之中，提出让女儿、女婿利用星期天帮助他小儿子的对象去吴忠买些衣服，一是他们了解行情能参谋，二是人熟、地熟、会砍价……

时下农村人找对象，待双方有了初步意向后，先买衣服。通过这一特定的商业活动，是对新亲家特别是新媳妇的一次短兵相接式地考察，面对面地了解，看看双方在物质、金钱面前的态度。如果女方是那种孙猴子进了金銮殿——没眼睁了，见啥要啥，又不能察言观色，见机行事——让奸商们抓住"女方硬要，男方又怕丢面子"的心理硬宰，那么，这种婚姻也许就此止步。如果男方是跳蚤放屁——小里小气，抠抠掐掐，那么这婚姻也麻烦。

亲家让我领他去集镇上的私人金店里定做十克黄金首饰。我心想，与当下流行六十克的标准少得多，也许山里人就这个标准吧。世上的婚姻多数讲的是门当户对，往往是"金山配银山，寒山配雪山，屎肚子蚂蚱配穷汉"。亲家经济情况不充裕，我也能理解。

路上亲家主动给我介绍说：女方是他挑担的女儿。我心里一惊，这属姨妈亲，是近亲里最近的亲。虽然没有结婚，已经定亲，常言道："拆桥、拆庙，不拆婚。"我也只好默默地走着。亲家一个劲地给我讲他们那里的风俗民情。当时我有些不耐烦地问："你难道在别处说不上儿媳妇吗？你是不是图便宜？"他只是摇摇头。

当天下午，女儿从吴忠回来，悄悄告诉我，她领上那个姑娘买东西时，除了"见啥要啥"外，耳朵阆阆里垢结多厚——是一个比较自私的邋遢人……

此时此刻，袖手旁观、沉默不语有损于"一个亲家一个弟兄"的常理，我只好说："亲家，国与国不能干涉内政，家与家也是如此。孔夫子说过：'言人之不善，如当后患何？'说别人不好，招来后患咋办？不过常言说'人到事中迷，恐怕没人提'。《婚姻法》不允许近亲结婚这你知道。科学已经证实：每四对近亲结婚的，就有一对夫妇生的子女出现痴呆傻等生理疾病。万一你碰到那四分之一的话，你就祸害了几代人，你和小儿子都要悔恨终生。"

半年后，亲家的小儿子要结婚了。我去贺礼时发现娶的却是一位甘肃籍的姑娘，此人从外表看，要个头有个头，要长相有长相，走路脚尖上翘，非常干练。当然，识人识面难知心。内心素养如何就不得而知了。但是比他近亲攀亲要强得多。

亲家虽然目不识丁，却是一个悟性好、反应快且果断的聪明人。他在小儿子婚事上的做法印证了汉族同胞那句至理名言：神受香火，人受劝。

（三）做梦也没有想到

苏亲家是祖祖辈辈生活在南部山区的农民。当地山大沟深，不但没电、交通不便，连吃水都非常困难。包产到户后，在十年九旱的山梁上刨食，尽管全家四个壮劳力终年辛劳，但仍然缺吃少穿。一个偶然的机会，举家搬到西夏区芦草洼的湖边定居。儿女们在附近工厂里打工，老两口没有一点种水田的经验，却执着地在杂草丛生的湖坑里耕耘着。生活虽然过得不太富裕，却每月都有打工收入。

一次，我出差，顺路来到亲家家中探望。碰巧老两口正在激烈地争吵，那争吵的气氛虽然未达到剑拔弩张的程度，却也超出了面红耳赤的范围。争吵的焦点是：男亲家要搬回山区老家去。理由是窑洞还在，国家实行退耕还林、补粮补钱的数量相当可观，落叶归根……女亲家坚决不同意，说："你没听清楚政策，国家的补贴是有年限的，想让国家永远把你养活上，睡定吃，能行吗？再说了，哪里的黄土不埋人？"

少顷，女亲家说："亲家，你说说。"让我说？此时此刻，这个态度真不好表。两口子的家务纷争，外人不便干预人家的"内政"。这老两口年龄都比我大，每个人都有丰富的人生阅历，对于家庭生活如何操持都有自己权衡利弊、深思熟虑的考量。我笑着支吾了几句，算是暂时平息了这场关乎全家人前途命运的争吵。

后来，女亲家在厨房里准备饭菜。男亲家推心置腹地征求我的意见。

我坚定地站在女亲家一边，给他做工作，说道："把家搬到这里是你们老两口明智的选择。你老家山大沟深、交通不便、缺水没电、种粮十年九旱，艰难的日子你不会忘记吧？再说，退耕还林的政策也是有时间界限的，不是永远补下去。在这里打工的地方太多了，只要肯下苦，天天有收入。就是捡破烂也有处捡，也有人收。你没听人说：'宁在城里动动手，不在乡下当个有（钱人）。'"

亲家脑子反应非常灵活，在他的字典里是找不到"穷汉的脖子强筋多"条幅的注释的。当即，他果断地放弃了搬回老家居住的念头。

二十多年的坚守，终于"熬成正果"——前年他们的住宅地被征用。与其它地方一样，老百姓早已闻风而动，在院子里盖房，增加面积。几个儿子也不落后。每个儿子都要赔几百平方米的楼房。据说当地政府每口人给四十平方米的楼房外，剩下的每平方米赔九百元钱，每户都是几十万……这是做梦也想不到的。

秦川牛

儿子准备结婚了，为了置办婚宴，请了个非常内行的人，在集市上买了一头秦川紫条牛（阉割后的公牛），看口齿有九岁了。牛的外形堪称一绝，用农家评判好牛的"十子标准"（嘴巴像斗子，眼睛像珠子，耳朵像扇子，牛角像锥子，头像杵子，腿像柱子，蹄像木碗子，脖子像磙子，胸腔像箱子，尾巴像掸子）看，"秦川紫"只是没有角，其它"九子"全都占到，而且还是个"红眼圈牛"。听内行的人说："红眼疤疤人难看，红眼圈圈牛难找。"这种牛性格猴急猴急的，再看看牛领头上磨下的老茧，就知道"秦川紫"是曾经有着"耕犁千亩实千箱"的奋斗史的牛。

离儿子婚庆的日子还有一段时间，我一心想使牛膘肥体壮，对它给予最优厚待遇。每天草、料、水精心伺候，时而用刷子擦拭牛身。为了能使牛胃口大开，每天牛喝完水后，再备些水，水面上撒些油饼末，牛感觉到有香味就再喝水，继续撒油饼末，牛继续喝，直至喝得肚子圆圆的、鼓鼓的。这样连续三天后，牛吃草，吃料，饮水量大大增加，据说是"胃口开了"。

秋收大忙季节里，我心血来潮地把"秦川紫"套上了小胶车，从相距十多里的责任地往回拉稻子。它力量大，脚步快，懂口令，又稳重，说停就一动不动，不管蚊虫怎样叮咬，它只是甩甩尾巴，说走，它健步如飞，"不用扬鞭自奋蹄"，特别卖力气。

我真想把"秦川紫"留下来使役，重新买一头。只是经济上捉襟见肘，只好取消这个"狸猫换太子"的念头。

随着儿子婚期的临近，"秦川紫"似乎预感到寿限到了。它渐渐地与我疏远了，再也不是那么海吃海喝了，好像心事重重，有时还烦躁地吼上一声。那声音不像一般牛的叫声，而是怪异而幽长，听了使人心里发怵。每天总能看到牛的眼角噙满了泪水。刚开始，我以为是家人喂牛时，不小心碰伤了牛眼睛，经打问却"谁也没有"。后来无声的泪水像断了线的珠子，滴到地上有五分硬币那么大的泪迹，脸颊上泪水经过的地方，牛毛湿成了两道小沟沟，看这架势，牛伤心到了极点。

一直以来，我只以为，流眼泪是人的专利。当我第一次看到"秦川紫"流泪，感到特别的意外和惊愕。意外的是牛也流泪，而且流得那么多，那么伤心，那么震撼魂魄；似乎有多少难以言表的痛苦和悲哀。惊愕的是，牛对即将走上"断头台"的预感是怎么得知的，难道它有思想，懂人言，甚至窃听了家里的婚宴工作筹备会？问了几位老人，谁也说不出所以然，只是说："有时牛比人灵。"

终于有一天，"秦川紫"被"宣判死刑"。我实在不忍心看到这样一头非常有灵性的"神牛"在我眼前用弱肉强食而又极其残忍的手段结束它的一生，所以借故上街去买东西了。

回来时，牛宰了。牛肉已被剔刮下来。头、蹄、下水也已拾掇干净。皮也被"皮贩子"买走了。骨头也被收去送骨粉厂。就连牛鞭子也被屠宰者拿去"入药"，牛血也成了护家犬的美味佳肴。只有那牛尿泡被孩子们吹上气，当作气球在玩呢……真可谓是敲骨纳髓，物尽其用，无一废弃。

"秦川紫"走了，走得那样从容，那样悲壮，那样明智，那样无怨无悔。生前它为了主人家的温饱，随叫随到，犁地拉车，出力流汗，临终还要为丰盛人们的餐桌做最后的努力。可谓是"献了青春，献终生，死后还要献尸身"。这种完全彻底的献身精神难道不应该歌颂吗？

"收听"里的风波

    1962年正值经济困难时期，我上初三了。由于期中考试成绩优秀，学校给我的奖品中有两本课外书：一本是《无线电之父波波夫》，一本是《矿石收音机装修技术》。我如获至宝，一有闲暇时间就阅读这两本书。不知怎么了，无形中对无线电产生了浓厚的兴趣，就想依葫芦画瓢，自己动手制作一台矿石收音机（当时还没有晶体管）。星期天我特意跑了一趟五金门市部看了配件，问了价格，但因囊中羞涩，只能望洋兴叹。

    但是组装收音机的念想一直萦绕在我的心头，走路想、上课想、吃饭想、睡觉想，甚至做梦都在想。买配件的钱到哪里去筹措呢？向家里要是根本不可能的——因为"低标准"，一家人的吃饭都很困难。自己是城市户，国家对学生特殊照顾，每月二十七斤粮食，要不我的学也上不下去了。

    中秋时节，一个偶然的机会，听人说供销社的收购站收购车前子——一种中草药。家乡人称"羊耳朵叶了"，外形像小油菜，中心长几株像黑老鼠尾巴的籽穗，上面结满了密密麻麻的穗包，里面就是黄褐色的小颗粒——车前子。

    于是，我起早贪黑，湖田里、沟渠堾上到处采集车前子，手指上磨起血泡缠点破布条继续捋。经过大约二十天放学后的辛劳，终于换回了装矿石收音机所需的零部件——这包括一个玻璃管式的"矿石"、一副耳机、一个电容、一个电阻、一个用头发丝粗细的漆包线在装羽毛球的纸筒上大概要缠绕三百来圈的线圈。按照书上的说明和要求，我组装了一台矿石收音机。我把自己制作的蜘蛛网式的天线，捆绑在一根长长的木杆子上，矗立在房顶靠烟囱绑好。

一切就绪，晚上，当我戴上像电影中发报机那种耳机开始调试时，耳机里传来了咯吧咯吧的响声，我心里乐滋滋的。继续调试，突然，奇迹出现了，竟然收到宁夏人民广播电台的《每周一歌》，那悦耳动听的音乐使我高兴得简直像疯了一样手舞足蹈。十几岁了，从来都没有这样高兴过。就在我被那音乐的旋律着迷得欢天喜地时，我全然不知什么时候父亲出现在我的背后，他不问青红皂白，一顿拳脚把我打翻在地，不容分说砸坏了收音机，又从我头上撕下耳机狠狠地摔在地下。"完了完了，一切都完了"，我哭喊着，父亲恶狠地骂道："不好好念书，给蒋介石发电报着呢。"手还不停地打着。出手之狠，拍打之频，似乎不是在打儿子，而是在消灭一个"美蒋特务"。我已被打得遍体鳞伤，爬不起来了。要不是母亲迫不及待赶来救驾，父亲不打个皮开肉绽，是不会善罢甘休的……

在这之前，我从来没有挨过父亲的打。后来我才知道，都是我那绑在烟囱上的天线惹的祸。当年正是蒋介石叫嚣"反攻大陆"。生产队里不知谁发现了我们家烟囱上的天线，一窝蜂似的议论说："老纪家好像有电台。"（当时本地农民还不知道收音机为何物。）这话传到父亲的耳朵里，简直是晴天霹雳，这还了得，要是被扣上"美蒋特务"的帽子，届时跳到黄河里也洗不干净，那一次次的批斗会，三下五除二地批斗得你妈怎么养了你，你都得说个一清二楚。因为当时我还小，肯定要株连到家里的大人，挨批斗非父亲莫属。一位老实巴交的农民，哪里能受得了那矫枉过正的批斗呢……"

辛辛苦苦制作收音机的美梦变成了一场噩梦。我动手动脑，崇尚科学，热爱无线电，这一阳光举动，在那样一个历史环境下，在那样一个封闭守旧的家庭中，在那样一个目不识丁的父亲面前，不但苍白无力，而且是罪孽深重。全身青一块、紫一坨的伤痕疼得我心烦意乱。然而，我更心疼的是我的矿石收音机。因为它是我几十天来起早贪黑捋来的车前子，晒了晒，簸了簸，换来的配件组装的。它使我第一次动手动脑非常值得在同学面前炫耀炫耀的自豪感破灭了。一个无线电爱好者心灵遭受的伤害的阴影一直伴随我好多年。

在广阔深邃、绵延沧桑的人世间，无独有偶，天生巧合的事也会再现——也是为了"收听"，而不是当年的"发报"。

十多年后，我在一个学区当校长。初冬时节的一天下午，办公室来了一名壮年教师。待坐定后，他神秘兮兮地向我反映他们学校有两名教师收听"敌台"的事。

当时我的第一反应："这也是吹鼓手下乡呢——没事找事。"我提示他"听清楚了没有？"他坚定地回答："听清楚了。"我又暗示他"是不是选台的过程中碰上了？"他更加肯定地答道："不是的。"他似乎根本不理解我的意图，振振有词地向我陈述着时间、地点、人物、内容……我说："那你就写一个书面反映材料。"当他写完后，我安顿他说："哪儿再不要说了，我调查处理。"

老实说，我心里对于告黑状的人有些恶心。我一向主张宁伸扶人之手，不张陷人之口，有看法、有意见、有矛盾，都是人民内部的事；一种方法是用忍耐和等待，让时间老人评判是非，证明一切。如果没有这个耐心和修养，那就当面锣、对面鼓，可以谈心交流，也可以吵闹叫骂，但不能背后搞动作，特别是政治问题。可是没有办法，"树欲静而风不止"，在那个以阶级斗争为纲的年代里，我知道手下的一百多号人中，就有那么几个最善于捕风捉影、无事生非、小题大做，唯恐天下不乱的人。那时候（"文化大革命"后期）人人自危、风声鹤唳、草木皆兵，随便"上纲上线"的事是常有的。

我也清楚，我的任何懈怠或不作为都会招来难以预料的后果。于是我下到那所学校里调查，在一间教师宿舍里分别叫来两个"涉案"老师谈话。谁知这两个"松沟子"（胆小之人）一搭腔就如实交代了他们第一次收听敌台的经过。这如实交代的目的是怕挨整争取宽大处理，还是认为不是故意的而无所谓，就不得而知了。我想：你们不承认，空口无凭，他说有，你说没有，我倒好处理。我只好说："认真写份检查，赶明天下午交来。"

第二天，两位"涉案"老师如约而至。每人交来三页检查。我大略地翻了翻。推心置腹地谈道："你们还年轻，一定要充分认识到我们是党培养的、工作是政府分配的、工资是国家发的，一定要有坚定不移知恩、感恩、报恩的思想。想想当年你们的那些同学多数都去'闰土'了。你们却是人民教师，是站在人前头的人。'敌台'除了造谣诽谤，攻击诬蔑还能有啥？'政治是不流血的战争。'（毛泽东语）一定要好好学习，努力工作，老老实实做人，再也不要搞'收听敌台'的乱名堂，不然就是黄泥掉到裤裆里，是屎也是屎，不是屎也是屎。在这方面好奇、猎奇都是不应该的，也是没意思的。"我掀开火炉盖将两份检查焚烧殆尽……

后来，我又把那位告状的老师叫来，表扬了他阶级觉悟高，政治嗅觉敏锐，并能及时报告，同时我要求他也写一份检查。他感到匪夷所思，诧异地质问我说："我为什么也写检查？"我说："你也是被动地收听了敌台，知道其'内容'也应该消毒，且没有立即制止，也有一定过错……"

多少年后，每当想起对这件事的处理时，总是感到由衷地高兴和自豪。因为当时我才二十八岁，既没有学过《领导思想史》和《领导方法论》，也没有可借鉴或学习别人怎样处理这号棘手的"政治事件"的先例。当时，不知哪里来的聪明才智把这件事处理得那么妥帖……

并非欲擒故纵

欲擒故纵是三十六计中之一。现实生活中怎样运用这一计谋，我连想都没想过。可是，在头道桥工作的十一年中，我却目睹了一名大队书记由于自己的不自量力和不明智，他下台、上台、再下台的经历，给我留下了很深的印象。

金沙大队书记是由合作化时期的队干部老杨担任。人没识几个字，工作因循守旧，既无魄力，更无创新。面对来自全公社八个大队的一千八百多口从老灌区搬迁到新灌区的"杂五帮"，他是一筹莫展，被百姓称为"维持会长"。

无奈，一年一度的冬季党训班改选党支部班子时，他被大队马会计取而代之。公社领导考虑到老杨在基层工作多年，没有功劳，有苦劳，当时也没处安排，正巧干渠上有一座抽水机站，原属县水电局管理，刚好交给公社，且又在金沙大队境内，领导决定让老杨去管理。这下老杨"瞌睡遇了枕头"，每月工资六十元。这在当时也算是高薪了，因为公社书记月工资才五十六元，一般干部每月有二十八元的，有三十六元的，最多也就是四十二元。抽水机站的工作，既简单又轻松，就是推拉电闸，保养抽水机。每年从"五一"开始到十一月上旬结束。工作半年。其它时间就是看机子，睡觉，心慌了约几个知己玩扑克，一边玩，一边闲侃，好不惬意，真是一个养尊处优的好地方。一些人都羡慕地说："杨书记找了个既省心又舒坦的富窝窝。"

可是官瘾十足的老杨却不这样认为，总有一种惶惶不可终日的失落感。

以前门庭若市有人求，现在门可罗雀无人理。虽然大队书记不是什么级别的官，可是在老百姓眼里是比"县官"还要强、还要牛的"现管"。同时，"地方官，站断山"的旧思想在他心目中还是根深蒂固，毕竟也是近两千口人的头，实惠多多，不要说给家属子女安排个轻活、挣个高分这些众所周知的小事，就说那时工矿企业招工指标分到大队，一些紧俏商品，如自行车、缝纫机、胶布、条子绒布等，都把指标分到大队。在那物资匮乏的计划经济的年代里，足够令人垂涎三尺，甚至望眼欲穿。

年轻的马会计当了大队书记，既有文化，又有魄力，人称"虎虎子"，确有猛虎上山威震四方之感，把"杂五帮"领导得井井有条。首先整顿各生产队的领导班子，把那些连自己五六口人的家都治不好的所谓"听话窝囊废"和"耍鬼卖窍的日吧欻"给"整顿"了。他又多方联系，打了一眼一百五十六米深的甜水井，老百姓结束了吃含氟量很高的盐碱水的历史。深挖排水沟，降水位，排盐碱，科学种田，使全大队粮食产量三年翻了一番。大队添置了一台拖拉机，还办起了几个小型企业……

五年过去了，金沙大队的面貌发生了深刻的变化，领导班子也结束了软、懒、散的历史。然而，干工作就会有缺点，难免犯错误，难免得罪人，真可谓："孔雀开屏最好看，也有缺点在其间（屁股眼漏出来了）。"首先是那几个下台的队干，经常到抽水机站和老杨一边玩扑克，一边对"虎虎子"的工作横挑鼻子竖挑眼，说三道四，发泄不满。

说来也巧，那年秋天粮食又是一个大丰收。几个生产队队长串通一气，不愿意给国家多卖余粮（当时国家规定，年人均口粮四百一十四斤，多余的粮食都要卖给国家），他们把老式滚筒脱粒机的出口处用稻草塞住三分之二，然后把稻粒再过了一遍，稻粒中有一半以上是米，当作口粮分给社员，被"虎虎子"发现后，立即制止并严厉批评了这种"不顾国家利益损公肥私"的错误做法。那些下了台的队干部趁机火上浇油，在社员中散布"这是'虎虎子'扒官害民，只顾个人捞政绩，领奖赏，不关心社员生活……"的舆论。

真是欲加之罪何患无辞！

秋收后，便是一年一度的冬季党员训练班，老杨趁机推波助澜，伙同以前下台的和这次挨批评的队干部，私下活动，终于把"虎虎子"赶下台。这不是公社党委的意图，也不是金沙大队大多数老百姓的意愿。公社领导不情愿地公布了这个选举结果。抽水机站另外安排了人选。马会计暂时安排到公社农具厂工作。

老杨上任后，先后把两个为他上任出力最大的前任队干，一个安排到大队羊场当牧畜队队长，一个安排到大队当会计。其他的人事，故意找茬也做了相应的调整。有些做法毫无遮拦，用老百姓的话说："连人都掩护不住"。农业生产上"虎虎子"搞的那点基础，老杨除了上传下达，就是隔三差五到大队羊场以检查工作为名宰羊连吃带拿。

没多久，石油队分来一个招工指标，这可是千载难逢的好机会。因为一般分来的招工指标都是煤矿，县办工厂的，待遇都不如石油队丰厚。老杨把自己的二儿子报上了。在这之前，他已经接受了一个社员的礼物，并答应说："这回一下来，哪怕是一个招工指标，一定给你。"这个社员心里乐滋滋的，为了能得到招工指标，过段时间就以打问为名，到老杨家里"烧烧香"，联络联络感情。可是，谁知煮熟的鸭子飞了。老杨是十八岁的姑娘管媒——管给自己了。送礼的社员是哑巴吃黄连——有苦说不出。

有一天，送礼社员把这挠心的事说给沾亲的常福。这常福偏偏是一个最爱打抱不平的"闲事保长"，人送绰号"常日赖"。常福答应说："鸡不尿尿，自有便（办）法，我来替你出出这口恶气。"

常福的家就住在大队部旁边，对老杨的所作所为压根儿就看不惯。他只要一看到老杨来大队部，就一边假装哄打大队部旁边沙枣树上的麻雀，一边指桑骂槐道：你这个得了肠痈的，守在这里死吃，轰掉了又来了，成了个'使不离'了。我看你就吃，总有噎死你的时候。"时间长了，老杨也听出来是骂自己，干气无奈，一方面大人不见小人怪，另一方面这也是惹不起的"刺儿头"，就装听不见，心想：看你把爷们掂弯呢，还是撅折呢？

水稻插秧工作刚结束，有一天，全大队进行夏季生产检查。所谓检查，就是由大队干部、各生产队队长、公社的包队干部转田埂。全大队的水稻田跑完，已是下午三点多了。一个个口干舌燥，饥肠辘辘，筋疲力尽。他们稀稀拉拉地向大队部走来。早得到消息的常福在大路边恭候多时了，就在他左等右等还不见人影，有些不耐烦时，老杨领着一帮队干部到来了。常福强装笑脸迎上前去殷勤地说："领导们辛苦了，请到我家里歇一歇，喝口茶水。"队干部们推辞说："不了。"常福强拉硬拽说："喝口茶，咋了？我又不是阶级敌人，喝贫下中农的茶，是阶级弟兄情谊深么。"

盛情难却，老杨心想："常日赖"主动与我改善关系也好。他半推半就领了这一帮人进了常福的家。一部分上了炕，一部分围坐在八仙桌边。先上茶，大家一饮而尽，又上馍馍，紧接着一张桌子上了一碟子羊肉。其中有队干吃惊地悄悄地问："今天是咋的啦？'常日赖'怎么舍这么大的资本？"也有人感叹说："今天算是有口福。"几个性子急的队干部，已经迫不及待地夹起羊肉送到嘴里，大多数队干部先后拿起筷子。常福大喊一声"老婆子"，妻子应声从伙房里急忙出来，只听他骂道："你这个老婊子，我叫你上羊羔肉，你却上的是大羊肉，这伙吃人贼，特别是那个老吃人贼，羊羔肉吃上都不办事，你这不是等于喂了狗吗？"

这突如其来劈头盖脸的辱骂，犹如晴天霹雳。队干们一个个惊得目瞪口呆。此时此刻谁又能说什么呢？顷刻，气愤之极的队干部们，一个个灰溜溜地夺门而逃。

"这个'常日赖'简直是拿老木刀宰人呢"，"人生还没见过这种胡日鬼人的"，"比打几个耳光还难受……"这是后来队干们的议论。

还没等到麦收，由于"杂五帮"的不停上告，公社党委对金沙大队的近几届领导班子进行了全面地分析后认为：不为闲言碎语所左右——看本质、看主流、看贡献、看发展；不以个人恩怨为标准，不以小处论长短。

鉴于老杨毫无起色的工作，"七一"党员会上，老杨被免职了。重新任命"虎虎子"担任大队党支部书记，这天老杨没有来参加会。据说公社领导事先找他谈过话，他还想重新回到抽水机站的要求也无法兑现，只能是望机兴叹了。

当初上级不让老杨上来，即便是他私下拉选票，也得承认多数人的选举结果。他不上来，在下面搞"地震"，搅得别人也干不好，索性让他上来，给他再次表演的机会，让更多的群众清楚地认识他，明知他干不好，届时再把他拿掉。对于这样一位官迷心窍、私欲膨胀、毫不识数而又有点资历的人，只能是欲擒故纵了。

人生最重要、最难得的是准确地认识自己并能全面地把握自己，时刻注意摆正自己的位置，才能好做人、做好人。

不是依据的依据

八十三岁的金大爷患有脑血栓病，已经卧床一年多了。生活不能自理，吃喝拉撒都要有人全天候地服侍。常言道："久病床前无孝子。"可是他一生只生了一个儿子。这样避免了你推我搡、三家四靠，反而倒是好事。儿子、儿媳妇都很孝顺，两口子分工明确，毫无怨言。庄前四邻都羡慕地说："养多不如养少，养少不如养好。"

有一天，他儿子心血来潮，跟我说："老爹一辈子辛劳持家，连个银川也没去过。更没有照过相，弥留之际，请您无论如何抽空给老爹照张相留作纪念。"

于是，我带上相机，去了金大爷家。屋里屋外都拾掇得挺干净。病人的衣服、被褥也是那样整洁。他瘦骨嶙峋，背靠大靠枕坐在炕上。眼神却很活泛，头脑反应也很清晰。他问我："你看我都成这个样了。大限不到，不知累害到哪一天……快把我收去算了……"我安慰说："好好活着，这么好的社会，儿子、儿媳妇又服侍得这么好。女儿、女婿经常送来钱和好吃的，花钱有钱，吃啥有啥。"他微笑着点头赞同。我对屋内闻了闻说："再活一年不成问题。"老金爷吃惊地说："我的妈呀！还要活一年哩……"

照完相后，金大爷又活了整整一年零三天。

又有一天，金大爷的儿子在集市上碰到我，一阵亲热地问候之后，对我说："老爹去世后，每当思念时，看着你给老爹拍下的照片思绪万千，再看看照片下面的日期，我们一家人都在议论，你神了。去年照相时，你说老爷子"再活一年"，可不就活了一年。你推测得那么准确？有什么科学依据吗？"

　　我笑着说："我当时是安慰老爷子的话，那完全是巧合。我哪有料事如神、为人算命的本事？"少顷，我接着说："你要问我有什么依据？倒也有一点，但不一定准确。当时，我说再活一年那句话之前，对屋内闻了闻，这个细节你可能没有注意到，实际上我在闻一种气味。人老了，临死之前，也就是一年左右，身上就散发出一种气味。本地老百姓叫'床气'，当然不是那种油汗味。有些老年人直言不讳地说'死人味'，科学上叫'腐尸胺'味。当时在老爷子的屋里没有闻到这种味道，才那样说了。"

　　在非洲的荒野里，有一种叫豺的野狗，对腐尸胺的气味最敏感。在我们这个地方，对这种气味最敏感的是猫头鹰，老百姓叫夜猫子。它的行为也是昼伏夜出。每到晚上，往往"咕喵，咕喵，咕咕喵"地叫个不停。不知是在对同伴热情地呼唤，还是对生活无助地哀叹。但是，仅仅"咕喵咕喵"地叫，一般不会引起人们的注意。如果叫声后面再加个"哈哈哈"的声音，那肯定不久在这叫声的周围就会有老年人故去。因此，老乡们根据祖祖辈辈的观察，习惯地称夜猫子为"丧谋士"并非空穴来风，也并非迷信。这里头有很多说头哇！

"误人" 解困

随着国家经济飞速发展，城市化步伐加快，富裕起来的农民相继搬进城里。我的几个子女也不例外。老家的一块"门口田"种的前茬麦子收割了，就没人管了。曾经历过清汤寡水苦难光阴的老伴，面对这块土质肥沃、排灌畅通的稳产高产田撂荒，心里总不是个滋味。主动与我商议，立即抢种秋茬，不能让地空着。

我两在种什么品种的问题上出现了分歧。我想用这块地种小黄豆，它生育期仅有六十天，最适合秋天复种。豆子植物蛋白含量高，"天天有豆、百年长寿"，"宁肯十日无肉，不可一日无豆"，"每天吃豆三钱，何须服药连年"，"五谷宜为养，失豆则不良"……这些劳动人民千百年来编的民间俗语给豆子以高度评价，在我脑海中根深蒂固。豆子收了，自己吃不完可以出售，价格也好，多省事。而老伴却坚持种香糯玉米。我质问她：一亩多地的玉米谁来天天掰，天天煮，天天卖？老伴无言以答。结果是，"谁出点子谁出力"，这是家庭生活中约定俗成的规矩。我只好跑前跑后购化肥、买豆种、雇拖拉机犁地。一切就绪后，拉线开沟播种。为了使小黄豆出苗快、出苗齐，在开的沟中用壶浇了点水后，点上豆种，覆土合沟。

几天后，一棵棵豆芽弯腰低头，破土而出，无一断垄。老伴兴奋地说："那个花哨，匀净就别提了。"又过了一个星期，豆苗一截一截出了毛病：只见豆叶由绿变黄，叶面上有大小不一的褐色斑点，整个豆苗好像没妈的孩子，蔫不拉叽，半死不活。而好的地方豆苗却是绿油油，水灵灵，颤巍巍。

我和老伴都没有种过小黄豆，对这种情况是一筹莫展。老伴催促我说：

"快找个懂行的给诊断诊断，看是啥毛病？"我想：去哪里请人诊断？干脆拔了两棵病豆苗登门求教。连跑了几个农药门市部咨询，这些不学无术的商人只顾赚钱；被农民调侃作忽必烈的儿孙，不是"忽必谄"，就是"忽必编"，尽说些似是而非、莫衷一是的理由。只好买了些营养液、治病菌的药、治地下害虫的药，都按说明一一喷施下去。不但无济于事，而且病豆苗一天天地变得越来越多。邻居开玩笑说："老两口搁下城里的高楼不住、幸福不享，回来自找苦吃，自寻烦恼……"

不服输的我又拔几棵病豆苗进城，到农技部门，找到一位资深农艺师。农艺师拿着豆苗看来看去，只是隔靴搔痒地提出了一些问题：是否重茬？是否盐碱偏重？是否施了某种化肥？是否以前用过的喷雾器没有清洗干净？……这些质疑都被我一一否定。最后农艺师建议：施些治病菌的药、补营养的药试一试。我说都用过了。"那就再喷一次。"看着江郎才尽的农艺师，只好给我、给他找个下台阶的说辞："请你查查有关资料和其他同行再研究研究看能不能有啥办法？"扔下病豆苗，我悻悻离去。

有病乱投医，我又去请教年长的老农，也是支支吾吾说不了个所以然。无可奈何的老两口早饭后坐在靠近豆地的渠边树下，看着豆地里四周豆苗长势非常好，就是田中间的豆苗出毛病。老伴推测说："是不是晒着哩？或是旱着哩？"于是，我又淌了一通水，依然无效。

一天早饭后，老伴又一次无聊地坐在渠边的树荫下，凉风习习好不惬意，但当那一坨坨病豆苗又一次冲进她的视野时，农民固有的惜苗如金的情愫使她心烦意乱：她无可奈何地面对着豆田观察着，思忖着。

突然，从天空中飞来七八只鸽子落到豆田的中间，鸽子一边急急忙忙在豆沟里窜来窜去，一边如饥似渴地在豆沟里叨啄着什么。老伴以为鸽子在吃虫子，好奇心驱使她悄悄地朝鸽子落的地方走去，二十米、十米、八米……还没等她靠近。猛然，几只鸽子如惊弓之鸟，不约而同飞向天空。她在鸽子起飞的地方终于发现了鸽子不是吃虫，而是在吃豆瓣（子叶）。

仔细一看，所有得病的豆苗都没了子叶。再看看所有长得好的豆苗，子叶完好无损。这一发现使她恍然大悟："豆子的幼苗在根还没有扎稳的情况下，主要是依靠豆瓣（子叶）供给营养。子叶被鸽子吃了，没了营养供给，就像孩子提前断奶一样，怎能不病呢？"四周的田邻都套种玉米，聪明的鸽子怕靠近玉米地会遭受突如其来的"袭击"，而选择了地中间的地段偷吃豆瓣。

问题的症结终于找到了。整天看护也不是个办法。于是，我用木板子钉了几个骨架，她利用稻草和旧衣旧帽，细心地捆绑了几个形态各异、惟妙惟肖、活灵活现的"误人"分别插在豆田里，让"它们站岗放哨"。偶尔看见贪婪的鸽子像小偷一样，在豆地上空来回盘旋，就是不敢降落……

一个目不识丁的农村妇女，通过反复观察分析，找到了问题的症结。捆绑了"误人"，轰跑了鸽子，保住了豆苗，这本是不值一提的平凡小事，却解决了多少"行家里手"解答不了的难题，也使我这个"半路出家"的农业干部汗颜。实践再一次证明：学问就在人们的留心观察与缜密思考之中。

找共产党

有人说:"如今吹牛不上税。"可二〇一〇年初夏,我吹了一次牛却上了"税"。

大儿子生病后,在基层医院治疗一段时间总是不见效,想到大医院查个清楚。可是连续去了四次大医院做核磁共振,都因人多没有机会做上。每次都要起五更赶头班车,兄弟两人一趟来回得花一百多元,四次的花费快抵上做核磁共振的钱了。最后一次还是没做上,哥俩竟然发脾气退了款,下决心不做检查了。

回来后,他们向我诉说了别人都找熟人、托关系,有的竟然找"二传手、三传手"把检验单排在前面,没关系的只能是傻婆姨等汉子——越等越不见;能检查上的是幸运的,检查不上的下班时把检验单还给你,明天再来。当时我也为儿子花那么多车费,没有查到病而感到恼火,没好气地吼道:"我就不信,都找熟人,医院不开正门,全开旁门左道。哥俩加起来八十多岁,自己窝囊不说,尽说客观原因。明天我去。我要是办不成,我给你们哥俩提鞋去。"

牛皮是吹了,怎么兑现,也是没啥底气,因为我也是没有熟人。但转念一想,为了给儿子治病,再做一次努力,这是主要的,也许"车到山前必有路,遇水必有搭桥人"。至于在全家人面前吹下的牛皮能否兑现是次要的,万一兑现不了,也有说辞:儿子们小时候,哪个不是让父母穿鞋提鞋呢?届时一笑了之……

第二天,我们起了大五更赶到大医院,在通向核磁共振室的走廊里,早已是人头攒动、摩肩接踵了。我仔细数了数，光躺在移动病床上的病人就有十一个，那些坐轮椅的、家属搀扶的、自己走动的更是不知其数。我估计，除去家属，真正要做检查的病人总有一百多号人。想到儿子的病，想到在全家人面前吹的牛，我心中翻江倒海，坐立不安地在人群中挤来挤去，目不转睛地四处寻觅，幻想着"柳暗花明又一村"的出现——能有个熟人解此围困……

万般无奈下，突然，一个脸瓷不害羞的想法在脑海产生——走！到行政大楼找主管领导——"老大难，老大难，老大出面就不难"。于是，我大步流星走出检查大厅，儿子紧随其后不解地说："这医院就这一处核磁共振室。"我说："你原地待着，我出去一趟。"

当我来到行政大楼时却被保安挡住去路，问："你有啥事？"我心中有些不耐烦地答道："有啥事你也解决不了。"保安又问："你找谁？"心里像十五只桶子打水——七上八下，你说我找谁，不要说领导的名字，就连领导姓啥也说不上来，于是我脱口而出："找共产党。"保安听后好像感到疑惑而又惊奇，声音重重地问道："你找谁？"我理直气壮地说："找共产党。"保安哈哈一笑，是可笑、是失笑、还是冷笑，就不得而知了。也没有拦我，于是，我极力与保安套近乎，我说："你肯定是我们黎民百姓的子弟。"保安接过话茬说："那当然，当官的子弟哪能干这个差事。""好，那你就应该同情我们这些远道而来的普通老百姓。"接着我诉说了事情的原委，他挺负责地领我乘电梯上了四楼一办公室。一位四十多岁的女士接待了我。当听完我的诉说后，她抄起电话打给核磁共振室。我有些受宠若惊，心里美滋滋的，多次的奔跑总算有了眉目。

可是，当我兴高采烈地来到核磁共振室时，太不凑巧的是，机子出了毛病，一时半时还修不好。于是，我看着病友们一个个失望的眼神和悻悻离去的背影，心中不由得阵阵酸楚，进而感慨万千，喃喃自语："碰上了和平盛世的好时代，谁都想活，不愿死啊。"我找到检查室，递上检验单，医生一看名字便说："你就是刚才电话里说的那个病人，那你明天来一准给你做。"我高兴地说："也好，明天我就不陪他来了，花费太大。他一个人来，请你给做了算了。"医生说行，便关上了那"高深莫测"的门。

从五点起床一直奔波六个多小时，滴水未进确实也有些疲惫不堪。父子俩坐在候查室的椅子上，无精打采地歇息着。儿子从包里掏出馍馍和苹果，父子俩懒散地吃着。约莫二十分钟，检查室的门突然开了，医生探出头来悄悄地问我："你们没有走啊？来，机子修好了，给你先做。"又是一个惊喜……

人是逼出来的，办法总是比困难多，关键时就看悟性和胆识。

老郭买养老保险

六十七岁的老郭是我的一个远房亲戚，有一天集市上碰着面，寒暄之后，便问他："买了养老保险了吗？"回答说："买了。"又问："给老伴买了吗？"他说："再别提了……"接着给我讲述了他买保险的前前后后。

他的责任地被大古铁路占去了一亩多，算是失地农民了，理应到村镇开具证明，再到派出所转户后，去社保局买养老保险。正当儿子鼓动他买养老保险时，他却在清真寺的水房里听人说："买养老保险是拿别人的钱养活自己，万万使不得……"

儿子再三催促道："过了这个村就没这个店了。"他将自己内心深处的忧虑说出后，遭到儿子劈头盖脑的批判："胡说！全国五十六个民族，五十六个民族都能使，我们回族人为啥使不得？你们这些六七十岁以上的老年人，开挖东干渠、西干渠、农场渠、东大沟、西大沟，园田化出了多少力，流了多少汗（老郭插话说："要知道，那都是全凭用肉背子扛出来的。"），为社会创造了财富，积累了财富。现在我们家的责任地被国家征用了。国家有这个惠民的好政策，这是千载难逢的好机会，还不赶快办，斯文啥呢？你攒的'起件'（回族人的葬埋费）拿出来先交上，我愁你活不好，你别愁你完了没'起件'……"

儿子的劝说使老郭坚定了买社会养老保险的决心。他赶忙回家向老伴索要他近年来积攒的几万块钱的存折。当老伴了解到要钱折子的用途后，坚决不同意，说："完全是上当受骗，我们的钱不是弹弓打的，是辛辛苦苦口难肚攒的，放到银行里它给俺们看着，还给俺们付利息，啥时间使，啥时候取。

把钱交给人家（社保局）由人家想发多少，是多少。"她越说越气，干脆骂起来了："傻损，一家子傻损。你没听队里人说蠢驴，半吊子，拿钱买的纸条子……"老两口经过一场唇枪舌剑的"战斗"后，最后的结论是谁也别管谁，各行其是。老伴坚决不买，老郭交了二万三千元买了养老保险。

交款后的第二个月，每月五百元的养老金，老郭按时领上了。他兴高采烈地说："不觉得一个月又到了，共产党就是好啊。"刚一入冬就领到了一千四百多元取暖费，又过一个月说物价补贴又发一千元，这些都是额外给的。这时老伴开始羡慕了，甚至眼红。追悔莫及的她，嘴里不时咂着"咪"，心想：真的没上当呀！

不放闲的老郭拾起当初他买保险时，老两口争得你死我活的话回击老伴说："你不是骂我们一家子傻损吗，你才是真正的一缸张（盆子）傻损。你现在才知道馍馍是面做的，把你当初说的那句顺口溜改成蠢驴半吊子，没有拿钱买条子，正合适……"老伴自觉理亏，沉默不语，心里却胸有成竹地说："哼，把你日能的，你领多少钱也得我来管，咱俩人花，当忙我还得当大半个子家呢……"

吵归吵，说归说，老伴毕竟是自己同甘共苦相濡以沫几十年的妻子，当初没有给她买上保险自己也有责任，为什么对一个目不识丁的农家妇女要"早请示，晚汇报"呢？尽头她知道办好了。

多年积蓄给老郭买养老保险后所剩不多。老郭灵机一动，自立"土政策"，他把儿女们召集起来说："你妈的养老保险还没有买，你们是合伙出钱买，还是哪一个单独出钱买？谁买，领钱的折子先给谁，把自己所花的钱领够，再多领两个月作为利息。"经济特别阔绰的老二自告奋勇承担了所有费用。老伴搭了末班车这算是也买上了。当儿子告诉她，她的养老保险费开始领了，老伴由衷而又激动地说："还是国家的政策好啊……"

老师摸了我的头

一天下午，上小学二年级的孙子雀跃地跑进屋，一边解红领巾、放书包，一边高兴而又得意地说："爷爷，给你报告一个好消息，今天老师摸了我的头。"

我问："为啥？"他说："因为我的字写得好。"我说："你不是一直都写得好吗？"孙子略微思考了一下说："可能没轮上……"我鼓励说："那好，那好，说明老师已经注意到你了，这也是一种奖励么。你就再往好里写，争取老师多摸几回你的头。"

实际上，这是我言不由衷的说辞。内心在想，老师摸头有什么了不起，那又不是评上了什么先进或模范，获得了什么名次或奖赏。老师摸了头，也值得高兴和炫耀？真是小孩子是最容易受哄的。

可是，我转念一想，近年来，由于老百姓重视教育的思想日渐增强，孩子上学一味地涌向城里。孙子所在的班里就有七十多名小学生。老师整天面对这么多小学生，真是"乱头头绕呢"，确实辛苦到了极点。能摸摸多少有点进步的孩子的头，已是难能可贵。这是老师用肢体语言对孩子进步的肯定和表扬，也是一种有形的鼓励和奖赏。对于一个从来没有受到老师口头鼓励和表扬的孩子，偶尔被老师摸了头，那也是破天荒的，受宠若惊也是情理之中的事。

孩子是需要关照，需要交流，需要肯定，更需要鼓励的，包括夸奖和摸头。特别是对那些"查背景是零，看关系是草民，论表现一般般，说进步一点点"的孩子像久旱的禾苗一样，更需要老师的关注和关照还有肯定和表扬了，哪怕是一次半次。

实际上，老师在"传道授业解惑"的过程中，采用拥抱、摸头、握手、鼓掌，甚至是用关切、赞许的眼神凝视一瞬，这些肢体语言及时的、准确的应用，对学生的激励作用不可低估。任何人都不能小觑，老师更不能吝啬，因为惠而不费么。

值得指出的是，无论老师使用哪种方法激励学生，都应该极力做到公平、公正、准确，不能老是盯住那么几个一贯表现突出的学生，把所有的表扬、奖励都给了他们。当然，这也无可厚非。实际上这些"宠儿"被宠惯了，有的甚至也被"宠坏了"。学校一直倡导和鼓励老师摘去有色眼镜，扩大视野，变换光圈，千方百计发现每一个孩子身上的闪光点，及时给予那些多少有点进步的孩子以鼓励和表扬，激发他们上进的积极性和主动学习的自觉性。孩子是在不断成长的，可塑性又很强。用固定的眼光、一成不变的态度对待较后进的学生是不妥的。

金无足赤，人无完人。一个老师在教学过程中难免有不足之处或弊端。这些他（她）又一时难以克服，这将对学生的学习和成长的影响是不可低估的。基于"小学教育是基础中的基础""儿童的成长是不能重复的"这些基本理念。相比之下"小循环"（1—3年级，4—6年级）其优点胜于"大循环"。它可以及时发现和弥补前段的一些不足，它更有利于老师教学特长的发挥和经验的积累，更有利于调动学生学习的积极性。

闻道有先后，术业有专攻。有的老师对带一到三年级或四到六年级年龄段的孩子有经验，对教材也有研究，就让他（她）发挥特长。人的精力总是有限的，就是研究少、经验欠缺的老师，学校提供"小循环"这样一个平台，研究三个年级六本教材总比六个年级十二本教材的时间更充余，精力更集中，效果更明显。

自然界有一种同素异构现象——同样是碳原子，可以是石墨，可以是金刚石，只是因为它们的原子排列组合不同，就产生了不同的物质。同样一个老师让他（她）带这个年级段，可能更有利他（她）优势的发挥。同样一些学生在这位老师手下表现较差，而在另一位老师面前却进步很快。也许他们碰上了善于"摸学生的头"的老师了，这个"碳原子"排列组合成"金刚"了。

两次住院的启示

（一）

生病治疗、病重住院是生活中的常事，无足挂齿，更不值得跃然纸上。然而，近年来我先后两次住院，其中的感触很多。

那年冬天，羊羔肉刚上市，由于二毛皮价格一路飙升至每张二百多元，羊羔肉每斤才五元多钱，加之老伴做的羊羔肉区别于其他人两道工序，即切成块的羊羔肉先放到凉水里浸泡一段时间后，再放入开水锅里汆一阵，然后沥干再炒，炒时把油烧到七八成温度就放肉（油温过高有燎毛味）。其它调料和烹饪与众人则相差无几，这样炒出来羊羔肉又嫩又鲜，肥而不腻，美味可口，好吃极了。说点自我吹嘘的话，我在席桌上或在别人家，从来没有吃到味道像老伴烹制的羊羔肉。那段时间我们家几乎天天吃羊羔肉，但是肥肉大家都不愿吃，像我们这些经过苦日子的人，总觉得扔了怪可惜，只好硬着头皮自己吃。

过了几天，自己感到说话舌头发直，还容易被牙咬，头昏眼晕。到医院一查是"轻度脑梗死"，不得不住院治疗。可是，为什么会得此病？大夫从各方面进行了详细地讲解，具体到我是什么原因就说不准了。我也纳闷，平时爱看点生活小常识的书，也很注意自我保健，怎么会这么早就得这种病呢？

正巧同病房两个病友都和我年龄差不多，又得的是一样的病，而且都是第一次。三个同病相怜的病友，每天躺在整洁而又温馨的病床上，明媚的阳光照射着三张老态龙钟的脸庞，每个人心里都怀着一种希冀，眼里充满着无限的期盼。"时代好了，人却老了"，"生活幸福了，身体却有了病，那种自责的心情一言难尽……"仨病友手上挂着吊针，就发病前的饮食起居、思想负担、外来压力、日常活动等等，你一言我一语拉开了话匣子。说来说去都是因为吃羊羔肉所致。我们不是饮食专家，也不是医学内行，这样的结论准确与否，不得而知。

我们仨恍然大悟，想起老人们常常提醒的那样"羊羔肉是个顽的"（宁夏土话）。顽是什么意思？从来没有人用心去研究它的真正含义，更没有引起人们的重视。仔细想来：大羊肉是吃草料长的，羊羔肉却是羊羔吃羊奶长大的。羊羔肉的蛋白质含量高，不易消化是不争的事实。这可能是"顽"的确切含义吧。

此刻，如梦初醒，对"病从口入""很多病是吃出来的"这些至理名言有了更深刻的理解。亡羊补牢为时未晚，知错就改，用一次被蛇咬十年怕井绳的警示意识对待吃羊羔肉有什么不可以？对于我们这些上了年纪的人，不吃羊羔肉也许就会少一次患脑梗死的概率吧？

（二）

一天上午，看书看报看得我眼睛有些发酸，闲得无聊，于是就随手操起剪刀修剪起脚指甲。脚指甲本来不长，还不到剪的时候，我却在那里剜着剪，矫枉过正的剪法被老伴说成是"心太狠"。剪着，剪着，一不小心剪伤了脚趾，出血了，也不觉得疼，就没在意，还自嘲地说："大将蒜皮子，苍蝇弹了两蹄子。"

几天后，我全身发烧，忽冷忽热，以为是感冒了，但是吃了些感冒药却仍然毫无效果。后来仔细一看，右大腿内侧出现了巴掌大的红色肿块，到医院一化验血，白血球18500，被诊断为丹毒病，即皮下淋巴管炎。医生说："你可能膝盖以下曾经被感染过，必须住院治疗，如果不及时治疗，可能还会有生命的危险。"我为之一震，接着不以为意半开玩笑地说："有点危言耸听了吧。不要病不死，吓死了。"

话虽然这么说，心里却是忐忑不安，医生的忠告并非空穴来风。突然想起前些天曾经剪破过脚指头的事。真没想到游手好闲的一次举动，造成的小小创伤，竟酿成危及生命的大祸。只好接受住院治疗，躺在病床上，我想起老人反复告诫子女的话："晚上不能剪指甲，是因为晚上人的血脉潮了""晚上有人尸"（土话）。可我是上午十点钟呀！心想：可能是过去点油灯，光线暗淡容易剪伤，或许曾经出现过有人因晚上剪伤脚指甲感染危及生命的事例。所以一传十，十传百，一代接一代地传下来。至于晚上为什么不能剪指甲，只能用似是而非的理由去搪塞或吓唬人，目的就是一个——晚上不能剪指甲。

脚离人的心脏最远，血液循环、营养输送、免疫功能等，都相对弱些。所以老百姓常说："脚是个阴的。"再加上脚本身卫生条件就差些，霉菌等真菌活动频繁，最容易被感染，特别是剪破皮，病菌就会乘虚而入。万一剪破了就要及时消毒。

科学技术的发展突飞猛进，日新月异的今天，人们原先不理解的事物和现象理解了，不知道的一些秘密知道了，不能说明的一些疑问说明了，并且又有了新的发现。当然，没有被认识的未知世界还很多。但是，老先人们的很多经验或者说辞，一些含蓄的提醒和警告，并不全都是过时的、落后的、迷信的、腐朽的。有些还是有待进一步探究、推敲，甚至有借鉴、参考、学习的必要。

木风箱与铜火盆

如今的一切都是突飞猛进，日新月异，就连灶房里的那些用具，也是"一月一时兴，两月一变样"。人们争先恐后地追赶着时代的潮流，在喜新厌旧中推陈出新。家中一些"退了役"的、"下了岗"的灶具无奈地流向了废品收购站。然而，不知是对过去岁月的怀念，还是对一种割舍不断的情愫的留恋，我们家的木风箱、铜火盆却被束之高阁在不起眼的地方，做着它们永远不醒的梦。

木风箱

木风箱这个老先人创造的厨房灶具经历了岁月的沧桑，如今已被很多人遗忘了。一些年轻人甚至不知它为何物。家里有一件久经磨难遍体鳞伤的木风箱。据说，是与我同年跨进家门，如今已在牛圈棚里吊挂了三十六个春秋了。厚厚的尘土遮挡不住它那睡眼惺忪的眼睛（两个进气口）。火烧了豁口的出风嘴和裂了缝的风箱体，诉说着它"峥嵘岁月稠，风火伴一生"的辛劳史。

母亲回忆道，盼子心切的她，直到壮年时才见到姗姗来迟的儿子。亲朋好友、左邻右舍隔三差五就前来恭贺，当然免不了"喝茶"。家里的灶台没有风箱，母亲经常在烟熏火燎中着急得满头冒汗。一日早饭后，碰巧一位木匠师傅用毛驴驮着一块案板、一只木风箱赶集路过家门口（旧社会，回族女人不允许上街），经邻居撮合，用家里一棵死杏树兑换了木风箱。无论亏赢，在囊中羞涩的情况下，将死物变成了急需的有用之物也算是一种智慧。从此木风箱便成为母亲做饭、烧水最称心最得力的帮手。

做饭时，木风箱忠实地执行母亲的指令，履行着自己"煽风点火"的职责。一口口吸进的气，变成一股股呼出的风，演绎着一首沁人心脾的锅碗瓢盆交响曲。真是"添炭加薪燃无力，推拉风箱炉火旺"。记忆中，母亲倚仗木风箱为一家人按时煮出"刮风摆浪"的稀饭，蒸出粉红到里的高粱面圈，做出金灿灿鱼子般的山芋黄米干饭，还有回族人一年一度的用五谷杂粮、油盐辣醋等一锅烩的豆豆饭。

二十世纪五十年代，每天下午放学回来，饥肠辘辘的我，第一个任务就是帮助母亲做饭——拉风箱。只听木风箱在我一拉一推下，发出了"嘌哧——呼——嘌哧——呼"的呐喊，炉火被吹得通红发亮，锅里的凉水很快烧得活蹦乱跳。不一会儿从木头锅盖裂缝的里面飘出了浓浓的饭香。这饭香，冲进鼻窍，香过脑门，翘首以盼的饥饿感被一口口垂涎诱骗地喊了声："妈，饭熟了吧……"

多少年来，磨细的风箱杆换了一次又一次，磨秃的"毛头"（助风活塞）用一撮撮鸡毛修了一回又一回，拉风箱的人换了一个又一个。呼呼上蹿的炉火，时而映照着那个最熟悉的面庞由精神抖擞变成老态龙钟的人，也随着她得心应手的木风箱一同"下岗"了。

一九七四年的秋天，我去县城办事。一位商业局工作的老熟人神秘兮兮地告诉我："百货大楼分配来几十台电动鼓风机，内部人已经买去了一半，剩下的为掩人耳目，下午两点，在五金柜台公开出售。"

电动鼓风机是我从未见过的稀罕物。前年听说我的一位同学因自制电动鼓风机不慎触电身亡。今天无论如何也要买一台。大楼一开门，买鼓风机的人前呼后拥，眼看快要把柜台掀翻了。尽管我捷足先登，但也无济于事。情急之下不知哪里来的灵感，厚着脸皮大声吼道："你今天全卖给熟人了，我作为生人的代表买一台行不行？"售货员被这突如其来的喊话蒙住了，疑惑地瞪了我一眼，无奈地接过我的钱，卖给了我一台。我欣喜若狂。要知道连对面柜台里的售货员都没能买上。

从此电动鼓风机代替了"呼气哈气"几十年的木风箱。但心想木风箱先留着，待没电时还可以用。然而热心的母亲却主动借给了刚分家另过的邻居。没有几年时间，电动鼓风机在农村普及了。又过了几年，煤气灶、电磁炉、微波炉、电饭锅……现代化的灶具接二连三占据了普通百姓家的厨房。电动鼓风机也面临"失业"了。

木风箱只能当作那个辛酸时代母亲以物易物智慧的象征和辛勤劳作的见证，以此留作永久的纪念。

铜火盆

在那个年代久远的数九寒天里，家乡人最向往、最惬意的就是在一盆红彤彤的炭火边烤烤手，孩子们烧个山芋，大人们在热炕上焐焐脚，这被称为"最幸福不过的美事"。

火盆被当作当地农家冬季用来取暖、做饭、烧水必不可少的家具的传统由来已久。在火盆中用炭架火叫作"生火"。会生火的人，火很快燃旺了，不会生火的人，火自死不着。生火是农家妇女必不可少的生活技能。

从小就听母亲说"火心要空，人心要公，火心空了烧得旺，人心公了活四方"的道理。那时，一般人家都使用的是生铁火盆，只有有钱人家里才使用铜火盆。铜火盆除了外表好看外，它的导热散热性能也特好，颇受人们的青睐。可是我从小到大一直没有发现市面上有卖铜火盆的。

每当吃饭时，一家老少围着火盆一边烤手取暖，一边眼巴巴地等待着锅中的饭快点熟。只见指甲盖大小的揪面片通过母亲娴熟的手指像雨点般撒落到沸腾的锅水里。有时火盆里的"火败了""锅不滚了"，母亲就将事先准备好的碎树枝或麻根架到火盆里救急。她不时用嘴吹火，火光把她的脸庞映得通红。有时候猛然一股浓烟喷出来，呛得母亲剧烈地咳嗽，身体颤颤巍巍。被熏红的双眼里滚落出泪水。偶尔擦眼泪时，鼻窝里抹上了黑灰，惹得兄弟姊妹们拍手大笑——小孩子哪里懂得生活的艰辛与坎坷？那情景历历在目、刻骨铭心。当时母亲却笑着无意中说了一句表面看似普通却寓意深刻的大实话："全家吃得美，一人抹黑灰。"

家里的铜火盆是一九五二年土地改革时分得有钱人家的唯一幸存的"胜利果实"。分家另过时，母亲意味深长地说："你生在头，长在先，这个铜火盆就分给你吧。"我欣慰地笑纳了。每逢冬季，妻子每天都把它拭擦得金灿灿、亮闪闪。这在当时似乎是区别和显示农家妇女干净或邋遢的一个主要标志。

二十世纪七十年代末，北京牌铁炉取代了烟熏火燎的火盆，紧接着散热性能好且又多了一个功能的烤箱替换了铁炉子，如今土暖气又向烤箱"叫板"了。一些农民为了孩子在城里上学，也为了到工厂打工方便，干脆搬进城里住进高楼，用起了干净环保的天然气壁挂炉。生活像走马灯一样愈变愈好，使人眼花缭乱。

随着阅历的增长，人情世故的历练，对母亲传给我们的"火心要空，人心要公"和"全家吃得美，一人抹黑灰"这两句俗语的蕴意和内涵有了更加深刻的理解和不同寻常的感悟。一些腐败分子"前不久全家吃得好，现时下一人蹲监牢"和"鸡犬升天时日不长，一人坐监了却余生"的现状是对那两句俗语最准确最完美的对照和诠释。

多少年来，我一直没有搞清楚铜火盆是什么时候及哪里生产的。它也许是一件年代久远的"文物"吧。铜火盆的特殊来历伴随着我们一家人度过了多少个寒冷的冬夜，又迎来了多少个温暖的清晨！因此，我们对铜火盆倍感珍重。如今，铜火盆虽然已被束之高阁。它寻常的外表也被渐落的灰尘覆盖了。可是，我们一家人对共和国的感恩之心依然像刚拭擦过的铜火盆一样金灿灿、亮闪闪。因为它就是一户农民历经奋斗翻身过上幸福生活的唯一物证。

参悟蚂蚁处事

星期天的中午，我回到乡下老家，和亲友们悠闲地坐在大门口一边乘凉，一边闲谝。

老家大门口紧挨着一条斗渠，渠上有一座自建的水泥桥。桥面裂缝里交错居住着三窝小蚂蚁。蚂蚁们出出进进、忙忙碌碌的身影不知不觉映入我的眼帘。是搬家吗？我不由自主地抬头看了看天色，晴空万里，根本没有下雨的迹象。我走进蚂蚁的窝边仔细一看，喔！原来蚂蚁们正在利用集体的力量，搬运一块比自己身体大很多倍的鱼骨头。

据动物学家研究证实，蚂蚁是地球上最早的社群动物。长达二亿多年，也是世界上力量最大的动物之一。它能搬动相当于自己体重一百八十倍的物体。

这时突然飞来了一只麻雀，落到离北边蚂蚁窝不远的地方，动作轻盈而敏捷，雀跃地向蚂蚁窝窜来，不时警惕地向四周张望。只见它倾下身子，低下头把喙迅速伸进蚂蚁窝里，不停地叨啄。我以为麻雀在吃蚂蚁。仔细一看，麻雀的嘴里却叨着一颗白色的外壳透明的有绿豆粒大小的蚂蚁卵。

顿时，蚂蚁窝里像扔进了一颗炸弹，群情激愤，倾巢出动，奋力抗争。涌出了比刚才多好几倍的蚂蚁，黑压压的一片，看那阵势要与麻雀决一死战。麻雀高兴地飞到渠边的树杈上，痛痛快快地吞下了蚂蚁卵，左右开弓，擦了擦嘴。它叽叽喳喳地鸣叫着，似乎是对同伴炫耀自己意外的收获，又好像向同伴报告它发现的美味佳肴。

一会儿，一下子从树上飞来四只麻雀，它们无视我和亲友们近在咫尺，贪婪地争先恐后地扑向三孔蚂蚁窝，你争我夺。旋即，蚂蚁窝中的蚂蚁卵被弱肉强食的麻雀洗劫一空。一只只麻雀叼着白色的蚂蚁卵得意地飞走了。

这一场浩劫，蚂蚁们丧失了即将出世的"心肝宝贝"，面对断子绝孙的劫难，面对突如其来而又无力抗衡的袭击，蚂蚁们毫无畏惧，不泄气，不颓唐，不内讧，不怨天尤人。它们精诚合作，一如既往，更加执着，更加顽强，更加勤勉地经营着自己的事业。它们更多地进进出出，更踏实地忙忙碌碌，搬鱼骨头的照搬不误。

我望着眼前的这一幕幕，呆呆地坐在那里，陷入沉思：蚂蚁在如此重大而又惨烈的灾难面前，所作所为能不给我们以深深的震撼和启迪吗？

弹弓绝技随想

学校教室的屋脊上，落下了一只灰色的鸽子，它惊慌失措，东张西望，跃跃欲飞。课间休息的学生们好奇地观望着。五年级学生马生林举起手中的弹弓正要射击的举动闯进我的视线。我上前问道："你能打上吗？"他胸有成竹地说："校长，你要活的还是要死的？""嘿！你还有那么神吗？""你拿刀子去吧。""不，我就看看你把牛皮是怎样吹到天上去的。"话音刚落，只见那只鸽子像是得了癫痫病一样，一个跟头从屋脊上栽下来，拼命地扇动着翅膀，被一个眼疾手快的学生抓住了……

我惊叹于一名小学生竟然有指哪儿打哪儿的弹弓绝技。同时我也深感内疚和自责。无意中的一句戏言，竟使一只无辜的鸽子惨遭杀戮。从足环看，好像还是一只远途放飞的信鸽。顿时我心里有一种说不出的滋味。作为一名教育工作者，马上意识到自己刚才的行为无意间变成了一次有形的表扬、无声的提倡。模仿是儿童的天性，也是后天学习的主要方式之一。马生林弹弓打鸽子的事很可能在学生中掀起这危险玩具的"弹弓热"。于是，我一本正经地对他说："你靶子打得很准，我很佩服。但是，你的这个弹弓，我暂时替你保管，待放暑假时，再还给你。你看怎么样？"

一顶脏兮兮的褪了色的蓝帽子下满头覆盖着一层厚厚的秃疤，时常还散发出一种好似火烧骨头的腥臭味的马生林，一双泛灰色的眼睛里流露出不满，喷泄欲滴的泪花在眼眶里打转，十分勉强地交出了他得心应手的"武器"。我赶忙补充了一句："老师说话算数，放暑假一定还给你。"放学后，是马生林邻居的民办老师给我讲述了马生林拥有弹弓绝技的来龙去脉。

马生林所在的生产队有一户有钱人家"土改"时留下的占地七八亩的果园。园子里有玉皇李子、兰州杏、口外杏、麦梨、软儿梨、长把梨、槟子、楸子、沙果子、桃、枣……一些古老的传统的花果树。由于年代久远，又不曾修剪，各种果树竞相徒长、枝繁叶茂、遮天蔽日，无数果枝伸出墙外。

这个队的孩子，从四五岁起，每到夏季就三五一伙，在园子门前守候，期盼着看园子的老爷发点慈悲，把各种落果恩惠给他们。每当听到园子里有脚步声，孩子们就一拥而上，争先恐后把老爷筐子里的落果一抢而光。

孩子们一天天长大了，他们已并不满足于吃落果的恩惠，就想法翻过园墙，去偷更新鲜的果子。园墙高，力气大的、个头高的孩子主动蹲下，让另一个孩子站到肩膀上，然后站立起来，搭人梯爬到园墙上偷果子。

孩子们再大一点，感到翻园墙有些不体面，万一被看园子的老爷抓住不光要挨揍，队长还要扣家长的工分。于是，他们就发明用弹弓打那些伸出园墙外树枝上的果子。既无声响，又不至于惊动看园子的人，还很实惠。每年从夏初的桃、杏开始，李子、沙果子，一直吃到秋末的梨、槟子、枣子。马生林百发百中的弹弓绝技，正是这日复一日、年复一年，专心致志勤奋苦练出来的。可惜他努力的方向偏了，如果他把这种精神和时间真正用在学习上，也许是另一番景致。

马生林家兄妹五人都是秃头，其他几个已经成为"狗舔磨台秃"——头上红光红光的，是名副其实的"几根发"人。这都是因为其父母的无知，造成连带传染，最后只能是望秃兴叹。

正是因为他的弹弓绝技引起了我的注意。突然想到不久前，报纸上刊登的一则医疗信息：有一款药叫灰黄霉素，是专门治疗秃头的。我专程从地区大药店买来，治好了他的秃头。其家人万分感激，马生林当煤矿工人的哥哥拿着钱特意到学校表示感谢，被我婉言谢绝。他说："这虽然对别人是小事，可对于我的家庭却是破天荒的大喜事。前边的几个弟妹就没碰上这么好的人。"我说："以前这种药可能还没有造出来，或者我们还没有认识……"

马生林的头皮正在发病时，很多伙伴怕传染就远离他。自卑、孤独、被人看不起充斥了他的童年。由于治疗还算及时，他头顶只留下了小学生巴掌大的一块没有头发，其他地方的头发根都还没有彻底坏死，报复性地重新长出了又黑又粗的头发。小伙子爱美，留了个凤头，用周边的头发遮盖头顶没有头发的地方，还倒美得不行。头皮的修复为他之后快乐地生活，孤僻性格的改变，乃至婚姻上档次的选择等方面都会有长远而又积极的影响。

扶贫勿忘扶心

马尔里是我儿时的伙伴。他家在1952年土地改革时，是"吃饭没有粮，居住没有房"，几乎穷无立锥之地的雇农。所以土改时他家分得"胜利果实"（地主的浮财）最多。

他的父亲是那种"吃冷饭，晒日头，家门上把麦子卖了，上街上买凉面吃"的那号人。三下五除二，没有多久就把分得的"胜利果实"卖得吃光了，然后又开始了"吃了上顿没下顿"的穷日子。可是，政府的领导总是体贴入微，及时送来救济粮、救济款、救济衣服等。马尔里就是在这样的环境中一天天长大。

"大集体"时，马尔里整天穿着不合身的救济衣，光着脚四处游荡，夏天不是爬墙头、掏麻雀，就是上树拆老鸹窝、摸斑鸠儿子。冬天在秦渠里溜冰"赶老牛"（打木陀螺）。那年秋天，同学们死拉硬拽地把他弄到学校安顿在一个班级里，一不留神教室里就人去位空，连校园里也不见踪影。学校老师、大队领导没少上门做工作，都无济于事。

给我印象最深的是有一年秋天生产队的大麻收割了，麻田里的一寸多长的麻根，一根根像尖锥利剑一样犬牙交错、密密麻麻竖在田皮上。我们穿上鞋都不敢下去，因为一不小心鞋子就被麻根戳穿了。可是马尔里光着脚丫子，如履平地似的从麻田这边走到麻田的那边，两只脚却完好无损。他除了常不穿鞋脚皮厚外，原来他有一个绝招——靸着走路。脚把麻根靸倒了，麻根就不戳脚了。

马尔里长大了，时刻关注这个贫苦家庭的大队杨书记（杨书记是汉族）

力排众议，把煤矿的招工指标给了他，语重心长地说："咱们是回汉杂居大队，这个工人指标首先要考虑最贫穷的回族张大嫂的儿子马尔里。"

马尔里当了煤矿工人，因为在井下上班工资高，这收入在当时的农村算是鹤立鸡群的"高薪阶层"。此时他的父亲已经过世，不久母亲改嫁。马尔里在矿上自力更生还成了家，之后再也没有回来过。

日月如梭，一晃几十年过去了，我们都从当年顽皮的毛头小子跨入老年行列。去年秋天，我兴致勃勃地行走在家乡的水泥路上，迎面走来了一个穿着阔绰，面庞黝黑，身体发福的"等外老汉"（六十岁左右的男人）对我微笑着并一口叫出我的乳名。我傻眼，纳闷，经过仔细辨认，才认出是马尔里。马尔里紧紧握住我的手久久都不愿松开，交谈中他似乎有些骄傲又有些自豪，兴奋而又摆阔地向我诉说，不，应该是夸耀他的近况：孩子大了，都在煤矿上班，除了矿区有砖瓦房外，在灵武和吴忠还有楼房，现已退休，退休金二千多元……临了感慨万千地冒了一句令我震惊和恶心的屁话——"有养活爷的孙子呢！"我极力压住脑海中愤愤不平的神经，强装笑脸谴责说："生活这么好，你怎么这么说话？你忘了你当年光脚在麻田里趿着跑的岁月？你忘了是谁把你送去当了工人？"

马尔里有些惭愧地说："唉，俺们这些没有文化的大老粗比不上你们受过教育的文化人。"我开玩笑地说："有多粗？它有橼头粗吗？哈哈哈，再粗也不能忘本啊！更不能说乱损话。"他红着脸羞赧地点了点头……

分手后，我一边走一边思考着刚才的对话，心想：扶贫是要输血——给钱，给物，出点子，教技术，给机会；同时还要扶志——要帮他树立志向，转变观念，改不良习性，自力更生；更要扶心——要他明白不能有"扶我是应该的""给多少也是不够的"依赖思想。树立知恩、怀恩、感恩、报恩的思想。不要说滴水之恩当涌泉相报，就是滴水之恩以滴水相报，能做到"一比一搞平"也比忘恩强。

公道绝不会缺席

接到两封从上边信访办转来的信件。一封内容说是一位村民霸占集体的山冈，开采沙石暴富。另一封反映一位村民在桥头私自设卡专对拉运沙石车收费。

据说这事已经上访过数次但都未能彻底解决。正当我们逐步了解到上访者的原意和被信访者的辩解，以及当地干部和群众的看法，整个事情的来龙去脉也已经一清二楚，此时即将着手处理时，一位农民愤愤不满地冒出一句十分呛人的屁话："驴公道。"我强压住心中被辱骂的怒火问："为啥？"对方答道："因为驴不管是张三的庄稼地，还是李四的庄稼地，释下去就吃，世间就没有公道。"言外之意我们也不会公道。

"驴公道"这句话，我在乡下工作时听到过多次了。我知道这是农民对一些自认为不公道的人和事愤愤不平的谴责或咒骂。此时此刻一种屈辱感、使命感迫使我反驳道："你说的不对。"农民不服气地质问："怎么不对？"我说："表面上看驴的举动是不唯权势，不看钱财，不问来头，不查关系，释下去就吃，其实驴是最不公道的。"对方又问："为什么？"我说："驴如果释到张三的庄稼地里吃两口，再到李四的地里吃两口，虽然对庄稼造成损害但却是公平的。因为它没有偏袒哪一个——都是两口。但是，驴做不到，它盯着一家愣吃。只吃得被人发现，或腹饱肚圆才肯罢休。你能说驴公道吗？"几个旁听者，异口同声，在我看来，却又一语双关地称赞道："对，驴不公道。"

原来"大集体"时，这个生产队有一片山岗，也曾办过一个小型采挖沙子、石子的石料场。包产到户时大家都忙于承包农田种地，对不起眼的沙岗石岗无人问津。一位有远见的村民大着胆子承包了这片山岗并签订了长期合同。

几年后，随着国家富民政策的进一步落实，农民生活水平不断提高，纷纷拆了土坯房，翻盖砖瓦房。城市建设、兴修水利、筑路铺垫路基等都需要拉运大量的沙子、石子，而且用量成百上千倍地增长。一些农民看着承包者大把大把地搂钱，从心里感到不平甚至愤懑，可是又无叫奈何。其中最为气愤的一位农民正巧住在通向山岗的路桥边，每天从早到晚他目睹了大小车辆川流不息拉运沙石的情景，心中暗自盘算："呱呱，简直是撸钱……"于是，他自作主张，自定标准，收起过路过桥费。这一收让拉运沙子、石子的车多数到其他砂石场去拉，从而大大影响了承包山岗者的收入，双方就通过信访来控告对方。

因为我们是市工作队的，不受当地错综复杂关系网的缠绕和左右。在广泛深入调查了解的基础上，各方选出三个有威望的代表，公平地、妥善地处理了这宗信访案：

一、任何人不得收取过路过桥费，因为桥和路是国家的，私自收费是违法的。二、承认原山冈承包合同有效。但是，原合同是依据当时每天的销售量定的，现在销售量成百上千倍地增长了，不是承包者采用何种先进的技术或者投入了多少资本或劳力，而是以出卖更多的集体资源后所带来的增长。后通过反复协商，调整了原承包费，使各方群众都非常满意。

我们在群众会上一再强调：公道，即公平合理，是对具体的人和事在特定的环境和时间内，相关的政策和法规等而言的公正的道理。"世界上有大道理，也有小道理，一切小道理都归大道理管住。"（毛泽东语）然而这理不是静态的理，也不是绝对的理，而是相对的理。老百姓说："公道是刺。"刺的就是不公道的人和事。公道是正义，有了正义，才能得民心。公道有时也会迟到，但是最终不会缺席。

当一个公道出现时，一个新的不公道也会产生，为了新的公道，社会总是不断地发展、不断地革新。人们正是在公道与不公道的争取中生活繁衍。社会在公道与不公道的斗争里前进和发展。

当时说气话的那位农民兄弟在看到处理的结果，听了工作队队长的讲话后，在群众会上跷起拇指深有感触地说："还是你们公道。"我说："我们是代表党和政府来工作的……"

排外不得人心

近几年，农业部门引进的一种大小外形酷似鸭子的"欧洲雁"进入农家。这种家禽以耐粗粮，抗病能力强，易饲养，肉质鲜嫩无脂肪且自繁自育，颇受农民喜爱。

老伴心血来潮也想养几只，于是我们在集市一下买了六只雁。谁知都是母雁。下了一段时间的蛋，就有两只雁抱窝了。在窝中孵化自己产下的蛋——这不是扯淡？没有公雁的蛋怎能孵化呢？

说实话，后来我们才知道，从市场买来的这些雁，不知是在生长过程中营养不良，还是近亲繁殖……总之，发育迟缓，个头瘦小是农家"拔杂去劣"的淘汰雁，与左邻右舍的雁相比逊色得多了。

老伴从邻居家换来了人家逐年挑选、提纯复壮、品种优秀的有公雁的蛋而让其孵化。谁知两只抱窝母雁互不相让，相互争斗。它们一开始用喙叼咬，接着用脖子缠绕一起死拉硬拽，最后用翅膀狠劲地拍打，如此轮番角斗谁也不让谁。当它们争斗得精疲力尽时，索性都趴在窝里孵化。结果是"三兼四靠，倒了锅灶"。一窝蛋最终以多数是"半仁"（死胎）而宣告失败。

可是，抱窝雁仍然牢牢地趴在空窝里，就是不起来，老伴只好又从另外一邻居家换来有公雁的蛋重新放入窝中让其继续孵化。为了防止争窝，事先把蛋分成两份，让它们"分窝包干"。除了每天给些水和饲料，再也不去管。不知不觉中三十五天过去了。灯光下，隔着蛋壳隐隐约约地看到雏雁蠢蠢欲动，不停地啄壳。老伴有些兴奋和激动，心想："三不管"的雁终于孵化成功了。然而，就在她喜庆的笑容还没有从脸上褪去时，领头出壳的雏雁不知被什么东西撕去头皮而惨死在窝外。她猜测：不是喜鹊的干的，就是黑老鼠的作为。

于是，她频繁地光顾雁窝，留心观察雁窝里的一举一动。当第二只雏雁叨破蛋壳拼命挣脱蛋壳的束缚，披着被羊水浸润得湿漉漉的绒毛，睁着圆溜溜的黑眼睛，惊喜地察看崭新世界的一刹那，抱窝母雁不知道是从气味上还是从颜色上，能分辨出这不是自己的后代，便穷凶极恶地向小雏雁采取突然袭击——拼命叨咬雏雁的头皮。小雏雁一声接一声地哀鸣，不能换来"后娘"的半点怜悯之心，抱窝雁反而越叨心越狠，越叨越带劲。老伴赶忙抓出小雏雁，但为时已晚，小雁的头皮已被叨破。又一只雏雁奄奄一息了。面对抱窝雁这种恶毒的行径，老伴想起了民间的那句俗语："伏天的烈日、黑洞的风，蝎子的尾巴、后娘的心——最毒。"

她急忙向左邻右舍求教，得到的答复是：欧洲雁有强烈的排外特性。出壳的雁只要嗅到不是自己的后代，它会立即把小雁置于死地而抛出窝外。为了不使这种排外的惨剧重演，她重新调换了另一只抱窝雁，并及时把即将出壳的雁蛋挪出窝外放在热水袋边……这样做算是成功了。

可是，令她想不通的是：本是同根生，相煎何太急？抱窝雁自己辛辛苦苦，一个多月的操劳和煎熬为种群的优化组合，避免了近亲繁殖，促进了优胜劣汰以及本种族繁殖优良后代尽职尽责，本来是立了大功，积了厚德的好事，但是它却把排外的本性上升到你死我活的高度，做出了惨无人道的举动——把不是自己亲生的后代斩尽杀绝——用嘴头把自己的功德搞得荡然无存。

"叫你给我见不得外来的……"老伴不停地嘟囔着。她决定：把抱窝雁分棚强化喂养一段时间，安排它到家庭餐桌上做最后的"排外表演"。

鸡孵鹅给我的启示

二十世纪八十年代初，家乡农民饲养的鸡、鸭、鹅都还是利用原始的、传统的抱窝来孵化，听天由命，孵上几只算几只。

一个春意盎然的日子里，妻子心血来潮想用抱窝鸡孵鹅，征求我的意见。一个大男人哪管这些"鸡鸡蛋蛋，女人主办"的小事，随口说想孵就孵。于是妻子跑遍邻队邻村，终于搞到了十二枚新鲜的鹅蛋放到抱窝鸡的鸡窝里。由于找鹅蛋的辛苦加之这是第一次孵鹅，妻子对抱窝鸡不光精心伺候还细心观察。她对老先人关于家禽孵化的歌诀烂熟于心，什么"鸡，鸡二十一（天）；鸭，鸭二十八（天）；鹅，鹅二十九天还不挪（需要孵化三十天）。"她每天掐指计算，企盼着这一天的到来，她憧憬着雏鹅破壳而出的情景，心里充满了无限的喜悦。

虽说是"鸡抱鹅仔——枉操心"，但是，抱窝鸡服从主人安排，为他人繁衍子孙、传宗接代，而忠于职守、无私奉献的精神确实令人敬佩。你看它歪着脑袋，睁只眼闭只眼，安详地孵化着一窝鹅蛋。不时地站起来，本能地用喙把鹅蛋前后拨拉一番。由于鹅蛋又大又重，它总是拨不动，只能是像例行公事一样"装模作样，应付差事"。当然，这不是它懒惰敷衍，而实在是无能为力。

妻子通过仔细观察，认真地分析，发现了抱窝鸡的这一缺陷后，她每天早晚两次把一窝鹅蛋，边蛋捣心蛋，前蛋捣后蛋，使鹅蛋都能均匀受热。功夫不负有心人，灯光下十二枚鹅蛋全部孕育成功，这使她喜出望外。真是"多想出智慧""处处留心是学问"。如果靠抱窝鸡去翻蛋，由于受热不均，蛋或成为"谎蛋"，或成为"死胎蛋"，最后也孵不了几只鹅来。

二十九天刚过，抱窝鸡不时地站立起来，显得有些急不可耐。妻子知道傻心眼的父母古来多，这不是因为抱窝鸡辛辛苦苦操劳了近一个月却还没有看到一个子女破壳出世而焦躁不安，而是因为即将出壳的雏鹅自身已经产生热量，抱窝鸡是下意识地降温。

灯光下，可以看到有几只雏鹅已经抬起头来在啄蛋壳了。妻子脑海里浮现出几年前第一次孵鸡的教训。当时鸡娃子开始啄蛋壳时，她用针把蛋壳撬开，把小鸡头拉出来，结果是揠苗助长，弄巧成拙，帮了倒忙，最后鸡娃子死多活少。即便是活下来的也是像蒸笼里溜了气的馍馍一样成为先天不足的弱雏。

这一次，她特意对灯光下几枚蛋里有气无力啄蛋壳的雏鹅，在雏鹅啄蛋壳处，用针尖挑了个芝麻大的洞，让雏鹅及时呼吸到新鲜的空气自行发育。后来竟然成功孵出了十一只毛茸茸的小鹅仔，这个数字惊动了庄前四邻……

人为的帮助是必要的，且这种帮助是被帮助者乐于接受的恰到好处的及时帮助，才能收到事半功倍的效果。

一条羊腿

上世纪七十年代初，我从一所小学被提拔到公社（乡）搞教育工作。当时除了拥有现在一个学区校长应有的权力外，每年还负责推荐部分回乡的初高中毕业生上大学、上中专。尽管审批权在公社党委，但是具体招生工作却由我来操办。

一个星期六的下午，我下班回家，一进大门就看到父亲住房外边的窗台上放着一件子羊肉。母亲向我诉说了事情的原委："午饭后，家里来了一个小伙子，多高的个头，长什么样，穿什么衣服，是你工作的那个公社的人。也是前些年你教书学校的学生，叫什么名字，他怕我记不住，用木棍在地上写着。他想让你推荐他上中专，顺便来看看你。当时，你媳妇在队里劳动，家里没人。他再三要求把羊腿放下，我坚决不收。可能是临出门时慌慌张张把羊腿放在屋外的窗台上走了。"

我看了看地上的名字，思绪的闸门一下子打开了，一个不漏地快速搜索着，苦思冥想了好一阵，终于在记忆的荧光屏上找到了这个当时的"高年级学生"。站在一边剥芨芨草准备栽扫帚的父亲不紧不慢地揶揄我："俺们的儿子也能吃人了。"这辛辣的讽刺和挖苦使我心如刀绞。少顷，父亲又警告似的说："鲇鱼上钩，吃了眼小的亏……"

送条羊腿，这在当时也算是厚礼。心想：推荐上学，首先政治上要合格，这种"拉干部下水"的人能算合格吗？年轻气盛的我，二话未说，捎上羊肉返回到十多里以外我工作的公社。正准备把羊肉交给这个学生所在的大队领导，让其还给本人。正巧我办公室来了一位老年教师，听完我的诉说后分析利弊，认为那样做不妥。"不接收了，原样退还就完了"，"不妥"，"原样退还"这入木三分的忠告使我茅塞顿开。仔细想来交给大队领导，无非是显示一下自己清正廉洁罢了，这又有什么意义和必要吗？正当我为退还羊肉为难时，出门凑巧碰到了一位来供销社买东西、这个学生当年的同学，委托他把羊肉送还给了原人。

一名小干部拒贿一条羊腿，原本是不值一提的小事，到此事情似乎已经结束了。然而让人始料不及的是，事情发生了戏剧性的变化，前边发生的这些过程只是个序幕。

在"三干会"（即公社、大队、生产队干部）期间，这个学生所在的生产队队长特意到大会秘书组找我，给我讲述了事情的前前后后。我委托送还羊肉的那个学生，来到这个学生所在的生产队。该队新规划了居民点，一时找不到那个同学的家，正在打问时，迎面走来了这个生产队的队长，相互也有几分眼熟。队长在指明其家时，看见自行车上捎着羊肉。立刻使他心生疑窦。随即问道："你今天有啥事，怎么提了个羊腿子？"送羊肉的学生只是笑了笑，支吾着说："随便看看。"

原来这个生产队是从老灌区搬迁到八里以外的新灌区，土地多且贫瘠。队里为了积造农家肥，方便农民养羊同时也避免农民饲养的羊吃队里的庄稼，特意从山里买了几只公羊，把农民零星饲养的一百多只母羊收拢起来，指派专人在苦水河岸边的荒地里放牧。羊一天天越吃越壮，羊圈里的粪越积越厚，群众称赞队长领导有方，队长心里也乐滋滋的。

一天夜里，突然羊倌听到看羊圈的狗一个劲地狂吠，赶忙穿衣出门查看，只见羊圈的羊，一只只惊恐万状地站立着，四周漆黑一片。羊圈离居民点较远，紧挨着一块坟地。羊倌以为是被野猫或者獾哄吓了，转了转也未发现什么情况就和衣睡去。第二天早晨羊出圈清点时，果然差了一只羊。再仔细查对，差的是一只黑脖子绵羯羊。队长和羊倌精心查卜踪迹，上了砾石路就再也无法辨认了。根据贼对地形和羊群的熟悉程度，他们推断"馍馍是从内里馊的"——本队人所为。可是究竟是谁干的就无法知晓了，队长也曾试图对队里几个平时"手脚不干净"的人逐一摸排分析，但苦于没有证据而无从下手。

羊已经丢了，现在就看用啥羊来赔偿丢失的这只绵羯羊。队里穷得叮当响，赔羊的钱从哪里来？队长正在发愁时，正巧碰着这个送羊肉的学生，使丢羊案有了点眉目。

当时社会上没有卖羊肉的人，多数农民吃肉也是指望逢年过节时，从大队的牧场里淘汰些老弱病残的羊，宰杀后每口人能分上一斤左右，别说是"改犒"，能打个"牙祭"也算不错了。偶尔有少数人想吃肉，必须事先约定，每斤肉价多少钱，谁要多少斤，合伙宰杀某某急用钱农户的羊，私下搞所谓的"打平劐"。

仅有小学文化程度的队长却是一个很有心计的机灵人。他猜疑这送来的羊肉会不会就是那个丢失的黑脖子羯羊的肉呢？因为队里近来没有人"打过平劐"。晚上他不动声色，叫来队里一名基干民兵，悄悄地到这个学生的家里看看，还有没有什么蛛丝马迹。这个学生的家，面南面北的房子都已盖好，只是还没有砌围墙。一家人把在面北的灶房里做好的米饭和烩好的羊杂碎端到面南的正房里正吃得津津有味，一家人谈笑风生。这一切被站在高处的队长窥探得一清二楚。于是那个民兵蹑手蹑脚地潜入灶房，轻轻地舀了半碗羊杂碎端来。

队长心想，召开队委会可能会走漏风声，反而不利于案件的侦破。但是，仅凭那条羊腿肉和那半碗羊杂碎还不能完全说明问题。经过再三分析，根据丢羊踪迹上了砾石路向北的去向，他推断，这个学生的姐姐在北面的另一个公社，记得他姐姐结婚时队长送过亲。那里会不会正是把黑脖子羯羊推上"断头台"的现场呢？

八月的天气闷热闷热的，一丝风也没有。午饭后，队长和那个民兵不顾天空中翻滚着的乌云，信心十足地骑着自行车来到一条公路旁——这个学生的姐姐家。正巧学生的姐姐在家搓草蓑子。一看娘家队里来人，有些心虚，勉强地招呼队长进屋。沏茶、倒茶后，她狐疑地问："啥风把你们给刮来了？"队长早有准备，撒谎说："我们到粮站结账，眼看雨要来了，再往前走恐怕没处避雨，就来你们家了。"学生的姐姐心存疑虑地说："那好！"

说时迟，那时快，一声闷雷咔嚓一声，电光一亮，好像就在院子里。顷刻间瓢泼大雨像天开洞一样泻下来。学生的姐姐一看五岁的儿子出去玩耍没有回来，急得像热锅上的蚂蚁坐立不安，心里却十五只桶子打水——七上八下。是出去找呢？还是不找呢？只好耐着性子对队长说："你们先喝茶，我出去找找那个狼吃的。"说罢头上顶了件旧衣裳就急急忙忙向大门外跑去。

队长喃喃自语道："来早了，不如来巧了。"他边说边抓紧时机掀起里屋的门帘一看，惊奇地"啊"了一声。里屋的地上晾着一张毛朝下、板向上鲜活的羊皮。他兴奋地揭起羊皮一看，果然脖子处是黑毛。他欣喜若狂，强按住内心的喜悦和激动，马上回到外屋与同来的民兵嘀咕了几句，故作镇定地坐在炕沿上，一边高兴地摇着小腿，一边有心无心地喝着茶水。

门外的暴雨一个劲儿地下着，透过玻璃雨好像无数根水柱斜斜插入地下。院子里的下水道来不及吞咽，汪了足有半尺深的水。一会儿，学生的姐姐拉着儿子像落汤鸡一样，风风火火地回来了。进屋后不顾换淋湿的衣服，抹了把满脸流淌的雨水，一屁股坐在里屋的门槛上，气急败坏地一边拍打着儿子，一边一语双关地叫骂道："婊子娃娃，像断了绳的狗一样，到处跑尿地干啥呢？再要乱跑，雷非殛死你不可。"队长也听出她是指桑骂槐，可心里却高兴得说不出来。

远处的雷声轰鸣，院子里雨声哗哗，掩盖不了屋内的马蹄表的嘀嗒声，大家沉默着，沉默着……此刻，学生姐姐急切地盼望雨快停了，把这两个不速之客送走。队长却为如何开口难为情地在脑海里盘算着……

终于，队长坚定沉着且不客气地把队里丢黑脖子羯羊的事一五一十说了出来。学生的姐姐起先还装聋卖傻，支支吾吾，甚至强打着精神说："你们队里丢羊与俺有啥关系？"队长心想：贼无脏、硬如钢。他忙给民兵使了个眼色。民兵心领神会不顾她的死活阻拦，强行掀起里屋门帘，一下从里屋里拿出羊皮……

再后来，退还送礼的羊肉成了侦破偷羊案的突破口。随着队长破案先进事迹的传播，似乎从侧面给我的人格也增添了不少的光彩，有人说："偷花献佛，祸害一窝，太可恶了。"也有人说："偷羊行贿，罪上加罪。"……队长成为群防群治的先进个人，出席了地区召开的表彰大会……

一天，我把这件事的前后经过讲述给父亲后，他语重心长地说："人穷志气在，虎瘦威力在，永远也不要干那眼小的事，本本分分地做人，扎扎实实地工作。始终把合法、非法分得清清楚楚，这是我们做人的根本标准和道德底线。""若要人不知，除非己莫为。偷羊案终究是要破的。如果你当时接收那个学生的礼物，这辈子再也别想抬起头来，众人的吐沫都会把你淹死……"父亲的话直击心灵，让我铭记至今，效用终生。

老妈培养的习惯

尽管人们常说："人面不熟烟搭腔，化解难题酒出力。"可是这两样消费品从来与我无缘。这要归功于母亲从未放松的严厉管教。

1989 年政治风波后，县里组织基层领导集中到县招待所学习传达中央有关文件，"统一思想，提高认识"，形式主要是分组讨论。地点就设在各组住宿的房间里。大冬天，门窗紧闭，房间仅有二十几平方米，十几号人只有我们两个人不抽烟，其余的人一根接一根地抽，有的无聊地吐起烟圈来，有的玩起了用吐出的"烟棒"去穿透烟圈的游戏。整个屋内袅袅氤氲，好像农村烧炕屋内冒的烟一样。我也成了被迫吸烟者。

几天后会议结束，回到家里，照例先去看看年迈的母亲。母亲正盘坐在炕头为自己补那早已补过几次的袜子。一句亲热的问候促使她那老态龙钟的脸庞上荡起了幸福的涟漪。"都啥年代了，谁还补着穿袜子"的玩笑话，引起了母亲没完没了的絮絮叨叨，一会儿是忆苦思甜的回忆，一会儿是勤俭持家的教诲。真是一石激起千层浪——老妈的话匣子打开了。"我有时也自己缭那穿破的袜子"的答复，才算是勉强终止老妈的"艰苦朴素是俺家的光荣传统"等这种唯我勤俭的"演讲"。

待我走近时，她敏感地嗅到一股强烈的纸烟味，立即收敛了刚才温和的笑脸，板着面孔严肃地质问道："老大，你抽烟了？"我一本正经地说："妈，没有，几十年来摸都没摸过。"母亲摇了摇头，她以为我不老实，半信半疑地问："那怎么一身纸烟味？不信，你自己闻一闻。"我举起胳膊一闻，果然衣袖上一股浓浓的纸烟味，心想难怪母亲说我抽烟。为了进一步证实我的回答是否正确，她像下命令一样说："你把手伸来我看看。"我内心坦然，理直气壮地把两只手都伸到她面前。老人家仔细地翻过来调过去地查看，没有抽烟人夹烟卷特有的烟熏黄手迹，不放心地又用鼻子闻了又闻，仍然一无所获。我向她解释了我身上烟味的来历。这场严肃的"审讯"才算基本结束。

母亲叮嘱道："对着呢，我们家祖祖辈辈没有人抽烟，现在子女们就更不能抽烟了。因为家里没有那个不好的习惯……"我笑着说："我都这么大年纪了，当上爷爷了你老人家还管得这么严。"母亲不客气地说："你当上啥也是我的儿子，对于歪的、邪的，我是一管到底，直到我头放到地上为止。"我故意逗趣地说："兵在外，不由帅，真要在外面抽开了，你也看不着，也管不住。"母亲认真地说："是啊，人贵自立。可是你真要不自立，不给我争光，反而给我丢脸，我也就不给你面子了。到时候我到人多的地方臊你的毛，看你的脸皮能有城墙厚吗？"我笑着说："我相信你老人家不会那么下茬（较真）的。"母亲不客气地说："真要碰上那脸皮厚的、不要脸的子女，不下茬也不行。猫儿不上墙，狗儿撵得慌。人是逼出来的……"

母亲对于子女优良品行的培养和教育不只是负责到底，还要负责到死。这样的精神正是她的可贵之处，也值得我永远怀念和学习。

立　志

上世纪五十年代初期，我在家乡上小学。那时，老师每天都要用像糨糊一样的红胶泥当墨汁，用毛笔在每个学生的麻纸本上工工整整地写一仿"红胶泥字"，供学生用墨汁（自己用废了的磨石或砖头制作的砚台研磨的）"描红"。一班学生每人一仿，老师的书法水平和辛苦程度可想而知。学生先描红，后临写，再在空白处用小楷毛笔练字——真是"大楷小楷一起上，密密麻麻一片张"。应该说那种见缝插针、减省节约、物尽其用的习字法已到了无法形容的地步。

母亲把我写完的麻纸本子和旧书收集起来，用小菜坛做"楦子"，用糨糊一层层地把废本子和旧书糊到菜坛上，不时在中间糊一些大麻和芨芨草作筋，待半干时把小菜坛取出来，就是一个盛米或盛面的器皿——俗称"纸笆斗"。

一天，父亲有病，要我请来了本地有名的郎中。他进屋后，一边为父亲把脉，一边目不转睛地观察着放在显眼处的"纸笆斗"。他皱了皱眉头问父亲："那毛笔字是谁写的？"父亲瞅了我一眼，有气无力地说："儿子写的。"他轻蔑地唉了一声说："差得远哩。"郎中根本没有顾及父母亲和我的感受。视线里窥见父母不约而同地看了我一眼，顿时羞愧得我无地自容，至于脸红到什么程度无法知晓，可心里像火烧一样难受，认为给父母丢了脸。初生牛犊不怕虎，当时我心里暗暗地下决心：一定要好好练字，总有一天我要超过你。也许这就是"立志"吧。

从此我牢记郎中的羞辱，用"差得远哩"不断告诫和鞭策自己下苦练字，就是用铅笔写字也是"横平竖直口字方，间架结构配得当"（老师语）。小学时多数同学家中生活拮据，买不起本子。老师时常让我们在教室外的土地上练字。多数同学用木棒写字，我却为了追求字的显眼和好看，用右手的食指在地上练写。由于长时间用食指练字，食指上的指纹究竟是"斗"还是"簸箕"早已磨进土里。时至今日，几十年过去了，食指上的指纹已荡然无存，留下的只是少年时练字的记忆。这应该就是：立志必须坚定不移，实现却要勤奋努力吧。

上世纪六十年代中期，一次偶然的机会，我目睹了老郎中的字，确实是苍劲有力，潇洒飘逸，功夫不浅。当时我已从师范学校毕业，公道地说我的字与郎中的字相颉颃。不久老郎中去世了。社会上写好字的人确实不少。单是比起我的舅舅，我的小儿子，我的大孙子，尽管他们是在我的影响和教诲下练习书法，然而"青出于蓝而胜于蓝"却是不争的事实。与他们相比，我实在是甘拜下风——"差得远哩"。

老郎中唉了一声，我奋斗了一生。我衷心感谢他老人家无意中对我的羞辱、告诫和鞭策。生活中夸奖与激将同样是鼓励人上进的方法，关键却要看对象的悟性发挥得如何。或许是我"不挫不动，越挫越奋"的个性加上"君子立长志，庸人常立志"教诲的结果吧，我的字才写得不算难看。

多少年来，我一直是挥毫不辍，即便是退休后也没有放松书法练习。我知道再怎么练习，也不一定有多大的长进和出息。但我是把练字当作终身立志的一种追求，孤芳自赏，自我陶醉。同时也当作凝神聚力、活动筋骨、修身养性，打发时光坚持不懈的"老年操"。

外公的芨芨草淌筐

外公是一位地地道道的农民。印象中他高高的个头，佝偻的身躯，清癯的面容，下巴上留着一束花白的山羊胡子，深陷的眼窝中镶嵌着一双睿智的眸子。他慈祥豁达，说话风趣幽默，有一手编织芨芨草的好手艺。

很早的时候，由于交通闭塞，南方的竹编很难在家乡显鼻露脸。百姓常用的用来淘米、撇（捞）饭、放菜、盛馍馍，甚至家庭妇女放针头线脑的物件都是大小不一、各式各样的芨芨草编织的淌筐。还有盛米用的笆斗，储粮的粮囤，背粪的背篼，也都是芨芨草编织的。外公编织这些东西可以说是得心应手，甚至是随心所欲，特别是在收口时的工艺是格外讲究的，什么"一条龙""蛇摆尾""拧麻花""窗棂格""姑娘辫"……

一次，我问外公什么时候学习了这么好的编织手艺，他兴致勃勃地给我讲述了他的学艺过程：

他十六七岁时，在山里给别人放羊。羊场上有吴氏父子俩，儿子与他同庚，比他月份早，他称"吴哥"父亲为"吴姨爹"。吴姨爹为人忠厚聪明，有一手编织芨芨草的好手艺。他在羊场负责后勤（驮水、做饭、看圈、喂羊羔）。白露时节过后，芨芨草成熟了，他要儿子每天拔些芨芨草回来。外公也学着拔芨芨草。开始他们好坏不分，"眉毛胡子一把抓"，是芨芨草就拔。吴姨爹给他们现场讲解最好的芨芨草是色泽乳白、坚韧心实的，一般生长在土地贫瘠、存不住雨水的山梁上或石缝里，而且是有些年龄的大墩芨芨草，这种芨芨草经受了困苦环境的磨炼，最适合编织淌筐和栽扫帚了。

接着吴姨爹先示范，后又手把手给他们俩教怎样起头，怎样分岔，怎样搭扣，怎样编底，怎样拢绑子，怎样收沿子……万事开头难，开始芨芨草总是不听使唤，在编织过程中往往是记住这个要领，忘记了那个环节。编出来的东西总不像样子。吴姨爹老是骂儿子"脑子叫狗吃了""手笨得像癞瓜子爪子"。后来干脆下死命令"再不要糟蹋芨芨了，放下爹们编……"儿子慑于父亲的威严，也就乖乖地停下，每天一边放羊一边拔芨芨草，回到圈上只管剥芨芨草皮（叶子）。

外公呢，自己拔的芨芨草不心疼，编坏了，拆了，重新起头，再编。实在不行就扔了，再拿新芨芨草重新编。如此反反复复，他相信老先人们"眼过千遍，不如手过一遍""瞌睡总是要从眼窝里经过"的教诲。出圈后，羊吃草，他自己向端（揣摩）地编。回到羊圈，他很会瞅眼瞧（察言观色），主动帮吴姨爹干点杂活。吴姨爹很欣赏他的勤快与聪明，把自己掌握的编织技术毫无保留地教给了他。"千遍万熟，熟能生巧"。不久吴姨爹得了急病去世了。吴哥却没有学会编织淌筐的技术，只会干个编背篼的粗活。外公不但学会了，还利用赶集的机会察看别人卖的淌筐，因为都是内行，一看路数就明了了，他博采众长学到的编织套路就更多了。家有千两银，不如手艺人。外公的淌筐编织手艺伴随他一生，虽然不能完全养家糊口，却也能添补家中的零花零用。

外公与同龄的吴哥学习芨芨草编织手艺的故事在我的脑海里留下深刻的印象。我从中悟到，就普遍来说，人与人的构造是相同的，然而成长的结果却是千差万别的。这除了性别和基因的差异，更多的、更重要的是后天的刻苦学习、所处环境的熏陶和利用以及社会实践的锻炼和影响了。

横城古渡给了他新生

一九三九年的夏天，患了心脏肥大病的父亲在清真寺里念经时被马鸿逵抓了壮丁。在银川市东门外训练几个月后被分到连队，由于驻地毛蝎的叮咬，左耳道发炎，全身高烧不退，疼痛难忍。带兵的连长无情地说耳朵疼有什么了不起。白天他抽空用毛巾热敷一次还能暂时缓解一阵，但每到晚上疼得根本无法入睡。就这样折腾了五天五夜后，突然从耳朵里流出了花红浓。耳朵的疼痛立马减轻了许多。几天来的昼夜无眠，使他一下子熟睡得像死了一样。

凌晨两点突然紧急集合，他一点也不知道。同房子的人只顾自己，集合完毕发现唯独差他，这才派人唤醒了他，来人替他捆好铺盖，但是为时已晚。接下来他便是被当众按倒，脱下裤子被暴打二十军棍。尽管他咬紧牙齿，但也忍不住皮开肉绽的剧烈疼痛，撕心裂肺地呼叫求饶却依然无济于事。惩罚结束后，父亲被士兵抬回营房。当天上午两条大腿肿得发紫，一块儿的士兵只好找了些谷草烧成灰掺和鸡蛋清敷在他大腿上，揪心的疼痛持续二十多天。

想起无辜遭受毒打的伤痛和积压在心头的愤恨，想起年迈的父母，他心中萌生了一个誓死也要逃出这"虎狼窝"的念头。可是，戒备森严的军营，怎么能逃出去呢？他整天在盘算着。

一个深秋的夜晚，他把多余的衣服事先绑成一个捆儿放在被窝里。听到要换岗的人往回走的脚步声，他揣着几个平时积攒的干馒头，轻手轻脚地站在门后，趁站岗的士兵刚一进屋叫要换岗的士兵的一刹那，一闪身蹿出门外。秋高气爽，黑夜茫茫，他一阵狂奔，接着疾走……

他知道，家在河东，还要向南走百十里路。虽然家不能回，但必须过河。沿大路走不行，到仁存渡口过河更不行，因为那是军渡。之前曾无意中听人说，横城古渡有羊皮筏渡河，他就向东奔去。高一脚，低一脚，终于来到黄河岸边，眼前一片汪洋，波涛汹涌的河水滚卷着一个个旋涡像脱缰野马向北奔流而去。气喘吁吁、汗流浃背的他在岸边仔细寻觅了一会儿，根本没有皮筏子的踪迹。无路可走的现实像翻滚的乌云一样压得他几乎崩溃。此时他想，如果有人追来，只有跳河了。心急火燎的他毫无目的地沿河岸向南走去。当他涉过几道沟岔，突然闻到了一股旱烟味，他心里一亮，无形中加快了脚步。走着走着，眼前出现一个用木棒绑成人字杈搭建的窝棚，旁边放着一只羊皮筏子。他惊喜而又激动地问：

"有人吗？"

"干啥的？"

"过河的。"

"半夜三更的，过河干啥？"

"我有急事。"

"有啥急事也得天亮。"

"我的老爹快咽气了，再迟活面上就见不上了。"

"官府不许夜里渡人，你找别人去吧。"

"你行行好吧，我给你三块银元。"这是他身上仅有的钱。三块银元渡河，在当时也是不菲的工价。

窝棚里沉默片刻，只听一个女人的声音说："送过去吧。"

男人反驳说："万一是逃兵，渡了是要坐牢的。"

窝棚外，他吃了一惊。心想逃兵是要枪毙的。他急中生智，赶忙从口袋摸出了一封家书说："我有公文。"什么公文，完全是蒙混过关。心想肯定都不识字，哄过一时算一时吧。残月下，从窝棚出来一位约莫五十岁的满脸皱纹的把式（对划羊皮筏人的尊称）打量着眼前的父亲。把式心里明白一定是一个逃兵（他穿一身国民党兵的灰军装）。不自然地咳嗽了一阵，脑海里肯定展开了激烈的思想斗争——是渡，还是不渡？把式不看"公文"，也不说要钱，省了好一阵，终于果断地说："走吧。"他激动地替把式扛起羊皮筏子，紧跟把式的脚步，沿着河岸向南走了大约一百米，在放下皮筏子的一刹那，他将自己积攒的三块银圆塞进把式的衣兜。把式只说了声："手抓紧。"筏子便向河中漂去。

此时的黄河水流湍急漩滚，汹涌澎湃。筏子在水中左倾右晃，上下颠簸，他的心也像羊皮筏子一样七上八下，眼看跳出嗓子眼了。久经考验的把式却胸有成竹地驾着筏子，不紧不慢地划行着。一直沉默无语，终于在对岸一处上岸了。

他无限感激地说："老姨爹，我永远忘不了你的大恩大德。"

把式却说："在任何情况下也不能说是我渡了你。"

他坚定回答说："放心吧！"不知是兴奋，还是着急，他大步流星向茫茫夜色中奔去……

一位汉族老姨爹冒着坐牢的危险，帮助回族青年从马鸿逵的兵营里死里逃生的事迹在家乡回族亲友中一直悄悄地传颂着。应该说民族团结是由无数个个体的团结组成的。民族团结的象征是由千千万万个团结的故事汇聚和塑造而成的。

笑着受苦

一九八三年，农村刚刚实行家庭联产承包责任制。那时绝大多数农民对于照相还是可望而不可即，少数人能照个特意打扮的单身照也就不错了，"人马三齐"的全家福更是奢望，生产劳动照几乎为零。

包产到户时，当了二十四年生产队饲养员的父亲经过抓阄幸运地抽到一匹枣红马。这和抽到骡子的农户比有些逊色，但与抽到驴的农户比就显得自豪得多了，与那些什么也没有抽上的农户比更是得意了。

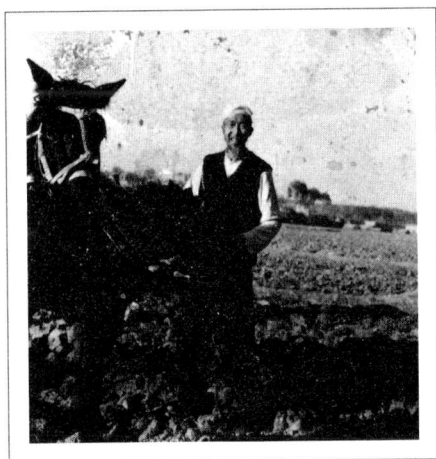

家中有张照片是父亲驾着他的枣红马在责任地里犁田时拍的。他当时"春风得意马蹄疾"，脸上绽放着春意盎然的笑容，心中荡起春光无限好的涟漪。此时此景使我感动不已，仅对照相技术一知半解的我，举起120相机抓拍下这一瞬间。整个画面没有"导演"的故意摆弄，也没有事先告知后的矫揉造作，有的只是朴实自然、落落大方。照片洗出后，我在下面写上了"笑着受苦"四个字。面对父亲的这张劳动照，兄妹之间产生严重的分歧：赞成派认为这是父亲辛勤劳作，"生命不息，奋斗不止"的真实写照，令人感慨万千；反对派则认为七十岁的老爹应该颐养天年，却还在犁田，这是我们兄妹的耻辱，惹众人耻笑。父亲有自己的见解，他说："如今国家的政策好了，自己有了责任地，有了头苦（牲畜），你们还不会犁，我犁一阵也没啥。"

一匹马拉一个犁铧有些吃力，父亲很心疼他的枣红马。因为这是"大骡子"的哥哥。枣红马和大骡子是父亲在那艰苦的环境中和特殊条件下从小到大亲手饲养的，他对它们有着割舍不断的情愫，其中有一段十分感人的故事。

那年生产队从内蒙古买来了三匹马，其中两匹骟马、一匹母马。母马肚子里就怀着这匹枣红马。当时生产队里一般不饲养雌性牲畜，认为是"吃死爹"。饲养员也没有这方面的经验，母马的预产期也无法计算，父亲凭观察预感到"快了"，为了万无一失，两个饲养员每天晚上轮流睡在马厩的槽子里"值夜更"。寒冬腊月，滴水成冰，他们硬是支撑了十一个通宵，终于迎来枣红马的顺利降生。小马驹的出生打破了生产队没有幼畜的历史。那些日子人们稀罕得像参观动物园一样络绎不绝。

后来母马又在大队种畜场配上了骡子，一年后一匹体型高大、活泼可爱的"大骡子"（生产队里牲畜个个都有公认的名字）出生了。当时没有什么机械，一匹大牲畜的降生意味着将要有多少人力获得替代，简直成了生产队内的爆炸性新闻。"大骡子"出生时母马的阴门受了伤，十几天后由于伤口的愈合，母马一边在圈墙上扛挠，一边拌嘴（母牲畜拌嘴是发情的表现）。碰巧队长发现了这一情景，误认为是母马发情了。让父亲的搭档把母马拉到大队种畜场配了骡子，结果几天后母马得了"产后风"死了。仅出生二十一天的"大骡子"失去了母亲，没了母乳，"大骡子"的生存受到致命的威胁。全队人怨声载道，谴责之声不绝于耳。养马比君子，生灵和人一样，怎能在"月子里"交配？简直无知到了极点……一筹莫展的队长也是内疚得无地自容。此时父亲自告奋勇将大女婿从兰州特意孝敬给他吃奶的奶山羊拉到队上（当时家乡还没人养奶羊），专门挤奶喂养骡驹。小骡驹得救了，每天活蹦乱跳，跟父亲形影不离。乡亲们无不为之感动。消息传开后，县广播站还做了专题报道。

人世间有些事让你匪夷所思，有些巧合简直无法解释。五十多户人先抽签排号后依号抓阄，枣红马碰巧叫父亲抓到了。他怎能不激动，怎能不心疼呢？他让我这什么牲口也没有抽到的农户，买一匹马或骡子与他的枣红马配成一对，犁田耙地就合上套了。

我走访了几位老年人。他们都说："马是头前草垛，身后粪堆"（即吃得多，拉得多），"铜牛、铁驴、疯子马（有猛劲、没后力）"。这一次我没有听他老人家的话，却受历史学家邓拓先生"谁有远见谁养牛"的影响，花二百九十元买了头黄牛……

父亲常说："八十岁的老人门前站，一天不死吃碗饭。"勤快一辈子的他总是"放下耙子弄扫帚"，不闲着，这引起了左邻右舍老汉们的嫉妒和不满。一次，一位比父亲小十岁左右的老叔对我诚恳地说："给你老爹说，再不要到麦场上干活了。我们儿子媳妇都埋怨我说，家里油瓶倒了都不扶，整天吃太平宴，人家老纪爷比你大多少岁还干活呢……"

后来，我委婉地把这条意见传达给父亲。他说了一句既普通又深奥，既幽默又实在的话："庄稼收割了，在堆垛的时间里为了种子更加饱满，尽力把杆杆和叶子里仅有一点的养分输送给种子，做最后的努力，俺们叫出汗。你仔细看看堆垛的粮食与不堆垛的从外观看都不一样，以小麦为例，堆垛的小麦籽粒光亮饱满，没堆垛就差些。"他还说过天上下纱，也得伸出手去接。

话虽这样说，年龄不饶人。一九九六年十一月二十日，他走完了八十二年的人生历程。留给我们兄妹印象最深的是四个字——笑着受苦。

笑着受苦，是人生的智慧，包含着做人的责任，做人的执着，做人的期望，同时也包含着对新农村政策的喜悦、感激和支持。

农民朋友教给我的

一位伟人说过："向一切内行的人们学做经济工作"，"一个人能把别人的本事变成自己的，他的本事就大了。""要不耻下问，先当学生，后当先生。"在农村工作中我始终把"拜农民为师"变为自觉的实际行动，这使我受益终身。

一、苇柴搭架

那年一种名叫光肩星天牛的害虫席卷了宁夏大地。杨树、柳树首当其冲，无一幸免。邻居老马育了一亩多地的白杨树苗，因为没人要，只好全军覆没了。第二年春天他扬长避短重操旧业，搞起了大田黄瓜的种植。五月初的一天上午，正是他向大田里移栽黄瓜苗时，我有幸一边帮他运送黄瓜苗，一边观看他从移植到插架的全过程。前来帮忙的不下十人。你看移苗的，运苗的，掏穴的，灌水的，定植的，插黄瓜架的，干得热火朝天。一棵棵绿油油的黄瓜苗像学生做广播操一样均匀而又整齐地定植在大田里。用精心挑选的芦苇编插成无数个菱形的黄瓜架，像用尺子画的一样，紧随一沟沟定植的黄瓜苗拔地而起。真可谓：一个篱笆三个桩，一个好汉三个帮。

老马担心日后黄瓜秧长高了，黄瓜结多了，芦苇柴支撑不住，隔三岔五加一根去年砍下的杨树苗。我以为是在减少苇柴的用量，便自作聪明地建议说："你为何不把家里那些杨树苗都拿来插架，既省钱又硬气。"有着丰富种植黄瓜经验的老马笑着向我解释了为什么用苇柴给黄瓜插架的来龙去脉。这是本地农民多少年来总结出来的一套行之有效的好方法，其它材料都不如芦苇好，除了芦苇是就地取材，插架时坚韧、轻巧、直溜，秋后黄瓜收完了，芦苇柴照样卖给编织房席的人，既经济，又实惠。最重要的是本地昼夜温差大，芦苇柴全身是空管，白天天热时芦苇柴晒热了，到了晚上温度低时，整块黄瓜地里的芦苇柴搭架就像一组组天然的暖气片一样，散发着芦苇柴管里储存的热量。正常情况下，黄瓜苗就不会受低温冷害的侵袭。相反，白天热时，刚从苗圃里出来的黄瓜苗比较稚嫩，根也没有行开，还禁不住初夏阳光的暴晒和高温，此时芦苇柴又用柔和的温度调节（遮点花阴凉），使整块黄瓜地里又显得不那么炙热。然而白杨树枝就没有这个功能……原来如此，学问就在留心处，破解疑问就在不耻下问中。

二、茄子打杈

多少年来家乡的农民种茄子深信两条农谚："茄沟里养鱼"——意为茄子爱水；"秋葫芦乱茄子"——茄子秧秋后才茂盛，结茄子。实际上是粗放经营，由茄子自然生长，结上几个算几个，长上多大算多大。

后来随着农业科学技术的推广和应用，那些蔬菜专业户近水楼台先得月，最先得到农业技术员的指导，懂得茄子从幼苗起，留两个主枝后，一直打杈，即把每片叶柄上萌发的杈头掐去，才能把充足的营养供给茄子生长，结出的茄子又大又多。可是一些专业户大有"教会徒弟饿死师傅"之嫌，不会主动把这一技术介绍给左邻右舍，多数农民根本不知道茄子打杈这一招。

一个偶然的机会，下乡路过一块菜地时，一位蔬菜专业户正在地里给茄子打杈，我好奇地下地一边观看一边询问。农民朋友毫无保留地给我讲解了茄子打杈的好处和要领，如果茄子不打杈，每片叶柄上都出杈头，茄秧就会出现群龙无首，多头争雄，造成养分大量消耗的现象。外表看茄秧长得很茂盛，实际上结的茄子却又少又小。

其实，很多技术都是一绝或是一窍，就像窗户纸一样，只要捅破了就会真相大白，一切都会迎刃而解。农业生产中的有些"绝"和"巧"，正如农民朋友所说的简单得就像"1"一样。关键是农技人员深入实际中手把手地教，农民要破除传统的因循守旧的观念虚心好学，就像茄子打杈。

三、韭菜的移栽

家乡是全市有名的韭菜村，它盛产的韭菜不仅供应本市，还销往周边地区。多年来，韭菜从选种、育苗、移栽到管理的一整套技术，农民兄弟们一块学习、切磋、交流。新手向老手请教，老手向技术员咨询，年复一年地传帮带，把韭菜的栽培技术掌握得炉火纯青。

一天，我看到路边扔着很多鲜活的韭菜根，心里一阵高兴，这么好的韭菜根怎么能随便扔掉呢？心想今天总算能实现一直想在院子里栽沟韭菜的梦想了。正当我弯腰捡韭菜根时，一位熟悉的农民朋友主动问我，你捡韭菜根干啥用？当得知我的意图后，他耐心地向我讲解：韭菜真正的有效利用年限就是三年，超过这个年限的韭菜不仅产量低、品质差且容易发生病虫害。农民种韭菜都是选好种子，头年育苗，第二年移栽。你捡的韭菜根是人家废弃的老韭菜根，无论你回去怎样精心整理，它仍然是"老气横秋"，绝不会"焕发青春"。就像老年人一样，你再怎样梳妆打扮，他也不会像年轻人那样精力充沛、朝气蓬勃了。

我如梦初醒，原来栽种韭菜也有如此大的学问。

菜农正是掌握了这一规律，把握住韭菜生长的最佳时期，在有限土地上获得最大的经济效益。当然，栽点老韭菜根，火烧眉毛顾眼时，自己随便调饭吃也并非不可以，总比没有强吧……

四、用兔子粪养花

一个春暖花开的日子里，老伴盆养的君子兰碧绿如翠，生机盎然，可是有几片叶子好像有些力不从心。她知道又到了该换土施肥的时节，便特意把花盆搬到室外，让我去花店里买些君子兰专用土和肥。站在一旁的从农村新搬来的李阿姨热情地说："还用掏钱买什么专用肥，兔子粪就是最好的养花肥料，不论什么花呀菜呀只要用上兔子粪，就一定长得很茂盛，花期也长。"至于其中的奥秘，她也说不上来，她只说前些年，她在农村养兔子时，通过长期观察发现鸡、鸭、鹅、猪、牛、羊粪，乃至人的大小便，周围总是围着苍蝇，唯独兔子窝边几乎没有苍蝇。接着她用兔子粪种菜，菜长得特别好，用兔子粪养花，花不但很茂盛，花骨朵也一拨接一拨地长。

于是，我特意从乡下找了些兔子粪施到花池里唯一的一沟韭菜旁，不久韭菜长得叶宽色绿，要知道这沟韭菜曾经施过鸡粪、鸽粪，都起过蛆，若不及时抢救，必死无疑。接着老伴把兔子粪施到花盆里，盆花一反常态，一朵朵争奇斗艳，馥郁芬芳。

我们不是专业工作者，无法从理论上解释兔子粪养花好的科学原理，但是一个善于留心观察、对比分析的农民却从自己的实践中得出这样的结论，真是"实践出真知"。

放心吧

人阿姨你好：

岁月沧桑，光阴荏苒，一晃十八年过去了，也许你把我忘得一干二净，但我想在你内心深处的某一个角落里，在你偶尔的梦境里，一定牵挂着一条幼小的生命——一个被你遗弃的女婴，因为她使你内心受到过强烈的震撼，良心受到过无情地谴责。

一九九四年十二月三日，当我从医大附院查完病情回家时，已是下午四点多了，狂躁的西北风夹带着沙尘像刺条一样从脸上掠过，寒风砭骨。我迫不及待地坐上长途班车，来到吴忠车站，已是掌灯时分。昏暗的灯光下，我急匆匆地下了车，熙熙攘攘的人群中，你走到我跟前，恳求地说："老姨爹，请把这个孩子给抱一阵，我找辆脚踏三轮车。"我看着公交车旁边几辆等待拉客的三轮车说："这不是三轮车吗？"你神色慌张而又心不在焉地说："我找亲戚的三轮车。"突如其来的请求使我来不及思考，下意识地接过你手中的襁褓。你却一瞬间消失得无影无踪（我不知你姓啥名谁，只好称你为"人阿姨"）……

忐忑不安的心使我跋前疐后，后悔自责使我捶胸顿足——怎么上了这么个当？有心走吧，你再来向我要孩子咋办？有心不走，天已经黑得伸手不见五指，回家还要赶三十里路，且不通公交，万般无奈下，我找到了车站派出所，可是灯亮着，却不见人。心乱如麻的我抱着襁褓中的孩子赶忙搭一辆蹦蹦车回到家中。

揭开旧棉被，一个瘦小的女婴出现在眼前。只见她下身一丝不挂，上身穿一件旧棉袄，头戴一顶红线帽，胸前放着一个二百五十毫升用来取暖的盐水瓶和一包奶粉，再无任何物品。从脐带的包扎看，是头一天出生的。

老伴一边望着昏睡的婴儿，一边责骂："你傻了，还是疯了，四个子女已经把我们搞得筋疲力尽，你还往回抱别人的娃娃……"我解释说："碰上了，没办法。家里有牛奶，先养着再看吧。"

在一个家庭里，往往是谁出点子谁出力，谁惹的乱子谁收拾。每天晚上，我拖着病弱的身躯把孩子夜间吃的牛奶煮好，每夜七次按时起来，披上大氅把牛奶装到奶瓶里，再放到瓷缸子里，倒上暖瓶的开水温热后给孩子吃。

消息传出后，有人介绍要孩子，我考虑再三，如果把孩子交给生活条件比我差的人，我会内疚到永远。心想这个孩子肯定不是你生的，因为她的生母还在月子里，应该是你的直系亲属吧！把孩子交给我抱，你是经过一路的仔细观察和精心选择，也许你从面相和穿戴看我不像农民吧！

由于孩子没有吃过母亲的初乳，时常闹病，老伴埋怨，子女们抱怨。何去何从，我是一筹莫展。有心利用晨礼时把孩子放到清真寺寺台子上，让人抱走。一是不忍心，二是去早了怕冻死，去迟怕被人发现，遗弃女婴，这是我不能做的事……

我报告了辖区派出所，所长说："你先养着，我们一块查找孩子的生身父母……"这不过是一个托词。茫茫人海去哪里查找？我又找到县民政局，一位副局长说："近来福利院也是人满为患，我给你报销几袋奶粉钱，你暂时先抓养着。"我说："不必了，我有牛奶……"

一天天过去，孩子会笑了，会坐了，会爬了……人是重感情的。这期间我从报纸上剪下了八份关于收养弃婴的报道和照片，不断地说服家人接纳这个遗弃的女婴，鼓励老伴精心抚养这个没有双亲的孩子。

渐渐地孩子长大了。由于我们的娇惯和宠爱，她养成了说一不二、专横跋扈的个性，时常与我的孙子们争吃、争喝、争玩具。不时从我的子女口中发出异样的责怪——"外来的沙子压了本地的土……"老两口只好忍气吞声，甚至忍辱负重地把与她年龄不相上下的两个孙子女也收到自己的卵翼下，管吃、管喝、管睡。那长年累月，白天黑夜，每时每刻的操劳和烦心事一言难尽……

二〇〇〇年孩子到了上学的年龄，因为没有户口，无法入学。在我走投无路时，猛然想起当年孩子抱来时报告的派出所所长，这时他已经晋升为县公安局副局长，正巧主管户籍，简直天赐良机，户口问题总算顺利解决了。

孩子上到四年级，各种开销越来越大，两个孙子女的费用也像踢皮球一样踢到我这入不敷出的家庭。我找到县政协领导，领导十分同情孩子的遭遇，积极与上级政协领导联系，为孩子争取到定期资助。从此，这孩子学习更加刻苦，并利用节假日学习了一样乐器，通过了业余五级考试。

人阿姨，我想说的是孩子的成长和培养，尽管我和老伴花了千辛万苦，但是，她身上每一个细胞都浸透着政府和无数爱心人士的关照和血汗。

我常鼓励老伴说："现在城里有人饲养宠物狗，精心呵护、用心打扮，不但污染环境，影响邻里关系，说不定还传染疾病，而我们抚养的是人，这不仅是积德行善，更是为社会做的一份贡献……"

事情的发展使我始料未及，对这一说法曾一度持否定态度，甚至搬出孔夫子"唯女子与小人为难养也"的陈词滥调。认为宠物狗玩腻了可以送人，甚至抛弃。人，一旦出现这样那样的毛病或问题，诱导无效，劝说不听，骂不起作用，打又下不了手，那真是猫吃刺猬——无处下爪呀！

孩子上初三时，正是产生强烈的逆反情绪的年龄段。她已经知道了自己的身世，加上情窦初开，又交上了一个留级女生。此人一只眼睛有点斜视。俗话说："眼斜心不正。"凭经验一眼就能看出，不是什么好鸟——后来我知道了这个留级生也是别人特意抱养的，相同的身世使她俩臭味相投，真是"蓬生麻中，不扶而直；白沙在涅，与之俱黑。"

我反复给她深入浅出讲解"交人交强的，拉棍拉长的""跟上高人，不高，低不了；跟上低人，不低，高不了""跟个好鬼，喝碗好水""鸟随鸾凤飞腾远，人伴贤良质量高"的一些道理与我耳闻目睹的事例……然而这一切她根本听不进去，甚至用两只食指堵住耳朵，终于有一天把我给她买的崭新津阳光自行车扔在学校的车棚里，翻过后门，出走了。

这突如其来的变故，如五雷轰顶，我情急之下，一边向公安机关报案，一边发动亲友到周边县市车站网吧、旅馆餐厅到处寻找。我第一次品尝到了骨肉分离、肝肠寸断的滋味，心里难受至极，已无法用言辞表述，本来两鬓仅有少量的白发，几天之内，头发全白了。老伴更是昼夜无眠，整天以泪洗面，像疯了一样，撕心裂肺地呼唤着她的名字。像念咒语一样诉说着："身上只有113块钱""遇上坏人咋办？""我养了四个孩子都没有花她这么大的辛苦和代价……"

几天的奔波毫无结果，我逐渐地想通了，放着学校不上，放着幸福不享，要当贱人有什么办法，真是天作孽犹可违，自作孽不可逭。让她牛皮做鞭打牛、猴毛做笔画猴——自作自受去吧。

老伴却坚决不放弃，"哪怕掘地三尺，找遍全国也要找回来，才十五岁么……"老伴的执着使我对母爱有了更深刻的理解，母爱就是无微不至的呵护和关怀，就是子女偶尔做错事后的耐心帮助和宽容，就是望子成龙、望女成凤的努力和企盼……

在派出所的全力帮助下，经过六天五夜，终于从一个餐馆里把她找了回来。但是，她整天神不守舍，对学习没有一点兴趣。尽管我请来了学校老师、社区领导、政协领导、亲友同学，苦口婆心地做工作，还是收效甚微。

走投无路时，我和老伴商定：天上下雨地下滑，自己跌倒自己爬——自己解决。首先，切断她与外界的联系——摔坏手机。其次，电视由她尽情地看，各式各样她爱吃的小食品任其享用，唯一就是不准离开家门一步。最后，用她穿过的衣物和她各个年龄段的几十张照片，不厌其烦地进行"忆苦思甜"教育。这些办法终于让她渐渐地有了转变……

沙冬青

　　人阿姨，学校教育不是万能的，但是离开学校教育是万万不能的。人在于培养，可谓十年树木，百年树人。特别是处于成长期的孩子更需要耐心培养，甚至反复培养。那种谋求急功近利、立竿见影的教育效果，多是事与愿违，或者是自暴自弃、破罐子破摔、由性自转都是极不负责任的做法。在我看来，孩子好像从山上流下来的一股水。家长一不能放任自流，二不能一味地堵截，而是根据自身特点和条件，想方设法因势利导，鼓励和引导他（她）向着适合自己的方向发展或塑造。

　　她连中考都没有参加，在各级组织的关照下，我把她送进一所技术学院。随着环境的变化，年龄的增长，她逐渐地懂事了，学习也更加积极了，并被班里推选为团支部书记……

　　当年，你替人无情地遗弃她，严格地说是一种犯罪。我们无奈地收养她也不符合《收养法》。正是党的以人为本、与人为善、构建和谐社会伟大思想的指引，我们付出了难以计算的辛劳和代价，把一个弃婴培养成人，这也算是尽了一份社会责任。如今，她已经学有所成，出落的体魄健壮、高挑漂亮、亭亭玉立的大姑娘了。你就彻底放心吧。

　　此致
敬礼

何乃英口述　牛似己执笔
2012 年 11 月 28 日

（获首届《读者·原创版》创作新星选拔赛优秀奖）

我的文学梦

早在上初中的时候，我就有写本书的梦想，甚至连书名都定下了——《红雨随心翻作浪》。这梦想虽然有点幼稚和狂妄，甚至还有点愚蠢可笑，却为我种下了灿烂的文学梦。

初中毕业回到农村，有一天，心血来潮，采写了一篇报道，这便是我写作的开始。那时还不知道，投递的稿子必须送给基层审核盖章的套数，当然也就石沉大海了。连连投递的稿件杳无音信，它激发了我"剜死缠"的精神，锤炼了我执着到底的意志。像泰戈尔说的那样"即使翅膀断了，心也不会放弃飞翔。"我逐渐明白了要想当作者，必先当好读者。进而知道了投稿明显的套路和潜在规则——报纸主要采用新华社和本报记者的稿件，通讯员的稿件由于文字、时效、范围等方面的缺陷，只能作为"拾遗补阙的陪衬稿件"。同时对写稿的来龙去脉也有所了解，如三八节前，写点关于妇女的，五一节前写点关于劳动者、青年的，六一前写点关于儿童的、学校的，七一前写点关于党建、党员的，八一前写点关于拥军爱民的，十一前写点关于某一战线取得的突出的业绩……稿件的采用率就高些。值得提及的是如果说我当年写作有点突出，那还要归功于从新华社错划下来的几位"右派"语文老师。

十多年的"工农兵通讯员"工作，虽然被《宁夏日报》《西北民兵》《共产党人》和宁夏人民广播电台等累计采用稿件仅百余篇，"枪毙"的稿件不计其数，但是它对我的逻辑思维、语言表达、谋篇布局、遣词造句、缀字成文的能力，确实是有突飞猛进的锻炼和提高。

　　几十年过去了。写本书的梦想，还仅仅是一个虚无缥缈的梦，甚至是逐渐淡忘的梦。一直没有涉足文学创作这块天地，不知杂文、散文、小说、诗歌都怎样下手，可谓"难知昆明湖深浅"，更是"不识庐山真面目"。

　　随着阅历的增长、阅读的广博，逐渐明白了文学使人善良，文学使人睿智，文学使人高尚，文学能启动人的生命，文学也能延长人的寿命，甚至还可以改变一个人的命运……想写点东西的欲望像一把火在胸中燃烧。然而，写什么呢？平庸得再不能平庸的人生，平淡得只剩下平淡的经历，位卑言轻，凡人俗举，从何写起？

　　有一天，从书中读到伦敦威斯敏斯特教堂的一块墓碑文，给我以深深的教育和启发。少年时写书的狂想与几十年后未写出一页半篇的现状，正如碑文所言："当我年轻的时候，我梦想改变这个世界。当我成熟以后，我发现我不能改变这个世界，我将目光缩短了些，决定只改变我的国家。当我进入暮年以后，我发现我不能够改变我的国家，我的最后愿望仅仅是改变一下我的家庭，但是这也不可能。当我现在躺在床上，行将就木时，我突然意识到：如果一开始我仅仅去改变我自己，然后作为一个榜样我可能改变我的家庭；在家人的帮助和鼓励下，我可能为国家做一些事情。然后谁知道呢？我甚至可能改变这个世界。"

　　一滴水也能折射出太阳的光辉。二〇〇九年的春天，一个偶然的机会，在当年手下一位青年干部的鼓动下，我撰写了第一篇散文《参悟蚂蚁处事》并被报刊采用。从此一发不可收，以温馨从容迎夕阳的淡定，发扬"不用扬鞭自奋蹄"的奋斗精神，把历经沧桑和磨练，阅尽人间春光和秋色的人生，用不辍的笔，耕出了回头一望。已故市作协主席王文华曾动情地鼓励我说："老纪，你好好写，我们这个民族就缺少舞文弄墨的人。"当时我内心深处虽然很受鼓舞，但是我知道自己的半斤八两，很有自知之明地对他笑着说："惭愧，惭愧。"

　　实际上，我上初中时，正赶上三年经济困难，贫穷和饥饿迫使我们整天是"猫吃糨糊——在嘴上打抓挖"。上师范又遇上"文化大革命",学校改成"耕读师范",在十三公里处开垦荒地近千亩。每逢农忙时节,学校以"好钢用在刀刃上"为由,派我们"社员班"担当重任。所以读师范时确实没有学到多少东西,真正是"墙上芦苇根底浅,山间竹笋腹中空",何谈舞文弄墨!尽管阅读是我的最大嗜好,但是毕竟没有经过科班学习,总显底气不足。

人生七十古来稀。现如今,造物主给我的时间和精力都已经进入倒计时。一些同龄人消极而又无奈地把自己比作"成熟的庄稼,头一低就等收割吧"。然而在我看来,庄稼成熟低头充分体现了庄稼无私奉献到死的精神——它为了使籽粒更加饱满,主动低头,把能够接收到阳光的空间留给叶子和主秆,让它们抓紧时间,极力进行光合作用,制造更多的有机物储存到种子里,做最后的努力。正是庄稼成熟后,自觉低头的这一自然现象感动和启迪了我,使我利用余生搞点文学创作——正如我诗咏:"为利有薪,为名何用,只求读者雅正,也为日后留点铅印",实现早年的文学梦想。

当然,文学创作需要热心肠,特别像我这把年纪的人,没有热心肠很难坐下来写作,没有一热到底的热心肠很难创作出几十万字的文稿。

因为创作,我学会了电脑打字——结束了我多遍誊写文稿的劳苦,为反复修改文章提供了极大的方便。

因为创作,我千方百计挤时间完成那似乎繁杂的、琐碎的家务——让"总理先生"少一点唠叨,少一点干扰,为自己提供相对安静的创作环境。

因为创作,我重新更加认真地更广范围地阅读文学书籍——把过去"看书看个皮,看报看个题"的陋习打入地狱,把读者当真、当实、当到家。

因为创作,我有机会接触了更多圈里圈外的文友,他们给我以热情的赐教和鼓励,对我的进步起到了极大的促进作用。

因为创作,我变无所事事、老气横秋为精神饱满、马不停蹄。使晚年的生活更加充实,更具活力……

我搞文学创作，是把丢弃了几十年前的梦想，重新拾起来得以实现。至今，已撰写散文、杂文、小说、诗歌百余篇，五十多万字。其中大部分作品分别被《共产党人》《宁夏日报》《新消息报》《银川晚报》《银川日报》《吴忠日报》《开拓》《灵州文苑》《灵武文史资料》等刊用，并有四篇文章有幸在区内外获奖。

几次参加全区有关作品的颁奖会，自觉很"另类"。所有参加的与会人员，就数我的年龄最大，尽管会议主持、与会同仁都非常尊敬我，什么"精神可嘉""难能可贵""老当益壮"……他们越是这样抬举，我越是感到赧颜至极、无地自容。但是，我内心深处却充满了喜悦——因为向我出本书的梦想又迈进了一步。

文学创作本身就是一种用文字语言输出各类信息的、艰辛的、细致的、复杂的、重复的脑力劳动。大脑不可能输出原先不曾储存过的信息，这就需要我认真地思考分析，反复地回忆对比，还要不断地深入人民群众和实际生活当中去获取更多的新的信息，反复地推敲、锤炼，去粗取精。然后，把大脑曾经储存的这些有利文学创作的信息——素材，挖掘出来，激发创作灵感，付诸笔端。

文学创作是锤炼心智、净化灵魂的过程。文章是写给别人看的前提却首先是写给自己看的。在我看来，作者应该是先进思想的倡导者、社会正能量的传播者，更应该是自己文中所阐明的正确观点的模范践行者。所创作的文学作品应该首先是"浴霸"照亮照热自己，然后才是"手电筒"照前方、照他人。

我曾不止一次读过茅盾的《白杨礼赞》和陶铸的《松树的风格》。两位文学巨匠，把白杨树顶天立地、挺拔向上，松树的不怕风雪，要求于人的甚少，给予人的甚多等高贵品质歌颂得淋漓尽致。人家是名家，是大手笔。

受两位老前辈的影响，我这无名小卒决定把自己的书名取为《沙冬青》，这是我心中酝酿已久的一个夙愿。我参加工作时在山区，那时就发现宁夏境内唯一四季常青的灌木——沙冬青（本地人称冬青）。对它在干旱无雨、风沙肆虐的艰苦恶劣的环境中，始终坚守自己防风固沙的信念绝不动摇，春夏秋冬献绿大地的情怀，永不变色的高贵品质，感到非常钦佩和赞赏并深受启迪和鼓舞。由于对沙冬青情有独钟，接连创作三篇关于沙冬青的作品——《沙冬青的情怀》《沙冬青的传说》《咏沙冬青》。特别是《沙冬青的情怀》分别被《共产党人》杂志和《宁夏日报》刊用后对我鼓舞很大。

上大专的孙女在班级组织的"每人朗诵一篇好文章的主题班会"上，朗读了一刊物上刊登我创作的《沙冬青的传说》，吸引和调动了全班同学的热情和思绪。有几位女同学甚至潸然泪下。会后有同学问这是真的吗？孙女笑着说："是我爷爷亲身经历的呀……"这对我也是一次莫大的鼓励——"真没想到我的文字还能激发起读者的情感，调动读者的眼泪足矣！""岂能尽如人意，但求不愧我心。"这是我梦寐以求而又极力追寻的效果。

当《沙冬青》一书付梓之日，便是我的中国梦实现之时。虽说辛勤耕耘没有多少，我却是晚年写作不论苦甜，我企盼着这一天的到来。

（此文获银川市离退休干部征文一等奖，全区离退休干部征文二等奖）

我不能害你

　　星期天回到乡下，悠闲地坐在大门口，翻阅着我从《共产党人》杂志文学专栏里剪辑成册的"沙湖文苑"。专栏里的一篇篇佳作使我目不转睛。突然，邻居的孙子——一位四十岁左右，身壮如牛的农村小伙子登门拜访，寒暄之后，他开门见山地说："几个人闲谝，我听说你的几篇文章在全区获了奖，特意把自己写的两篇稿子带来，想请你给改一改，看怎么往报社投稿……"我说："好，好，你看得起我，我很高兴，改文章谈不上，只能是相互学习，一块切磋，至于你说我获奖一事，那是瞎麻雀碰了个秕谷穗，不值一提。"

　　接过他字迹潦草的文稿，我勉勉强强地看了一遍后，发现文章不但语句不通顺，错别字还不少，连一些常用字不是少点就是差横，更别说思想内容了……我思绪良久，觉得这口真不好开，从哪里说起呢？

　　我为难得有些不知所措，心不在焉地看着文稿，一直沉默无语。小伙子执着，就是不愿离去。我有意变了个话题，可是没扯上几句又回到原题上。无奈之下，我终于鼓足勇气，不遮不掩，推心置腹地说："我这个人向来是汉大心实，尽管鲁迅先生在《论"费尔泼赖"应该缓行》一文中告诫说'忠厚是无用的别名'，但在我看来，时代不同了，我们这个时代呼唤的、倡导的、首肯的、颂扬的就是当老实人、说老实话、办老实事。尽管在我的大半个生涯中因为老实吃过不少亏，可是忠厚的秉性总是改不了。那我就实话直说了，不对的地方你就别多心。"小伙子诚恳地说："不多心，不多心。人受指教武艺高么。能得到你老人家的指导，是我莫大的荣幸。"小伙子的直率和谦虚促使我说："想投稿就投，无非是邮票加信封，一块四毛钱的事，但要想见报恐怕不可能。在我看来，写文章如同女人们穿着打扮一样，首先要自己左看右看、前看后看、上看下看，得自己看过眼，审视合格才行，不仅要入乡随俗，还要切中时代的脉搏，更要新颖别致，才有被刊用的可能，才能吸引众人的眼球，才有回头率。"

我曾在一本杂志上看到过这样一个故事：一位农村青年，一次偶然的机会见到了《白鹿原》的作者陈忠实，他把自己写的一首诗给陈老看，陈老碍于面子便随口夸奖了两句。青年自以为得到了大作家的认可，就一定能在写作方面有所成就。于是，他从此闭门写作。几年间，虽说在报刊上也发表了两三首小诗，但生活却拮据到无米下锅的境地。陈忠实听到这件事后，禁不住长叹一声说："是我害了他……"

"可是，我不能害你，虚伪客套话我说不来。放羊人与砍柴人拉呱，人家羊吃饱了，他的柴却没有砍上。你不能同我比，我有可观的退休工资，生活有保障。在物欲横流的今天，你能有这个爱好实在难能可贵。说实在的，就你目前的文字水平与那个青年相比，客观地说不只是差一些，而是差老远呢，这不是给你泼冷水。"

想当作者，这个愿望当然好，"立言"别说是流芳百世，至少留名现实。但是，你必须认识到，这是一条艰辛的，自找苦吃、自寻烦恼甚至自讨没趣的、希望渺茫的路。打个最不恰当的比方，如果说你需要羊，就到集市上，通过挑三拣四讨价还价买羊，钱不够再借点钱添上买，没有钱请个担保人赊羊，赊不到，就干个缺德的活——骗羊，实在无法，就铤而走险——违法偷羊。但是，写文章确实是实打实、硬碰硬，来不得半点虚假的营生，真可谓"文辛文辛，熬干油灯"。诚然，世间也有照抄的、仿写的、剽窃的，那是个别学生和那些没有真才实学者的雕虫小技而已，充其量也只能在某些场合临时应付一下罢了。但是，要得到编辑的赞同和选用，进而得到读者的认可和传阅，那是一件遥不可及的事情。

马克思说过，"伟大的目的，产生伟大的毅力"。只要你能忍住寂寞与孤独，长期地、一丝不苟地、孜孜不倦地当好读者，利用闲暇时间，首先把小学到高中所有的语文课本和读本学习好，当然也要阅读些其它读物。并且坚持每天写一篇日记，一年365篇，像大画家齐白石那样坚持每天画一幅画，遇有客人打扰还要补上，坚持多年笔耕不辍，只要能做到这一点，到那时再来谈投稿的事，或许八九不离十。

你不要以为我在报刊发表了几篇文章，那也是沙里淘金。要知道"枪毙"掉的稿件不计其数。其实所花费的心血，所付出的辛劳是一言难尽。就这丁点进步，也是我六十多年的学习和阅读，六十多年的修炼和积累啊！真可谓是冰冻三尺非一日之寒。

我写文章完全是一种爱好而已，而且是一种好坏兼容、喜忧参半、苦多乐少的爱好。我从来没有奢望通过写文章谋求政治上进步，经济上创收。对于我们一般人来说，依靠写作是可以成才但必须坚持不懈。别指望写作发财，偶尔混口饭吃还行，要想养家糊口那更是痴心妄想。

我写作也曾获得过一些快乐，那只是瞬间的事，然而更多的是辛劳的汗水——利用无数个业余时间挑灯夜战、废寝忘食地撰写稿件。搞文字的人（除了个人素质外）在一些地方或单位，有时就变成"四不得"式人物的现象也是常有的：提拔愤不得——"此人不能放起来呵"；调走舍不得——"有些材料谁来写"；关键时刻离不得——"这个材料非你莫属"；有时见不得——因为写材料的人要经常注意报刊的学习，吃准上情，还要了解下情，撰写的材料才能顺利过关，然而这样的人，偶尔表白的观点有时会冒一些领导者一头，武大郎开馆了——是见不得大个子，受那些平庸领导者的忌恨，受同伙的嫉妒也是常有的事。

以上是说我从事写作的一点感慨，说的是作者而不是作家。当然，作家是需要勤奋的，但是，作家仅靠勤奋是不够的，还要靠天赋（父母的DNA）。你和我都没有这个天赋。就像初唐的骆宾王，七岁就写出了《咏鹅》

这首流芳千古的名诗，令多少有文采的成年人望尘莫及，这就是天赋。

你已经老大不小了，平时和媳妇把责任田种好，"手里有粮，心里不慌，脚踏实地，喜气洋洋"，这是毛泽东主席的一段教诲，抽时间，打个临工，做点小生意，闲了看看书，有这方面的爱好，写一点，权当练笔，孤芳自赏，坚持若干年后，说不定还真能有点出息……

公交车上的对话

公交车在大桥村停靠时，上来一位个头不高，脸色黝黑，一双深陷在眼窝中的大眼睛，黑眼球显得有点发灰，约莫七十岁的老人。定睛一看，是我初中时的同学"郑疯狂"（这是当年同学给他起的绰号），虽然几十年没见面，但是大致模样还是没怎么变。我争着给买了张车票，入座后，相互询问各自的近况。交谈中，他说他还有个七岁的儿子。我感到惊讶，开玩笑说："你都六七十岁了吧，怎么还有那么小的儿子？是不是脑子进了水，把孙子说成儿子了？"

他微微一笑，给我讲述了他的"罗曼史"。

早些年，他的糟糠之妻患脑瘤病去世后，经人介绍，从十年九旱的南部山区娶了一个年龄相仿的寡妇。这寡妇无所事事，农活不愿干，连家务也懒得做，常常是"盆朝天，碗朝地"，三六九是早晨做一顿饭吃两顿。整天东家门进，西家门出，嘴里不停地嗑麻子，经常右嘴角边堆着一撮麻子壳，没有麻子嗑瓜子。他是骂仗、打架八年，最后搭了几百块钱使走了（没领结婚证）。

当时，他已经五十八岁了，一朝被蛇咬，十年怕井绳。不娶个婆姨也不好生活，真是"晚上没个扯磨的，早晨没个戳火的（做饭）"，还得再娶。这次他提出了三条标准：一，娶年轻的，不娶年老的——娶年老的，你吭吭，她哼哼，尽看了病了；二，娶本地的，不娶外地的——娶外地的不了解，又不会干农活；三，娶没有连带的……

我说："你这三条标准也太苛刻了吧？恐怕难以如愿。"

他说："世界大着呢。"尽管有好心人介绍，他的标准始终不降低，特别是第一条必须是年轻的。这老寡妇，有房子、有儿子、有孙子、有儿媳妇，甚至还有票子，一应俱全，进有进路，退有退路。说寡妇有二心，这话一点不假，民谚说得好："娶寡妇，耍老鹰，时时步步要小心。"现在娶寡妇都要有数目可观的押金和黄金首饰，稍微有点不适就走人，到头来人财两空。

我说："你这把年龄，娶个老寡妇恐怕都犯难哩，还想娶年轻的，老牛吃嫩草呢——想得美，哈哈，哈……"

他说："我寻思过，在乡下，年轻寡妇既无房又无地，在娘家门上吃哀怜之食，说不定，今天嫂子指桑骂槐膘毛，明天弟媳挖眼割眼没正眼瞧，经常受气。时刻想嫁，小伙子嫌二婚不愿娶，老汉怕寡妇年轻不敢娶，中年男人有儿女，后娘与前房儿女的关系难处，寡妇又不愿嫁。我就瞅准这个空子，在周围'放个卫星'——娶个年轻寡妇。"

我说："你这套理论，我还是第一次听说，确实是闻所未闻，在这方面你研究得够透彻的。可你不要忘了古训：人老不娶少年妻，娶了还是别人的。科学也证实——爱情对于人来说只有一次。"

他说："那是你们知识分子的说辞。我不管这些，在亲友和熟人中'张贴'要娶年轻寡妇的'广告'。不久就有人介绍邻乡一个二十二岁的女人，这个女人曾经与一个羊皮贩子的儿子结婚，据说是一户拥有百万家产的人家。生有一个男孩，男方嫌女方邋遢，离婚了。是真是假，也不去管他。"

女方回到娘家，确实是像他先头说的那样，也是惶惶不可终日。正巧他去求婚，她也就有些饥不择食了。

我笑着说："你比女方大三十六岁，你这个郑疯狂，也就太疯狂了。"

他说："世上老牛吃嫩草的事多的是，没啥稀奇的。"然后压低声对我说，他瞒掉了十岁，结婚后，少妇想娃娃，因为离婚时男方把孩子摘下了，他说要就要一个，这就有了这个七岁的儿子。

我问："你现在那方面怎么样？"他说："没问题。"我对他摇了摇头，心想：人过六十，各个器官的功能萎缩三分之一，都是一样的构造，你比谁特殊？逞啥英雄呢……

我又问："今天进城有啥贵干？"

他说："几年了，腰一直在疼，医疗站的'二把刀'医生一会儿说肾虚，一会儿又说腰椎间盘突出，治了个苦，也不见效。想到中医院确诊一下，看有什么好方子没。"

我笑着说："好方子我有。"他有些兴奋，忙问："真的？""就是喜来乐给袁世凯开的方子，两个字——独睡。养精蓄锐、节能降耗，不然你肾虚的病还要继续，直到大病袭来。"我说。

他似懂非懂，好像同意，又像不以为意地笑了……

不到一年，听一位熟人说，这位"吃嫩草的老牛——郑疯狂"已经油干灯灭。带着九十九个不情愿和一个惋惜；带着满腹的遗憾和无奈，结束了"生死两茫茫"的现状，到另一个世界去了。也许此时，正面对他的糟糠之妻"相顾无言，惟有泪千行"了。

听到这个噩耗，我一边为他惋惜，一边无限感慨，自悟诗两首：

（一）

二十新娘六十郎，

两鬓斑白对红妆。

老牛嫩草喜吞咽，

阴错阳差寿难长。

（二）

命与性相连、性同命相伴，

幸福的命得益适度的性，

过度的性缩短有限的命。

为性丧命不值一个钢镚镚……

一份请柬引出的故事

现如今为娶媳嫁女，孩子满月，乔迁新居，子女考上大学……都时兴发请柬，办宴席，多数人无非是让众亲友捧捧场，撑撑面子，摆摆阔，营造些气氛，制造点舆论，向众人显示一下自己的人缘范围。然而，真正的内涵是："热热闹闹图扬名，红红火火为收情。"

人们对这种大操大办的陋习，虽然深恶痛绝，却又无可奈何，确实是心里有看法，实则没办法，只能是硬着头皮，打肿脸充胖子，搞什么"人情不是债，提起锅儿卖"的游戏，尽管如此，还是颇有谴责之辞。把请柬戏称为"红色罚款单""有席存款折""温柔地宰"，有的干脆说成是"抱上娃拜年，纯粹是要钱"，称乔迁新居洗泥为"糊泥"。

几天前一位小学同学受另一位同学之托，为其小儿子结婚送来一张请柬。岁月沧桑，光阴荏苒。六十多年过去了，一直没有来往，也未曾谋面，突然冒出一个小学同学的邀请，心里难免有一股说不上来的滋味，确实让我难为情了好一阵。有道是，有来无往非礼也，现在是无往无来逼礼也。

这张鲜红的请柬勾起了我对小学时代的回忆。一件记忆犹新历历在目的往事，从心中泛起，引起了内心深处的不快，甚至愤懑。当年欺负我们这些穷人家的子弟，见不得米汤起皮——穿件新衣服想法糊脏，现在又来发请柬，唉……应该说小时候的那种不满是刻骨铭心的。

那还是二十世纪五十年代初，共和国的大厦在一片废墟和瓦砾中刚刚奠基，国民经济才开始复苏，农民的经济生活还是很困苦的。我们每天幸运地吃着那"二和子"（米和菜的饭）和粉红色的高粱面卷子，穿着补丁摞补丁的衣服，背着母亲亲手缝制的书包（实际上是用旧毛巾缝的搐口子抽子）上学。

一年夏天，我照例穿着旧棉袄把棉花抽去后的夹衣，加之里面是用破布一块一块拼补成的，衣服显得有些厚重，整天是热汗涔涔。母亲看着我实在热得不成，把积攒的一篮子鸡蛋卖了，打算扯几尺布给我做件上衣。那天正巧是星期天，娘儿俩赶到供销社，买了六尺月白颜色的棉布，看着售货员把扯下的布叠好后，我兴奋地一把接过来，夹在腋下，心里憧憬着将要穿上新衣裳的我，体味那凉爽解热的滋味，还有那神气得意的样子，不由得心花怒放。

继续跟着母亲在供销社的其它栏柜前转悠。起先我一个劲地注意腋下夹的布，走着走着，什么时候布掉了，全然不知。当母亲回过头来看我腋下的布不见了，惊慌地问："你拿的布呢？"我这才恍然大悟，赶忙在商店里找，并大声喊着："谁捡了我的布？"只见一个个惊奇的目光，却没有人答应。我立即跑出商店，对南北仅有三百来米的集镇搜寻着，一会儿向南跑，一会儿朝北跑，希望奇迹出现，可是一无所获。母亲看着我惊慌失措的样子，安慰说："算了，死了的别哭，丢了的罢找。"回家的路上，我那种无地自容、愧疚自责的心情难以言表。心想母亲若狠狠地批评一顿，或是抱怨一番，我可能还会好受些。可是母亲偏偏一句话也没说，只是临进家门时低声说："这事对谁也不要说。"我明白：她不让家里其他人知道。

就这样，母亲以她那特有的朴实和憨厚的胸怀宽容了我的过错和失误，并替我保密。真是"别有幽愁暗恨生，此时无声胜有声"，从此我牢牢记住了那次丢布的教训，买东西再也不用腋下夹了。老是瞎子放驴——死不丢手，而且每离开一个地方，都是牢记老先人们的教诲，"有钱难买回头一望"。

那次丢布，母亲虽然没有批评，但是家里再也没钱扯布给我做褂子了，对我却是不是惩罚的惩罚——我照样贴肉穿着那件抽去棉花的夹袄，度过了一个酷热的夏天，有时实在热得挡不住，就偷偷地跑到学校北墙外的支渠里泡上一澡。

光阴似箭，第二年夏天到来之际，母亲悄悄地为我缝织了一件与头年丢掉的布一样颜色的月白褂子，不知她出于何意，为什么不改成其它颜色？是她对月白色情有独钟，还是想特意引起我的记忆，不要忘记丢布的教训；抑或是有点报复性的，你再给我丢，我照样给儿子买上了，就不得而知了。

当我喜气洋洋地穿上崭新的褂子，背起毛巾书包上学时，母亲脸上荡漾起了欣慰的笑容，又一次说了声"好好念书"。

下午放学，当我怀着得意洋洋的心情，刚跨进家门，就遭到母亲劈头盖脸地训斥："这么新的衣裳，也不知道爱惜，你看弄成啥样子，人家一件衣服，新三年，旧三年，缝缝补补又三年，你连一天都没穿上就……"我被这突如其来的训斥搞蒙了，低头仔细看了胸前和两袖，什么也没有，不解地问："哪里糊了？"母亲说："你脱掉看。"我赶忙解开纽扣，脱掉一看，原来后背心处被蓝墨水浸透了大小四坨污迹，我的心一下凉了半截。

那时还没有洗衣粉之类的东西，更不知道用米饭粒洗墨水迹的知识，只好撒了点土碱洗，可怎么搓揉也洗不掉。我一边洗，一边想，这都是那有钱人的儿子搞的恶作剧。我在他的前面坐，上课时他特意把墨水涂到挨我脊背的课桌边上，一靠就糊上了。我认真给母亲解释了这墨迹的来历，渐渐地母亲气消了。可我心里却充满了愤恨，恨不得把他拉出来狠狠地揍一顿，吼道："我明天非找他算账不可！"母亲劝说道："你还小，受点欺负也没啥，在学校里只要你努力学习，争取各方面比他强，就是对那些欺负你的人的最好的报复。"

接着她给我讲述了解放前，她年轻时与一个有钱人斗争的故事：

那年，年轻的父亲通过亲戚在外乡租了一块地。春天种麦子时，借了姑父两头大块头的驴，正在犁地时，被有钱人发现。他带着伪保长不由分说强行把两头驴拉走了。理由是这块地的主人，派了五成兵款（两百大洋）

没有交钱逃跑了，现在你来顶缸，限三天之内交清，交不清就把驴卖了抵兵款。父亲人生地不熟，到哪里去找田主人呢？无奈只好扛着犁铧、抬担、拥脖，扫兴而归。介绍租田的人是母亲娘家的亲戚。两个人相互埋怨争吵甚至怒骂的情景是可想而知了。

第二天上午，母亲窝着一肚子的怨气和委屈，手拿着一米多长的打狗棒，径直来到有钱人家的大门口。高高的土寨子巍峨耸立，两条驴驹大小的恶狗一会儿一前一后、一会儿一左一右缠住她，身材高大的她毫无畏惧，一边自卫，一边前进。幸好有钱人不在家，屋檐下有两胖一瘦三个婆姨在悠闲地晒着太阳。任凭两条恶狗怎样纠缠母亲，仨婆姨无动于衷。有钱人的那种不近人情的蛮横和冷漠令人发指。母亲气愤地说："驴是俺借来的，不给草吃，总得给点水喝吧！"说着三步并作两步来到圆圆的转槽前，解开驴缰绳。一个胖婆姨疯疯癫癫跑过来夺过驴缰绳，恶狠狠地说："你没资格拉。"来到井边，母亲提起水桶，从井里一桶一桶地打水，两头驴像渴疯了一样，狂饮了一阵，母亲放下水桶，急中生智，举起木棒对驴屁股狠狠地抽了几棒。驴受了致命的抽打，嗖地一下，从胖婆姨手中挣脱缰绳，向大门外飞也似的奔去。母亲提着木棒一边抵挡着两条恶狗的追赶，一边假惺惺地嚷着："驴跑丢了咋办？驴跑丢了咋办……"驴头也不回，向姑父家狂奔而去。她一直在后边撵着……

母亲的故事讲完了，我由衷地钦佩她的机智和勇敢，她没有解释做人要有宽容、豁达、忍让、不要斤斤计较的品质，只说"受点欺负也没啥，只要努力学习，争取各方面比他强"。她更谈不出"匹夫见辱，拔剑而起，不足为勇也"的道理。她却用自己亲身经历的片段阐明了不能硬拼要智斗的深刻内涵，委婉地批评了我"明天非找他算账不行"的不理智行为。

五十多年前，少年时的同学各奔东西。五十多年来，我牢记母亲的教诲，始终把"努力学习，争取各方面比他强"当作一个不断奋斗的目标和动力。不论风雨多急，道路怎样坎坷，终于走了过来，刻苦学习给了我茁壮成长的智能，扎实的智慧功底，改变了我一个农村孩子的命运——变成了公家人。

少年时遭受的欺负好像昨天发生的事一样刻骨铭心，真可谓是："宁可得罪十个老，不可得罪一个小。"然而在构建社会主义和谐社会的今天，更应该发扬中华民族的传统美德，与人为善，尊老爱幼，童叟无欺。不要轻易地有意识地伤害他人，这是我们做人的最基本的底线。

有道是"开口容易，闭口难"，为成人之美，放弃前嫌；相比之下，有固定工资收入的我掏出两张百元大钞，虽然有些寒酸，却应邀赴约给个面子。

赵家斗湾之行

　　骄阳似火，热风扑面，气温高达 37℃，因老伴多年的向往——到生她养她的赵家斗湾老家看一看，今天终于成行了。

　　早饭后，做了一些准备，带了些吃喝和修理工具，九点一刻出发，骑上摩托车，小心翼翼地向着东山驶去。平坦的柏油路时高时低、时弯时直，路两边的山坡上山花烂漫，绿油油的小草，银灰色的牛筋条、沙冬青、猫耳朵……在我的视线里一晃而过，这都是白芨滩林场工人的辛勤劳作的成果，远处的山坡上却少见这般景象。摩托车自带的嗖嗖略微有点凉爽的风，使人心旷神怡。老伴由衷地感叹道："山里真好啊！阳光明亮，空气新鲜，一望就是几十里，城市里除了高楼就是人群……"

　　一会儿就穿过了古窑子、磁窑堡、永利。这些地方过去都是沙峁石岗的半农半牧区，现如今已是工厂林立，到处是高耸的铁塔、星罗棋布的煤矿、绿化的厂区，蜘蛛网式的电线、公路……变化太大了，变得让曾在这里工作几年的我都无法识路，只好走走、停停、看看、问问，思绪万千，感慨万千……

　　十一点多来到马砂锅窑——这里是灵武市马家滩镇杨家窑村的辖区，杨家窑山就在我的脚下，我知道这是灵武市的最高点，海拔 1652 米。刚参加工作就在这里，傍晚向西眺望，可以看到流经银川平原的黄河，好像一条玉带，银光闪闪；又如白练银蛇，蜿蜒曲折。

　　我们在一农户家门口停下，主人是一位四十岁左右的壮年人，在山上以养羊为生。特意送给他一些瓜果，他热情地给我们指了路，因为隔着几道山梁，只好说个大致方向。顺着弯弯曲曲的羊肠小道下到沟底。沟是千百年来山洪冲刷形成的宽窄不一的泄洪沟，宽处有几百米，窄处也有近百米，久旱无雨的天气，风沙把沟里大大小小干渴无比的鹅卵石掩埋得只露出个小脸蛋。沿着沟底，顺着不太明显的车辙前行，不一会儿来到一口井边。井是老伴儿时跟大人驮水的地方。她一眼就认出来了，惊喜地喊道："鹅卵石井！对，鹅卵石井。"井边一位农人正在往水车上的胶囊里灌水。就在我送玉皇李子给这个农人的一刹那，老伴从农人手里接过水桶如饥似渴地痛饮起来，饮罢兴奋地说："甘甜甘甜，渗凉渗凉，不信你也尝尝……"

沿着沟继续向北偏西方向行驶，沟里只有蹦蹦车偶尔走过的辙迹，我根本不知道赵家斗湾是在沟东边的山梁上，还是在沟西边的山梁上。"回雁兼程溯旧踪"，还是老伴的记性好，她老是在西山梁上搜寻。突然一座废弃的羊圈出现在西面的山坡上。老伴兴奋地说："过了羊圈，山梁那边就是我们当年的家。"果然，过了这座山梁，一条向西走向的小山沟，沟的北岸有三孔被雨水冲毁的窑洞，老伴惊喜若狂地喊着："这就是俺的家呀。"

家，什么家，塌陷的窑洞破败不堪，雨水冲毁的院子坑坑洼洼，隐隐约约的烟囱偶尔显露出黑黑的烟洞。老伴不知是惊喜激动，还是怀旧伤感，奔涌的泪水一下子夺眶而出……

一九五四年合作化时期，她跟随父母亲、几个哥哥和一个弟弟，一家人离开了他们家生活了十几年的土窑洞，回到了阔别多年的川区老家——难泥沟。五十多年过去了，只有在睡梦里出现过儿时的情景，再也没有回来过。

在窑院里，她滔滔不绝地向我诉说着儿时那些记忆犹新、历历在目的一段段往事：哪座山崖上掏山雀时碰到了胳臂粗的蛇；哪道山坳里掐沙葱时遇到了一只大灰狼；哪孔窑洞里拴的青驴一夜之间让狼吃得剩下了骨头架；哪孔窑里堆放了一地又甜又沙的西瓜，弟弟吃得衣襟都能擦着火柴；哪里是用沙蒿柴把沙子烧得滚烫滚烫后埋上山芋和鸡蛋……儿时的故事三天两夜也说不完。

再看山沟依旧，面貌苍老，由于严重的旱情和过度放牧，山坡上没有长多少小草，自然环境的衰退让人感到凄凉。她感慨地说，当年他们的老人怎么选择在这样一个山大沟深、交通不便的地方生活？我说旧社会那样一个兵荒马乱、民不聊生的时代，这倒是一个避灾躲难、繁衍生息的世外桃源。你看看这小山沟一般是很难发现的，离吃水井又很近，说明老人们相当聪明，真是"天高皇帝远，种地放羊没人管"的好地方。老伴摇了摇头说，不是的，她听老爹说：照样有"占山为王"的人管着，只不过各种苛捐杂税没有川区的重罢了。对着呢，"三十六计，走为上计"，"树动一动死了，人动一动活了"，老人们正是遵循这些古训逃逸到这里定居的。

本想拍几张照片留作纪念，可谁知买来的电池是假的，好扫兴啊。走吧，因为摩托车还在山梁那边的山沟里放着，约一里路，看不着总有些担心。"走吧，老婆子。"我再三催促着。

看着老伴思绪万千、心潮澎湃、恋恋不舍地离开了窑院，我心中也涌起了无数感慨的浪花——对于土窑洞的怀念，就是为了不要忘记过去苦难生活而加深记忆。对于土窑洞的向往，却是对今天富裕生活的珍惜和感激。

对于土窑洞的留恋，绝不是为了再回到土窑洞里居住，因为赵家的二百多口后人中，已有百分之九十几的人，又离开川区的砖瓦房，搬进城里的高楼甚至别墅……

过了山梁，顺着狐皮沟西北方向走了约十里路，上了一条新修的扶贫公路——狼（狼皮子梁）南（南梁）公路（28桩号）。

我看路码表，这一圈行程一百一十八公里。老伴说："真是现代化的交通工具，当年老爹赶着毛驴，驮着我和老妈，不知怎样一步步走到川区老家的。"现如今赵家人和千千万万的中国老百姓同我们的国家一样，都发生了翻天覆地的变化。赵家斗湾这个在县级地图上都不容易找不到的小地方被废弃了，但它确确实实地存在着。虽然，沧桑的岁月已经把当年避灾躲难的老前辈无情地变成了"地下工作者"，可是，健在的八十岁左右的老人时常提起赵家斗湾那记忆犹新的辛酸往事……

末了，以老伴的口吻写了几句打油诗抒发一下对赵家斗湾之行的感受：

赵家斗湾抒怀

儿时离湾五十载，沧桑巨变两鬓白，山大沟深貌未改，窑塌院陷烟囱在。栅门洞窗破衣裳，沙葱黄米充饥肠，梦里依稀姐弟逐，亲娘窑院捡菜忙。疑问父辈何此居？避难躲灾斗湾地。抚今思昔多感慨，代代相传更珍惜。

（赵家斗湾是灵武市马家滩镇杨家窑村一带的深沟，新中国成立前，岳父一家人逃难在此居住，直到土地改革时回到银川平原老家）

高考与函大

没有了却上大学的心愿，一直像压在我心头上的一块搬不动的石头。每每白天生活中偶尔遇上有关上大学的人和事，夜深人静时，上大学的念头，深造的欲望，就像烈火一样在我胸中熊熊燃烧，有时甚至翻来覆去彻夜难眠。

我们这一代人，上初中时正赶上三年经济困难时期。尽管国家对中学生特殊照顾——每人每月二十九斤口粮，这在当时可谓是高标准。但是，周围和家里却是实实在在的"低标准"。人们整天都是猫吃酱子——在嘴上打抓挖。自然学习的积极性和学习成绩都大打折扣，没有学上多少东西，便回乡务农了。

几年后，我拼死拼活地复习，总算考上了中专，实指望这回静下心来正经八百地好好学点知识。可是，师范学校的领导却偏偏心血来潮独出心裁把学校改成"耕读师范"——在金银滩十三公里处开垦一千多亩荒地，办了个农场。一切农活都由学生完成。我所在的班是当年招收的社会青年编成的"社员班"，由于对农活比较娴熟，每逢大忙季节，学校美其名曰"好钢用在刀刃上"，调"社员班"学生去应急是家常便饭。再加上几年的"文化大革命"，就连当老师必修的教育学、心理学课本是啥样子都没见过，其他的课目可想而知，真是一言难尽……

如果说我们这帮师范生能胜任教师工作，全凭自己逐年逐日在工作岗位上的顽强自学。可是，没有科班出身，总觉墙上芦苇——头重脚轻根底浅，而显底气不足。

一九七六年，国家恢复高考，我等高兴得手舞足蹈、奔走相告，憧憬

134

着"春风又绿江南岸，明月何时照我还"的梦想。找来必考的书本，争分夺秒地翻阅起来，谁知到报名时却卡了壳——国家规定：高考针对"高中老三届"，不准"中专老三届"报考。空欢喜了一阵，上大学的梦想破灭了。

"山重水复疑无路，柳暗花明又一村"。欣慰的是各地的"电大""函授学院"陆续招生了。心想用这一变通的渠道，圆我上大学的梦，也是不二的选择吧！于是，我到地区招办报了个汉语言文学专业的名。我知道函授学院的含金量低，于是抱着只要接触过、学习过、能掌握了课目中的"甲乙丙丁"也就知道课目中的"子丑寅卯"的态度开始学习，至于更深层的"午己庚辛"的学问再慢慢领悟吧。

该专业共设有专业基础课和专业课共十三门，有现代汉语、古代汉语、语言学概论、中国古代文学批评史、中国现代文学、中国当代文学、外国文学等。每学期集中听课两次，平时主要是个人看书学习，完成作业，学期结束时考试。我知道，师傅领进门，修行在个人，关键是个人怎么下苦功努力学习的问题。这就需要：有狠心——持之以恒坚持不懈；有决心——百折不挠始终如一；有方法——见缝插针分秒必争才能完成学业。

当时，我正在一乡政府工作，此乡是一个各项农村工作跑在全县前边的"排头兵"，如党建、农业生产、乡镇企业、计划生育、法制教育等。特别是被评为全国计划生育先进单位后，区内各县市、周边外省区参观学习者纷至沓来、络绎不绝。这就要求我们这个各项指标曾经掺有水分的"全国计划生育先进单位"要提供看得见、摸得着——货真价实的先进经验，而且是整套的，甚至是新鲜的。仅仅满足于"墙里开花墙外红"是不能应对的，必须真抓实干。真是"吹牛容易捉牛难，名声越大越麻烦"。

于是，除了农忙季节，终年四季，乡领导分片包干，乡干部分村包队，逐户逐人，从"提倡计划生育"到"推行计划生育"再到"实行计划生育"，把这一基本国策落到实处。宣传教育的广泛与深入，思想工作的细微与反复，相关人员的具体情况与表现……其工作量之大可想而知。

在这种氛围与环境中，我清楚函授学习本身教授授课时间有限，学员业余学习的时间有限，坚持自学的精力有限。所以，无论工作怎样繁忙，我都得面对现实，坚持每天晚上的函授课本学习雷打不动。

函授教材编写得全面而详尽，我每每阅读都有如沐春风、豁然开朗的感觉，有时甚至又有从低谷登上山顶欣慰清新、极目远眺、一览无余的收获。

每次考试，我都老老实实地做充分准备，该记的记，该背的背，争取在发挥题、论述题、作文题、填空题上"扒个干股"，选择题因有多项选择不容易掌控，力争及格就行。

一年后，由于身体的疾病，知天命的年龄，加之学习压力的增大和周围"读书无用论"的侵袭——一位熟人直截了当地对我说：一把年纪了，还费那个脑子干啥，就你目前的文化水平应对工作绰绰有余。一块学习的人中那些抱着混文凭，一到考试不是"忽必烈的哥哥忽必编，就是忽必烈的弟弟忽必诌"（南郭先生之间调侃语），一个一个地辍学了。这对我也有一定的消极影响，我一度思想有些动摇。

经过激烈的思想斗争，既然信心满满地报了名，交了不菲的学费，又花了一年多的时间与精力，家人和亲友都知道我上"函大"，中途"溜号"，一是于心不忍，二是不好面对观众。"君子立长志，庸人常立志"，"学习时的痛苦是暂时的，未学到的痛苦是终生的"，"往往胜利是再坚持一下之中"，这些有益的教诲给了我起死回生的启迪。于是横下一条心，宁可做顽强拼搏的失败者，也不做安于现状的逃兵。

函授学院考试，明说，监考也不是严到固若金汤、滴水不漏的程度，作弊者确有人在，次次得手者也不乏其人。我却无奈，全凭自己平时学多少、记多少就临场发挥多少、答多少。我清楚文凭对我来说没有多大意义，别人怎么学习与我无关。一心想的是学点知识，来提高自己的文化素养，为日后文学创作打个基础就一步一个脚印地往前学。

一次考试前，一位关系密切的年轻学友，神秘兮兮地给我送来一沓子他缩印的有关考题的答案，一看字体比黄米粒还小，密密麻麻。我拒绝接受作弊答案。他感到不可思议，甚至有些生气。我认真而坦诚地解释说："实在对不起，感谢您的一片好意，缩印这些材料也花钱呢。我不是不食人间烟火的理想主义者，也并非在你面前显示我的人格有多么伟大，思想境界有多么高尚。我是有贼心，也有贼胆，就是没有贼眼——（老花眼，白内障）一点也看不清楚，缩印答案于我无用。就算戴上放大镜，考场上尽头找到答案，黄花菜都凉了。万一让监考员点出来，这么大年纪了臊毛死了。我是既要考试课目的'成绩及格'，更要为人处世的'上档次人格'。那个活不能干。"当时为了解除这一尴尬的局面，我还自作多情地说："唯一的办法就是把字号放大，我考前参考参考也算是你对我莫大的帮助……"

最终功夫不负有心人，除了两门课补考外，总算顺利完成了本科学业。

毛泽东主席曾教导我们说：对于马克思主义的理论，要能够精通它、应用它，精通的目的全在于应用。如果你能应用马克思列宁主义的观点，说明一个两个实际问题，那就要受到称赞，就算有了几分成绩。被你说明的东西越多越普遍，越深刻，你的成绩就越大。他老人家着重强调学以致用、学用结合。函大的努力学习只能证明自己收获了一定数量的"种子"。如何用这些"种子"种出一片丰收在望乃至丰收在握的"庄稼"，才是真正体现出上学的目的和学习的成效。

函大结业后，我便利用学到的汉语言文学知识，开始了文学创作，从"老虎吃天——无处下爪"的生手，到偶尔能有散文见诸地方报纸和文学期刊，再到如今已创作散文、诗歌、小说五十多万字，多数文稿被区内外纸质媒体刊用，并有四篇散文在区内获一、二、三等奖，有一篇在全国获优秀奖，进而编辑成书——《沙冬青》即将付梓。

函授学习不只是了却我人生一大心愿，丰富的书本知识充盈了我嗷嗷待哺的大脑，磨炼了我刻苦自学的意志，扩大了人生的视野，见识了大学课程里的世面。虽然没有使我"飞黄腾达"，却也给了我后半生更高层次选择的自由——文学创作。

最优秀最实惠的读本

一天下午，上小学五年级的孙子，拿来几个数字让我写出成语。我被这突如其来且从未见过的问题，蒙得目瞪口呆。我问："你从哪里弄来的这些偏题、怪题？"孙子不客气地说："不管偏题怪题，你会答不会答？"

咄咄逼人的发问使我这曾从教近二十年的老师汗颜。起先我百思不得其解，赶忙翻了一会儿字典词典，是指望捞根救命稻草，却一无所获。苦思冥想了片刻，突发灵感，终于答出999（千钧一发），9999（万里挑一），23456789（缺衣少食），12567890（丢三落四）。答案正确与否，再未细究……

如今对孩儿们读的书只是偶尔翻翻，这一次考试，却深深地刺疼了我那老气横秋和"老牌中师生"自私而又自傲的神经。半个多世纪过去了，时代在飞速前进，知识的更替日新月异，孩子们的学习内容也是不断翻新，好多知识、好多内容，我们过去见都没有见过。仔细想来，供全国几亿学生当作范文学习的文章，是经过多少专家学者、行家的手，从古今中外名家名篇中精心挑选出来的佳作。

于是，我心血来潮，从四面八方搜集到近年来初中、高中、大专的各种版本的《语文》书和《语文读本》五十余册。利用一个上午，认真翻阅了每本书的目录，发现这些书内容丰富、体裁新颖、篇目繁杂、包罗万象。每篇都有内容提要、重点点评、课后发问、作者简介、生字词的解释且篇目短小。在一本书价动辄几十元的今天，这些不用分文、唾手可得的最优秀、最实惠的读本，何乐而不读？尽管有些文章早先也曾读过，五十多年过去了，由于阅历的丰富，知识面的拓展，思想认识的提高，现如今再次研读，如饮陈年佳酿，别有一番滋味，似乎撞进了崭新的境界。因为好文章没有时间和时代的限制，它们是金子，永远闪烁着熠熠的光辉。可谓：常读常新，盖莫如此。

《中外名作家谈写作》是锦州师范学院的教材。书中收录有鲁迅、巴金、茅盾、雨果、歌德、巴尔扎克、托尔斯泰……谈自己创作名篇的感想或经过。我仔细阅读后深受启发，对于我文学创作的领悟，好像从谷底登上了山顶，那种清风拂面、极目远眺、豁然开朗、心旷神怡之感溢于言表。尤其是阅读秦牧的《散文创作谈》。本文围绕散文创作，精辟、生动并有说服力地论述散文的特征与界限。重点就如何写好散文必须在思想、生活知识、表现手段三个方面提高作者的素养，做了深入浅出、通俗易懂、引人入胜的论证，使我茅塞顿开……

诚然，仅仅满足于对经典佳作的感叹、羡慕、赞扬是不够的。阅读名家名作，收获的不只是粮食，更重要的是种子。能利用这些种子，种出属于自己的一片丰收在握的庄稼，才是最有意义的。这如同学习游泳一样，尽管教练对自由泳、仰泳、蛙泳、潜泳……讲得头头是道，学习者把要领背诵得滚瓜烂熟，但不下水实践，最终连个"狗刨式"也不会。

"莫道桑榆晚，为霞尚满天"。如今，七十八岁的我，造物主给我的生命已进入倒计时，发扬回族人"学习从摇篮到坟墓"的精神，把搜集到的语文教科书一篇不落地阅读好就足矣。

粽子飘香

早些年，可能由于生活的拮据，加之回族人没有过端午节的习俗，会包粽子者寥寥无几，不像汉族同胞会包粽子者那样普遍。

随着人们生活水平的不断提高，包粽子的原料已随处可见，一些回族家庭也逐渐地融入汉族的传统节日习俗之中——端午节吃粽子了。"三枚红枣，一把米，三片粽叶包个皮"，简单得就像"1"一样的包粽子的厨艺，却不是人人都能包得那么地道、那么得心应手，不是包小了没包多少米，就是米放太多而包不住。

然而，我的小女儿却学到了一手独特的包粽子的厨艺。她包的粽子个儿大，用孩子们的话说，不是两三口就能吃完，是真有个吃头。其次，她包的粽子除了糯米红枣外，还有葡萄干、枸杞、花豆。再则，她把粽叶用开水略微烫一下，这样既可以消毒又使粽叶舒展开来，还保持粽叶原有的那种特殊的清香味。史重要的是她包粽子的速度快，还质量好。

提起小女儿学习包粽子的厨艺，还有一段令人鼓舞、耐人回味的佳话：

早年的初冬，我和老伴为买点棉花来到灵武北门老市场王保林的商店里。买完棉花，老伴付了钱。出门后走了百十米，我边走边有当无地算着付款找零的账。我心头猛然咕噜一下，忙说："老伴，不对，账算错了，多找了六块钱。"老两口赶忙回头向商店走去。

来到商店门口，女老板正在与一名男子争吵，双方面红耳赤，各执一词，男子说："原来的欠款早已付清……"女老板说："没有付清，欠条还在哩……"男子说："你把欠条拿给我看。"女老板怕被男子撕毁，说："你把七十四块钱还来，我给你欠条。"男子辩言遮非地说："可能我钱还过了，条子没撤。"进而强词夺理地说，"我来了几次，你都不言传，现在又哪里来的欠条？"接着，双方言辞升级，进而有些龃龉。看来我这重新盯账的事，一时半时还插不上嘴。

此时此刻，鸡狗打仗，有人托劝与"自扫门前雪，莫管他人瓦上霜"的两种对峙的思想观念在我的脑海中激烈地斗争着。少顷，我上前问女老板："你贵姓？"答曰："免贵姓袁。"又问："你说他欠你的钱，有字据吗？"答曰："有，但我不能拿出来。"我说："给我看看总可以吧。"她翻开一个红皮笔记本，把欠条给了我。

我又问那顾客："你贵姓？"那顾客气呼呼地答道："姓王。"又问："你是从事啥工作的？"答曰："干工程的。"我说："我也是顾客，别多心，看你也是个头面人物，为几个钱争争吵吵不值，有失你的人格。"此刻我出示欠条，问道："这欠条是你写的吧？"那顾客扫了一眼说："是我写的。"接着他重复了前面为自己找回颜面的一些话语……

我说："算了，欠条就是证据，其他说辞都是多余的，钱拿来，一切都了结了。"那顾客省了省，慢慢吞吞勉勉强强地掏出一张百元钞票给我。我转手递给袁老板。袁老板找了二十六元钱后，我当面撕了欠条。那顾客羞愧而又尴尬地走了。

接着我让袁老板给我算棉花账，我说："你给我多找了六元钱。"袁老板激动地说："几块钱，你认真了个认真，是我算错了，又不是你少给了，算了。"我坚定地说："那怎么行呢？"便把六元钱放到了办公桌上……从此，我与袁老板熟悉了，"人往熟处走，水向低处流"，有时买个她商店的商品，她总是态度热情、价格优惠。

我知道商店运营从一件商品的进货运费、税收到商店房租以及人工工资等等费用，不赚钱怎么行呢？

第二年端午节的前一天，我去王保林的商店买洗衣机的输水管，袁老板一家人正围在一起津津有味地吃着粽子。袁老板起身热情地招呼我说："来，吃一吃我们山西人包的粽子，清真着呢。"我这才知道袁老板是山西人，怪不得粽子包得那么大、那么好。在我看来，影响他人吃饭是最没意思、最不礼貌的事。于是，我急急忙忙买了三米输水管。匆匆付款后，她硬要送给我一塑料袋（约二斤）红枣说这是特意从她老家带来的，核小、肉厚，特甜，油性大。我推辞再三，无果，只好笑纳。

我自言自语地说："有了糯米、红枣、粽叶，不会包也是枉然。"她忙说："这好办，明天让你儿媳或女儿来，我把我们山西人包粽子的方法传授给她。"

第二天，心灵手巧的小女儿自告奋勇如约而至，在袁老板认真而耐心地教导下，女儿学会了包粽子。从此，家里人每每想吃粽子时，小女儿都乐此不疲。

包粽子的厨艺从山西汉族阿姨的手中传给本地回族姑娘的手中，这是回汉民族团结微不足道的一幕，可它折射出回汉民族间相互尊重、学习、相互借鉴、包容的传统美德，代代相传只会发扬光大——因为爱显能的小女儿先后又教会了二十多个回族姐妹包山西粽子了。

菜缸挪位

　　菜缸在北方的农村里是每家每户必备的生活用品。它是由粗糙的陶土烧制而成的陶瓷器皿。一般老百姓家的菜缸，最大的口径五十厘米，缸体高八十厘米，品种大小不一，但都口大底小。每年十月中下旬左右，农民用它来腌制过冬食用的咸菜。在那"标准低、少口粮，腌缸咸菜度饥荒"的特殊年代里，菜缸是农家尤为重要又必不可少的生活物件。

　　二十世纪五十至七十年代，菜缸还是多数农村家庭最重要的摆设。一般被摆放在正屋最显眼的位置，是一个家庭殷实与贫穷的标志之一。那时，说媳妇"看家"（似突击检查）为了装门面、显阔气，男方向左邻右舍借几口菜缸的事也是常有的。当然，这也没什么丢人的。《红楼梦》中贾蓉还向王熙凤借玻璃屏风，也只为请要客摆一摆。家庭主妇每天打扫屋子时总要把菜缸拭擦得乌黑、油光、锃亮，这又是家庭主妇干净利落或邋遢的象征。

　　历史上由于生产工艺的落后，加之交通运输的困难，一般农家能有两口菜缸算是不错的家庭了。计划经济时代，经营菜缸的渠道只有供销社。菜缸虽然不是分配物资却是紧俏商品。每进一批菜缸来，不掌握进货信息的人紧跑慢跑还是买不到。

　　分家另过时，母亲分给我一口祖上传下来的"歪瓜裂枣"式的菜缸——缸体上有一个人头大的瘪窝，里面还有一处巴掌大的火砟，想必当年可能是"处理品"吧。尽管如此，还算是有口菜缸。母亲把两口菜缸分给我们哥俩，自己留有一口小菜缸。每年腌菜时，为了一次性多腌些菜，她独出心裁，把菜放到地里晒一天，待菜晒绵后再洗，再腌。其实这种方法腌出来的咸菜皮叽叽、绵囊囊，一点也不好吃。可是过惯了苦日子的老年人并不觉得怎么样，年复一年照吃不误。

妻子毕竟年轻，她从地里把白菜铲回来，立即清洗后就腌渍，待缸中菜沉下去了再添加，直至把缸腌满，这样腌出来的咸菜黄亮、爽脆、好吃。越好吃，越不够吃。每年春天总是要开口向亲戚要点咸菜"度荒"，实在不好意思开口，就化点辣盐水将就。等到苦苦菜叶长到两厘米长时，再辛苦挑些苦苦菜就饭。

随着家中人口的增加，想买一口新菜缸的念想与日俱增。一次偶然的闲谈中，得知一名同学的母亲在邻县的县供销社上班。就用本人月工资的三分之一（即十二元），托她给买了一口百里挑一的菜缸。利用星期天借了一辆小胶车，来回六十多里路，小心翼翼地徒步把菜缸运回来。家人看着又大又圆、釉光发亮的菜缸甚是欢喜。与我那祖传菜缸相比，分明是两个时代的物品。

从此，每年能腌两缸咸菜。家人冬天可以敞着口吃菜，早春也不愁菜荒了。那时，家里虽然还达不到吃羊肉炒酸菜那样美味的条件，却也能吃到豆腐咸菜角子了。

一次我到一块工作的同事家里串门。同事是河南人，家属在本地落户。无意中在他家里我受到三点启发：一是，他把土炕的炕洞门留在屋外——干净卫生，不像本地人把炕洞门留在屋内，烧炕时屋里烟熏火燎灰拼火扬。二是，他在土炕上铺了一层麦柴，麦柴上铺上席子和毡之类，这样半夜里炕冷了，麦柴还在保温散热。不像本地人仅铺席子和毡，半夜里还得起来再去烧炕。三是，他在屋檐下拉了三根铁丝，秋末把小棵的白菜一棵挨一棵挂在铁丝上阴干，吃时用水一泡，或炸或炒，省下了买菜缸、买盐的困扰和支出，又免去了腌菜的劳苦和麻烦——这些发现应验了老先人留下的两句古训：处处留心皆学问；活到老，学到老。受到外地同事的启发，我照猫画虎、他行我效，本打算再买一口菜缸的想法也就流产了。

一年春天，生产队要育水稻秧苗，按照生产流程，事先要将稻种浸泡四天。队里要求每户借一口菜缸给队里泡稻种。妻子动了番脑筋把家里那老古董菜缸事先放在门外准备借给队里。谁知不懂事的儿子把两口菜缸都让抬走了。妻子下工回来一看两口菜缸都被借去了，生怕打破，赔上几个钱，到哪里去买呢？她赶忙跑到队里，想着把那口新菜缸扛回去。可是，菜缸里已经泡上了稻种。她气呼呼地质问负责育秧的队长："每户借一口菜缸，为啥抬我们家两口菜缸？"队长解释说："话是那么说了，但是，情况比较复杂，有的农户没有菜缸，有的人不在，有的菜缸里还有些咸菜，有的菜缸用竹篾箍了又箍，眼看要散了架……不对了，给多借你那口菜缸记点工分。"妻无奈地说："你不要寒碜人了，把我新菜缸给看好，用完了给我送回去，我可背不动。"队长满口答应。

半个月后，水稻育苗结束了。各个农户害怕把菜缸捣错，争先恐后把自己菜缸搬回去。妻体瘦个子小，先把老古董菜缸背回来，待到她返回去时，她的新菜缸却被一农户霸去。这农户理由是：他菜缸破了，让队里用这口新菜缸赔上。队长说："那菜缸是有主人的，别的菜缸我记不住，那口菜缸我影响最深，赔钱可以，你搬这口菜缸绝对不行……"一阵唇枪舌剑般的争吵过后，队长派人把我家的新菜缸还回来了。与大多数农户一样，菜缸被直接搬到厨房里。

现如今，随着人们生活水平普遍大幅度地提高，现代化的设施农业的普及，以及道路四通八达，交通运输的便捷化，大量新鲜的、反季节的、天南地北的、品种繁多的各种蔬菜充满了大大小小的各类市场。腌菜的人越来越少，餐桌上的咸菜变成了少有的稀罕物。曾经红极一时的菜缸变成了没有用处又占用位置的累赘，多数农家把菜缸从正房搬进灶房，现在又从灶房搬进了库房，甚至抛弃到院落的某一个角落里。看着一口口被冷落被遗弃的菜缸，我这亲眼见证了菜缸不断挪位的老人心潮起伏、浮想联翩、思绪万千、感慨良多——这不就是亿万农民生活发生天翻地覆的一个缩影吗……

回族的盖碗茶

盖碗茶是中华民族由来已久且独有的一种饮食文化。唐代的陆羽是历史上第一个为茶著书立说的人。由茶衍生的文化逐渐内化为一个民族的精神气质。这就是说它不是回族人的专利。但是，千百年来回族人不食烟酒的习俗，使之对盖碗茶情有独钟，把盖碗茶这一饮食文化继承了，发扬光大了。聚会、待客、自饮都以盖碗茶为主、为荣，已经形成一种习俗、一种传统、一种时尚，并且从原料配备、泡喝的过程，都颇有一番讲究。

我最早接触盖碗茶是由于那时人们生活条件所限，一般盖碗茶抓点砖茶，捻上一小撮红糖（糖要供应），放两片果干和一两枚红枣已是非常不错了。而且这还是用来招待最尊贵的客人或是知己和亲友。一般人没有这般礼遇，只能是喝用小茶壶和大瓷缸子泡的沏茶。那时喝盖碗茶忌讳捞盅子，即捞吃果干和红枣，偶尔有捞盅者被耻笑为不拘小节的"驼损"。

随着时代的变迁，人民生活质量不断地提高，盖碗茶中的原料配置也有了新的变化，增添了不少的有营养的新丁。人们从品种丰富、营养考究的角度追求色、香、味俱全的满茶盅子（各种原料几乎把盅子填满）。砖茶淘汰了，取而代之的是各种名茶，什么碧螺春、铁观音、龙井、沱茶、茉莉花茶……糖有红糖，白糖，冰糖；漂头有枸杞，红枣，沙枣，核桃仁，桂圆（肉），芝麻，柿饼，玫瑰花，山楂干……

泡茶要用滚滚的开水冲泡，这会使茶盅中的各种原料在高温中消毒，同时也能使配料中的有效成分在最短时间内浸溢出来。向盖碗盅里倒水时讲究高斟低酌，高斟是为了用开水把糖等冲起来，低酌又使开水不至于溢到外面。倒水之后，把盅盖盖严实，浸泡一会儿，这样多数茶叶自然落底，茶料中各种醇香味儿就会浸泡出来。喝茶时用盅盖轻轻地、反复地拨动茶水，一方面把茶料拨到一边利于各种茶料的香味溢出，一方面把盅底的糖等拨动起来，回族人称为"刮碗子"。在喝上几盅后，便开始一边漫不经心地喝，一边悠闲自得地捞吃盅子里的核桃仁、红枣、桂圆等。

随着卫生知识的普及，现在时兴捞盅子了。不捞客走茶凉，哪怕是仅喝了一两口，也是一倒了之。当然盖碗茶虽好，晚上不能喝，喝了提神醒脑，不易入睡。饭后也不易喝，它会冲淡胃液，不利于消化，古人有饭后不饮之训。太烫也不能喝，喝了会刺激或灼伤食道和胃黏膜，久而久之会形成溃疡。茶泡饭也不是好的饮食习惯，它会影响人的咀嚼和唾液的分泌，不利于消化。

二十世纪八十年代中期有一份资料显示，仅有六百多万人口的宁夏，就有七十七位百岁老人，其中回族五十名。人们在总结回族老人长寿秘诀时，其中首要的一条，就是嗜盖碗茶如命，像什么三香茶、三泡台、白四品、红四品、五珍茶、八宝茶、羊骨髓茶、枸杞红枣茶、油茶、油面子茶……

诚然这些茶料中不但含人体必需的多种营养物质，像什么多种维生素、微量元素、氨基酸、赖氨酸等等，而且还有突出的药用成分，像什么补血益气、活血化瘀、养血安神、益智健脑、补肾养颜、增进食欲、消除口臭、健胃消食云云。应该说这些茶料中各种有效成分对人体的补益作用和健康长寿的促进作用是不容置疑的，当然也不能小觑。

但是，作为即将进入耄耋之年的回族老人，通过我长期的回族生活和仔细观察、参悟后认为，盖碗茶的真正作用是水的作用，是饮水——通过喝盖碗茶加大了水的摄入量。及时补充体内水分，稀释血液，促进血液循环，防止动脉硬化，洗刷肠胃，增进食欲，有利于消化，更有利于有毒物质的排泄……这才是喝盖碗茶为什么能有利于人的健康长寿的实质所在，即喝盖碗茶的秘密。

众所周知，在适宜生存的环境中，水是生命之源，哪里有水，哪里就有绿色，就有生命。盖碗茶这一形式诱惑（或叫趁哄）人们足量地情不自禁地饮水。试想，客人落座后，主人的盖碗茶端上来了，宾主一边扯磨，一边饮茶，主人不断地添水，宾主不断地饮用，喝了几盅后有香味，再喝还有甜味，继续饮用一直到茶淡，有时中途还有续茶（再添新茶料）的习惯。你想这喝的水能少吗？

老岳父是一位九十五岁的回族老人，一生未患过大病。每天早晨的盖碗茶必喝无疑，即便是在生活最困难的年代，早晨仅仅捻点糖精也要大量喝水。而且一喝就是五磅的暖瓶一整瓶。他说："人经过一夜出汗、尿尿、出气（呼出的气里有水蒸气），早晨起来，人身上最差的就是水。"他的养生之道，我通过长期与他言谈交流、参悟分析，替他概括为：一不敛财（勤俭持家够花就好），二恪守本分（即节色），三豁达（和睦四邻，忍让为上），四沉默（寡言少语）……六成温度吃饭（从不吃烫饭，往往的口头禅：你们先吃），七成饱（"吃欠些"是他的又一口头禅），八斤喝（每天喝水），酒烟不动，十分康乐。

苏联一位生物学家研究发现，通常人在子宫内是 280 个昼夜多一点，按照物质对立统一规律，子宫外以年计算应该是 280 年。人出生后要消耗体内的营养介质——水。随着年龄的增长，体内的水分灾难性地流失后，组成机体的无数细胞膜构成的生物滤器被封锁起来，不能再剔除有害物质，于是各种病理现象就产生了。新生儿体内水分占体重的 86.6%（老百姓称"水泡枣"），长大后占 71%，成年后占 61%，而一个 81 岁的老人仅占 49.8%，随着疾病的发展（"最后练了个干干"）骨瘦如柴了。那么他身上的肉哪里去了？是水，水分流失了。

因此，喝盖碗茶的真正奥秘在于向体内人为地补水，或者说自然而然地加水。当然，盖碗茶中的那些茶料即漂头不能少，少了就没有诱惑力了。

由于饮茶的益处多多，回族人不仅养成了饮茶的习惯，而且在走亲访友时，也喜欢送茶礼（即糖、茶、各种漂头），可以说互送茶礼成了加深友谊的纽带。

盖碗茶的魅力将伴随人们的生活越走越远。

拌　醋

　　拌醋这一古老的传统的酿造技术，曾经在农村中家喻户晓，如今却离我们渐行渐远了。现代化的酿造厂，化学勾兑制醋技术替代了分散的家庭式的小作坊。随着时间的推移，一些会拌醋的妇女老前辈们无奈地把拌醋技术带进了坟墓。回到乡下打问，能坚持拌醋的而且拌得那么地道的农户几乎为零。有些人想拌不会拌，多数人是怕麻烦不愿拌。

　　一次，家里买来的袋装醋，不知啥原因，吃着吃着袋中出现了像牛鼻涕一样的东西，令人作呕，真是：苍蝇不咽人，使人发恶心。从此，我宁可不吃醋也不买袋装醋了。可是对醋的偏爱，加之受长寿歌中多醋少盐理念的影响，和老伴商量自己拌醋。她说，过去粮食少，醋头里没啥煮的，主要是麸皮支哄，拌出来的醋色黄味淡。现在粮食充足，拌醋应该不成问题，醋糟还可喂牛羊，一举两得。

　　说干就干，老伴煮醋头，买来两瓶陈醋做曲种，通过一段时间（近四十天）的发酵，醋头与麸皮掺和均匀后装缸。经过一段时间的酿造，抄拌时，发现醋曲中有大小不一的疙瘩。把疙瘩掰开里面有不少灰色菌毛丝丝相连，这说明醋坏了，只能半途而废。

　　不服输的老伴又一次拌醋。我想醋曲中出现霉菌疙瘩，一定是霉菌作祟。于是，用开水把缸烫洗了两遍，心想这次准能成功。又一次煮醋头，发酵，拌进麸皮，装缸酿造一段时间，抄拌时仍然有霉菌疙瘩，只不过没有上次的多，捡去霉菌疙瘩继续酿造，老伴增加了抄拌的次数。秋后，总算是勉勉强强把这一糟醋拌下来了。经过泡淋出来的醋与买来的醋味差不多，只有酸味没有米醋那种特有的醇香味。

究竟哪个环节上出了问题？老伴仔细地回忆她儿时老妈拌醋的全过程，其中老妈把发酵好的醋头重新用锅煮一遍，趁热倒在麸皮上，因为怕烫手，用一个好似木榔头的器物抄拌麸皮使之掺和均匀，然后趁热装缸。当时姊妹们只顾捡吃仅有的几粒蚕豆。恰恰忘记了这一环节……

她恍然大悟："我们拌醋，就缺少这个至关重要的环节——把发酵好的醋头重新煮一遍，这是高温消毒，那些霉菌杂菌在煮沸的醋头中消灭得干干净净。"

次年五月，老伴又要拌醋。我动手制作一个木榔头，怕木榔头有杂菌，用开水烫了一阵，又用火烤干。这次她吸取了上两次的教训，一炮打响。拌一次醋，全家十几口人吃了三年，而且是什么时候没有醋，什么时候就泡淋。那味道沁人心脾，醇香极了。一些亲友吃了这醋问道："怎么这么香？哪里倒的（买的）？"老伴自豪地说："自己拌的。"

我把她拌醋的整个工艺流程记录下来：

一、备料。玉米、高粱、糜子、谷子、大豆、蚕豆、小麦等五谷杂粮，当然也并非缺一不可，但是不能少了豆子。麸皮要到面粉加工厂亲自在麸皮出口处去接。大堆上的麸皮中有杂物，如纸烟头、痰吐、鞋底的脏物等。

二、拌醋。首先把五谷杂粮中虫咬的、发霉的颗粒捡去，加水泡胀后淘洗干净，用没动过荤的锅，把五谷杂粮投入曲种（买来的瓶装醋或醋曲种均可）煮熟煮烂，趁滚烫时与麸皮用木榔头搅拌（回族人称为寡妇醋，既省去了醋曲发酵的过程，也减少杂菌进入醋曲的机会），待不烫手时用手反复掺和——干湿程度以捏一个疙瘩用手一戳就散为标准。装入新买的不透气的塑料袋里，扎紧袋口，外面再套上几个蛇皮袋（新旧不说），为的是夜间保温和防止最里面的塑料袋老化。放到能充分晒太阳的水泥台子上，过几天把塑料袋子翻过来晒，一个月左右把袋子里的醋曲倒出来抄拌一次。在这个过程中不能把其它东西带进去，中途也不能再掺麸皮等，还要注意防雨水。如果由于低温多雨，温度不够，醋曲没有发酵透彻，在泡淋之前放到热炕上再加速发酵一段时间后，卸醋——把醋曲倒出来撒些盐抄拌一遍装好备用。

三、泡淋醋。如果没有专用的淋醋缸，就用塑料桶泡淋也可以，当然用开水或热水泡淋效果更佳。淋出来的醋装到有密封盖的容器里为好……

我爱吃老伴自己拌的醋，不仅是亲眼所见，亲手操作拌醋的整个工艺流程，更重要的是这醋是纯天然的原汁原味的粮食醋。那醋味酸得令人垂涎欲滴，醇香得让人回味无穷啊！

粉　汤

　　粉汤是回族人过乜帖（祭奠亡灵的一种形式）、款待亲友、家庭聚会、改善生活时最后一道、材料节省、烹调工序简单、大众实惠、美味可口的家常菜肴。吃粉汤被称作喝粉汤。

　　粉汤，顾名思义，既有粉又有汤。粉就是市面上卖的粉面（一般由扁豆、豌豆、荞麦、土豆淀粉加工而成）。搅粉为第一道工序，即水和粉面按一定的比例倒入锅中。有些人是按照其老人传授的死公式，即一斤粉面兑几碗水，生搬硬套，因为粉面的材质不一、干湿不一、碗的大小不一等原因，往往搅出的粉并不理想。一般有经验的人是把暖水瓶放在锅旁边，视情况稠时加点暖水瓶里的开水。一边加温，一边用擀面杖不停地均匀搅动，这不能偷懒。直至粉熟透——微微流动的形状不黏稠，清白的颜色晶莹剔透。然后舀到盘或盆里冷却成型，再用刀切成水果糖大小的块。接着切些肉片炒熟或切碎的羊杂碎，沏上肉汤或开水，待水沸后放入粉块，调以盐、酱油、醋、调和面、油炸辣子以及适量的绿色青菜，如葱、韭菜、芫荽、菠菜等。这样一道一青二白、白里透红，色香味俱全的粉汤就做成了。闻那浓浓的粉汤特有的香味，瞧那红白绿相间的颜色，不由得使人垂涎欲滴。待你端起碗来吃上一阵，那香、那辣、那舒畅，只觉得眼中发热，脑门冒汗，一阵风吹来，浑身的疲劳顿时云消雾散。很久以来流传着"碗大汤宽舀得稠，上面漂的辣子油，吃一口、想两口，不怕笑话端上走"的顺口溜。

　　在回族人的开斋节和古尔邦节来临之际，几乎家家烩制粉汤，恭候客人和亲友的到来。节日里，好客的主人一定会请你品尝地道的粉汤。烩制粉汤的配料都是事先准备好的，只需稍等片刻，勤快麻利的主妇就会端上香味四溢的粉汤，客人的胃口大开，大饱口福。长期以来，回族家庭主妇都以有精湛厨艺为荣的美德。姑娘出嫁前，母亲总会手把手地传授厨艺，包括烩制粉汤。

粉汤是饭局中最后一道拾遗补阙的"鸣金"菜。当粉汤上来时，不言而喻地告诉你，再没有菜了，如果前面的菜不合口味或者量少没吃好，那你就抓紧时机，来个前面损失后面补，把肚子填饱。

常参加一些过乜帖的场合，总觉得粉汤好吃，就是粉汤的温度过高，真是粉汤变成粉烫了，吃的速度也慢，老是落伍。一些有经验的吃客早已吃完，催促道：候着呢。只好情不自禁地放下未吃完的粉汤——这是一种不道德的行为，剩下的粉汤没人吃。后来我终于发现那些人吃快的秘诀：在粉汤碗里夹几筷头凉菜与粉汤掺和，温度自然降了，吃起来就不那么烫了。如今，每桌上一小盆粉汤，盛多盛少由客人自主选择，避免浪费。

长期以来，回族人的粉汤小吃在各地各有千秋，做法却是万变不离其宗，相差无几。特别是油饼子泡粉汤，是遍及全国的最普遍最拿手的小吃，甚至是回族饮食文化的标志之一。过去这种小吃在饭馆里并不多见，如今它是各地饭馆里味道鲜美、酸中带辣、浓烈清香而又经济实惠的一种快餐，人人爱吃且常吃不厌。

闹洞房

闹洞房是家乡男女结婚的当天晚上必不可少的喜庆仪式，这惯例似乎是由来已久。那热闹的欢声笑语，好像有要把房顶掀翻的气氛。不过叫法不同，有的叫耍新姐姐，有的叫闹新房，有的干脆叫糟房。

多少年来，我对闹洞房从小时候跟上看热闹、瞎起哄，到青年时的积极参与，再到中年时的"只屑一顾"——看一眼走人，某某娶了个怎样的媳妇一目了然。

随着年龄的增长和阅历的加深，逐渐对闹新房产生了一些别样的想法——厌恶。心目中对闹新房中的一些粗俗的甚至淫秽的语言类节目感到不堪入耳；对一些低俗甚至是下流的动作类节目，感到不堪入目。特别是近年来个别地方的闹新房陈规陋习沉渣泛起。已经不再是停留在语言戏谑之上，而是出现了非常出格的举动，甚至有些野蛮。毫不夸张地说是很黄很暴力。"恐怖极了"，这是一位外省姑娘嫁来闹新房时的一句感言。现在变成了名副其实的糟房了。当然也就更不愿意参与了。

"狂来欲碎玻璃镜，青春难再火样红"。上了年纪，对家乡人闹新房这一社会现象静下心来，追根溯源，对比分析，归纳总结，终于有了一个在我看来是崭新的、明确的认识：

首先，闹洞房是对今天庄头上、家族中、亲友间新娶来的新人进行快速的、全方位的了解——这包括相貌、性格、思维反应、语言表达、思想修养、为人处世的态度等等。虽然说路遥知马力，日久见人心，但是，窥一斑而知全豹也是不争的事实，几个小时的"短兵相接"的耍闹，新人的形象、性格、人品在众人的心中已经基本定格。

其次，结婚是人生一大喜事，要把这喜庆的气氛推向高潮。因为在闹洞房的人群中有白天忙而晚上特意来凑热闹的人为数不少——人人喜气洋洋，场面热热闹闹，洞房内外欢声笑语。有时一拨走了，又来了一拨。新郎新娘应接不暇。多少年来，为了扩大闹洞房的队伍，形成了男女老少齐上阵的态势，家乡人有结婚三天不分大小一说。目的是让上了年纪的人也来参与，帮助压阵脚、扩大闹新房的队伍，出点子——增添喜庆内容。同时，也给老年人一个目睹新郎新娘的机会或借口。

再则，闹洞房是对过去那种包办买卖婚姻中的男女双方的现场演练和补课。为一对即将进入洞房花烛夜同床共枕，尽鱼水之欢的新人铺平道路——通过对新郎的压迫（主持人有节制地拍打），为新郎新娘在明灯照耀下，众目睽睽之前，提供一个临时的而又是难得的心理认识、情感交流、胆识尝试的平台。让一些与生俱来的生疏感、胆怯感、羞涩感通过短时间的操练荡然无存。

因为，包办婚姻的男女双方婚前，不要说情感交流，连面都很少见。不像自由恋爱那样"情感交流得如胶似漆，恋爱得放荡不羁"，一些男女情感之事已经没有什么秘密可言，不存在多少羞羞答答的事。对于包办婚姻，老先人们创造了个"闹洞房"这一结婚程序，应该说是高明之举。

下面采撷的几个小节目就足以证明我对闹洞房的新认识的一点诠释。

新郎新娘啃苹果，这是一个传统节目——用线吊起一个苹果或红枣或水果糖，让新郎新娘同时啃吃。有时不注意或背后人有意推搡，使新人双方嘴碰嘴——当众接吻，全场欢笑……实际上是新郎新娘的壮胆演练。

找儿子或叫摸鱼——是让新郎脸掉过去，叫一女同胞从新娘的领口放进一块水果糖或枣，有时什么也没有放。让新郎从新娘的领口伸进一只手通过乳沟、肚腹到肚脐眼附近去触摸。不管摸到摸不到，都要由主持人领语，谈刚才的经过，男说翻过乳头山，女说来到肚皮川，男说搜遍所有点，女说没见儿子的面，男说着什么急？女说不着急你摸啥？你看男女双方面红耳赤的外表，就能推测出男女双方此时此刻心跳的频率和血液沸腾的程度，实际上是一次性挑逗。

挑担卖菜——让新娘坐一椅凳上，新郎肩上搭一条围巾，两手前后分别抓住围巾的两头，为挑担状，围绕新娘转圈，边走边喊：卖菜了，卖菜了。新娘问：什么菜？新郎答：你要什么菜？新娘说：白菜……如此这样继续叫卖，一直要说到四十样菜。规则是：不得重复，重复了再从头开始。实际上这是测试新娘的记忆能力、语言表达能力、思维反应、双方的配合能力，以及新郎新娘忍气吞声的修养如何。因为新郎不停地走动，不停地叫卖，只要新娘把说过的菜重复一样，一切重新开始。新郎已是汗流浃背了……

当然这仅仅是一些传统节目，还有很多很多半正经半挑逗，还有夹带的酸词浪语，甚至是污言秽语。像什么新房新床新被褥夹道欢迎，好疼好痒好舒服 1 小于 0；什么哥哥单枪匹马勇闯无底洞，妹妹两面夹击活捉蒋光头……由那些能说会道的主持人即席编造，信手拈来的创新节目层出不穷。总而言之，让大家耍得热闹，玩得开心、高兴。当然成年人兴高采烈之时也有些忘乎所以——此时没有禁止儿童入内的提示。对孩子们的影响也是不言而喻……

撒喜枣

　　乡下人把盖新房、娶儿媳当作家中最大的喜事，历来被称作行大事。这喜事往往得举全家之力，倾其所有，甚至负债累累，可谓搬了石头累了山，操办花钱万万千。说它是喜事是因为主人家就要乔迁新居旧貌换新颜了，或者是家里娶来儿媳妇，添了新人，传宗接代有望了。虽然这些都是喜庆之事，但是如何在更广的范围内大张旗鼓地渲染这喜庆的气氛并推向高潮，再将这特大喜讯朝闻天下呢？——这就是撒喜枣了。因为撒喜枣时，不仅有前来贺喜的亲朋好友、街坊邻居，也有特意来凑热闹的，还有路过旁观的……

　　人生在世，家家都有一本难念的经，每个人总会有不是烦心的事，就是愁人的事，不是不顺心，就是不愉快，至少也是晴间多云。尽管主人家大喜，被邀请祝贺的亲朋好友、左邻右舍，每人心中那些揪心的事总是挥之不去。然而，当站在高处撒喜枣的人那风趣的、幽默的、诙谐的、搞笑的段子脱口而出时，翘首企盼的人群中欢声笑语、此起彼伏的"往这边撒，往这边撒"的呼喊声响成一片。紧接着一把把由枣子、核桃、花生、水果糖掺和而成的喜枣抛向四面八方的人群。顷刻间，有跳起来半空中拦截的，有跟上核桃速跑的，有弯下腰在地上抓抢的。你争我抢，抢上的，没抢上的，一个个笑逐颜开，人声鼎沸。此时此刻，一切"晴间多云"的事统统抛到九霄云外，都被这热闹喜庆到了极点的气氛所替代。

　　说是抢上核桃吃了生儿子，捡上枣子吃了生丫头，那么拾上花生、水果糖吃了呢？这完全是戏言。只不过核桃、红枣都是多产植物的果实，人们正是取这类植物的生殖意向，表达心目中强烈的繁衍意识。在这里核桃用了抢字、枣子用了捡字、花生水果糖用了拾字，就明显看出人们对这几样"喜枣"的态度了。随着生活水平的普遍提高，人们再也不把"喜枣"当作稀罕之物去争抢了，仅仅是图个热热闹闹而已，你看那满地被踩碎的花生、踏扁的红枣和水果糖就足以证明。

说起撒喜枣前那些搞笑的段子，也没有什么固定的模式，一般由那些"民间语言大师"即席编撰，是信手拈来的"打油诗"或称"四六句"。笔者曾听到过盖新房担好大梁后，撒喜枣时的段子是："核桃枣子端上墙，全家欢喜住新房，盖新房，住新房，下午油饼子泡粉汤。"（主人戏谑地说：光想吃好的。）"圆核桃撒向东，主人老婆子像泥墩（胖夫人骂道：没羞的），服侍师傅有爱心，咱们盖房你放心。"（别吹牛了）"长红枣撒向西，球毛主人不宰鸡，今天答应明天宰，小鸡还没长大呢。""水果糖撒向北，抢不上别见怪，亲朋好友齐贺喜，就看谁家致富快。"

关于婆儿媳妇撒喜枣搞笑的段子不多见。偶尔也能听到一些："圆核桃麻坑坑，老俩明年抱孙孙，吃核桃养男孙，馋嘴婆姨成的精"，"时代变了样，生男生女都一样，生下儿子是名气，生下女儿是福气，福气总比名气强……"

飘香的咸菜

咸菜是一种腌制的佐餐主菜。早些年，家乡人每年都要从十月份开始吃腌韭菜和腌酸菜，再吃腌白菜，一直吃到翌年的五月份。

随着日光温室技术的发展，交通运输的四通八达，人们的餐桌上出现了大量的反季节蔬菜，大冬天也能吃上夏天的活菜，咸菜逐渐从餐桌上淡出。但是，家乡人对咸菜的依恋之情还是难以割舍。特别是冬天的牛羊肉炒酸菜，还有咸菜豆腐包子，吃面条时，咸菜小碟里有：腌黄瓜、腌沙葱、酱苤蓝、酱蒜等。

不知是生活习性、传统习惯，还是气候或生理的原因，人们总是喜欢在什么季节就吃什么蔬菜。冬季吃咸菜就觉得对味、舒畅，反倒是吃活菜有点别扭。

老一辈人几乎没有不会腌咸菜的，只是腌菜技术（乡下人称手气）有高低之分。随着时代的变迁，真正懂腌菜技术的人越来越少了。年轻人对腌咸菜不屑一顾，其实这里面还真有点学问。

一是品种的选择。以前老人们都腌本地小白菜，脆又好吃，只是这种菜产量低，加之种子难以提纯复壮而被淘汰了。取而代之的是一些新品种，但普遍反映是"绵囊囊"。近年来有人发现小麻叶青菜腌咸菜比原来的小白菜还脆，颇受欢迎。

二是时间的选择。一般十月下旬为宜。过早气温偏高，菜缸容易起"白花"，菜味太酸，过迟气温偏低，发酵时间短，菜不宜腌熟。腌制不熟的咸菜含有亚硝酸盐，是对人体有害的。

三是腌制方法。并不是像一些人所说的"一层白菜几把盐，石头压上就算完"那么简单。所谓"手气好"的腌菜高手主要有以下几个操作过程：

（1）白菜拣好洗净后，太大的白菜切成两半，立即下缸（不晒）。（2）备些盐水，装白菜时蘸点盐水，撒盐时适当少些。（3）菜腌完后压上大石头，适时向缸内灌上些清水，使之漫过白菜。目的是使白菜第一时间浸泡在盐水中并与空气隔绝。如果在盐水里放一些生石灰（一百斤菜放一两半）或小苏打，腌出的咸菜又鲜又脆。（4）待缸内往外溢水时，换大石头为小石头，以菜不浮起为准，把盐水舀出点等缸中盐水下降时再添上。

以前，我最不爱吃腌韭菜，一吃胃里就泛酸。韭菜历来是暖胃、补肾、促消化的大众菜。后来通过仔细观察、揣摩，发现了腌韭菜反胃的主要原因：韭菜较白菜含水量少，腌韭菜如果等自身盐水上来，那韭菜已经处于半腐烂状态，所以就反胃。如果采取如上所说，在腌菜的盐水中再适当放些碱（一百斤菜一两），选择老韭菜，蘸盐水，撒盐面（盐要少些），压石头后倒入淡盐水使之漫过韭菜，这样腌出来的韭菜又绿、又脆、又香。

再如腌黄瓜也有一个秘诀，腌制方法也如上所述，关键是从第三天晚上，把全部黄瓜捞出来凉一夜，目的是降温，暂时中止发酵。次日早晨再倒进缸里压上石头，再隔2—3天晚上同样把黄瓜全部捞出来凉一夜（气温低时可隔4—5天）。这样如此捞捣3—4次，黄瓜就腌好了。当然也要在盐水中适当撒一两撮小苏打，这样黄瓜就更脆了。

老妇老矣，腌点咸菜不容易。只要你对她提起她腌的咸菜如何好吃，那她心安理得的内心毫不掩饰地接受了这并不过誉的夸奖，饱经风霜的脸上一定会绽放盛开的花朵。她还要毫不吝啬，想方设法硬要再送些咸菜给你。

现在，三十来岁以及更年轻的妇女中，会腌咸菜的人越来越少，这是一大缺憾。她们已经难以体验到老一辈人腌咸菜的那种快感和乐趣了。

与邻居大嫂"话"吃饭

常言说：天冷到处寒，天热到处暖。一个地方，一个民族，一个家庭，就其生活方式、生活习俗、生活规律虽然各有千秋，却是大同小异，即使有变也是万变不离其宗，这是我原先的认识。

王三爷是一个老实巴交的农民，家里生活一般。可是老两口已是耄耋之年，却精神矍铄，思维敏捷，手脚灵活。儿孙们一个个红光满面，身强力壮，连感冒都很少见。

那一年，我病了一段时间，闲暇无聊，常常是浮想联翩，思绪万千，不由得对生产队里的三百多口人的健康状况进行逐户分析对比，最后得出了王三爷一家人是全队最健康的结论。可是为什么这么健康？又是怎么个健康法？就不得而知了。

碰巧一个雨天，王三爷的儿媳妇秀珍来我家串门。这位四十多岁的农村妇女同样是精神抖擞，红光满面，侃侃而谈。我便抓住时机，开始了我的"揭秘"访谈：

"老嫂子，你们一家人都那么健壮，吃啥好东西？"

"就是个米呀面呀，还能吃啥好东西？"

"米也好，面也好，是怎么做的呢？"

"米饭从来不吃闷干饭（即蒸饭），是撇干饭，就是把米适当地泡一泡，待锅里水滚开了下米，煮几分钟把米捞出后，再在大火上蒸，待锅（生铝铸造的锅）中有"咯吧咯吧"的响声时，放小火上蒸至饭熟。闷干饭是用小火连泡带煮做好的，表面上软了，熟了，吃起来不用怎么嚼。就是狼吞虎咽也不会'扛腔子'。农村里常有人骂那些干活力气小的人说'我把你个吃了软饭的'，也许就是这个理吧。"

"农村里，人们常说：'紧火干饭慢火粥，急急忙忙熬稀粥'。这不是溜干（乱谝），这反映煮米饭的规律必须是紧火。同时，煮米饭水要宽，撇出来的米汤要清，趁米还有大干心时就撇（捞），如果撇出来的米汤是浓糊糊，说明煮的时间过长或者是水少了，这米饭还是不好吃。"

"那撇出的米汤不是浪费了吗？"

"俺们家吃饭前，每人先喝些米汤，把水路打开，再吃饭就觉得饭格外地香，反正我们家米汤从来也没有糟蹋过。公公爹曾经不止一次讲故事说：很久以前，有一个家庭，有一条祖上传下来的规矩，即让儿媳妇每天吃饭时，先喝米汤，待家人吃完饭后，再吃。一来表示对婆家人的尊重，二来万一饭不够，儿媳妇再做。后来婆婆发现儿媳妇身体越来越好，误认为是儿媳妇喝米汤把米中最有营养的米油喝去了的原因。所以，这点好处不能由她一人独享。于是就要求全家人饭前先喝米汤，一家人身体都好起来了，从此改变了这个歧视儿媳的破规矩。"

"对一些有经验的人说：先喝汤，后吃饭，血糖减一半，喝汤的好处，不仅仅能控制食量，还能防止多种消化道疾病。"

"停火后，把米饭搅散是啥意思？"

"搅散后的米饭不容易搅成饭团，一家人总有个不能及时回来的，就是剩下的饭它也是散的。"

"对，有道理，撇干饭一般有点硬，迫使吃饭者要反复咀嚼，科学上提倡一口饭嚼三十六口，这样大量的唾液与食物进行充分搅拌后，进入胃里形成一种物质叫唾液淀粉酶，能直接帮助消化。当然，细嚼慢咽要比狼吞虎咽好。同时，反复咀嚼有利于两腮肌肉的发达，也是一种美容运动。"

"你们家不使用电饭锅？"

"使呀，但是不多使。即便是使，方法与我们娘家也不一样。首先，不是'冷水下米锅滚吃饭'，必须是滚水（开水）下米，水漫过米有横筷子厚。其次，待饭煮到红灯灭绿灯亮时（此时饭并没有完全熟透），必须揭开锅盖把饭搅一下，继续用红灯蒸煮，直至再次绿灯亮起为止。"

"这是一个发明。一般人不这样做，都是冷水下米，绿灯亮后一阵就吃，此时饭表面上软了，其实没有彻底熟透——是泡熟了。"

"面饭呢？"

"面饭多数都是擀面，很少吃揪面，即便是吃，也是事先把面片揪到案板上后，同时下锅。"

"为什么？"

"因为擀面是同时下锅，一块儿煮，一块儿熟。揪面却是前达三、后达四。你想，几个人吃饭，一个人做饭，擀几条面，揪完再擀，而且三五擀杖又擀不开。如此反复好几次，开头揪的面和最后揪的面能一块儿熟吗？"

"有道理。"

"做面饭，锅里的水也一定要多，水少了不行。待面煮熟后，面汤是清白的，说明水是合适的。如果面汤是白糊糊，这说明水少了，面在水里打不过转身，也就煮不太熟。还有锅潽了不能给冷水，用勺子撩一撩。"

"对，这叫扬汤止沸，是临时解决锅潽的办法。"

"实在不行把火减小，或者把饭锅端到灶台上。反正我们家从来不给冷水。"

"对，这叫釜底抽薪，是彻底解决锅潽的办法。"

"你们家，晚上吃什么饭？"

"俺们晚上从来不吃饭。"

"夏天那么长的日子，也不吃晚饭？"

"一般下午饭吃得比较早，我刚嫁来时也不习惯，确实还闹过情绪。后来习惯了，要是回娘家，晚上吃了饭，夜里醒来，总觉得嘴里苦，嘴里臭，舌头像刺刷子一样。时间长了，我把婆家的这种生活方式逐渐地传到了娘家。

现在我父母的老胃病也好了，弟妹的身体也好了。"

"你说得很有道理。一次我下乡时，曾经遇到了一个精神饱满的回族老大爷，耳不聋，眼不花，一问才知道他竟然已经九十二岁了。又问这么高寿有什么秘诀吗？起先老人说'没有啥。'后经启发，老人说了一句非常经典的话：'从来是赢官司不打，少花钱，黑（晚）饭不吃，多活年。'联想到乡下'早饭要早，中午饭要饱，黑了吃不吃拉倒'的谚语，说明你们家晚上不吃饭的习惯是很好的……"

是啊，别看着房连房，墙挨墙，都吃米和面，人们都已司空见惯、习以为常，甚至发出了"谁还不会吃米和面"的讥讽和嘲笑。然而在烹饪方法上、吃的时间上却不一样，当然，家人的身体状态也大不一样。静下心来仔细地想一想，还真有些学问，还真存在不少的差异。至少我们家与王三爷家就有差异。尽管说"萝卜青菜，各有所爱"，但是，米饭和面饭较好的制作方法还是很有值得研究、借鉴、参考或学习的必要。

炸糖糕

霞是乡上一名计划生育干部。娘家老爹几代人是卖糖糕出身。俗话说："门里出身，不学也会三分。"她从小跟着父亲做糖糕，耳濡目染，言传身教，炸糖糕的技术炉火纯青。吃过霞制作的糖糕的乡干部，一提起来就垂涎欲滴。

一次下乡，中午正巧到霞的家门口。她要我们到她家吃饭。几个人半推半就地说："要吃就是糖糕。"接着你一言我一语，把霞制作的糖糕说了个天花乱坠，什么霞的糖糕是皮脆里嫩，松软香甜，美味可口，放到第二天，糖糕所特有的黏性、软性不变，真是"吃一个想俩，走时还想拿"。什么今生今世若没吃过霞制作的糖糕是终生的遗憾……

与其说是真心实意地赞扬，不如说是为解嘴馋而肉麻地吹捧。受宠若惊的霞心里美滋滋的，但她心里清楚这吹捧的背后——要她出血。她一本正经地说："少废话，天下哪有贴面的厨子？今天偏偏有面有糖，就缺香油。"心直口快的小马说："想让我们买油就直说，别绕弯子。看来，今天两个肩膀抬张嘴——白吃是不行的，来，掏票子，每人五元。"接着买油的买油，烫面的烫面，一场炸糖糕的战斗打响了。

霞也毫无保留地把炸糖糕的祖传绝招和盘托出。她说：炸糖糕，烫面是关键，用锅烫——像一般家庭搅搅团那样，锅里放适量的水，水中放点香油，放点苏打为的是糖糕表皮飞泡发脆；放点花椒水，糖糕容易着色；把放了这些成分的水熬几分钟后，一边缓缓放入面粉，一边不停地反复搅动——面团要软，不能硬。然后用锅铲把面团拢起来，四周倒点开水，盖好锅盖小火焖蒸一段时间，事先在案板上抹点香油，把面团起到案板上，

166

因为烫手，用擀面杖反复揉制，再把面团摊开晾凉——热面团炸糖糕时容易爆炸，继续用手反复揉制后备用。之后准备糖糕馅，主要是红糖、白糖、炒熟的芝麻、切碎的核桃仁，以及少量的糖玫瑰。其它如青红丝、枸杞等不宜放入——容易爆炸。揉制面团，包馅子，下油锅炸，这些过程与一般家庭一样。

今天，算是美美地吃了一顿祖传的正宗的糖糕，并目睹了整个制作过程。对于我来说有一个额外的收获——在糖糕制作现场得到了毫无保留的现身说法的指教。本想带两个糖糕回去在妻子面前炫耀炫耀，转念一想，不要招惹是非了，嫉妒是女人的天性，也就免了。

回家后，我迫不及待地指导妻子，按照中午学到的糖糕制作技术，如法炮制了些糖糕，虽然没有那么地道，却也远远超出了我们家以往的水平。

齐老师的生物课

　　风趣，生动，幽默，滔滔不绝是齐老师生物课的授课风格。对于我们这些曾经在农村里锻炼过几年的知识青年，与这位全校唯一获得博士学位的老师，不知是年龄相近，还是同学们敬重他的人格、尊重他的知识，师生之间亲密无间，格外融洽。

　　齐老师尽管博学多才，婚姻却不美满。他娶了一个职业篮球运动员，五大三粗。一次夫妻俩在"爱情的港湾里爆发了战争"，齐老师根本不是老婆的对手，挨打不说，面部也被抓得乱七八糟。无奈，齐老师上课时只能戴上大口罩，可是口罩无论怎么戴，却总是遮天露地，只好把口罩歪歪斜斜地戴上，捡伤疤密集的地方遮住，其它地方也只能顾此失彼了。

　　他一上讲台就引起了同学们的哄堂大笑，齐老师目光里诉说着无法解释的羞辱和委屈，一言不发地扫视了教室的每一个角落，少顷，笑声戛然而止。他开始讲授他的新课。

　　下课后，我和几个调皮的男生围着齐老师想表达一下同情，开开玩笑让他从气愤的阴霾中走出来。其中一个同学诗兴大发道："横看成痕侧成疤，盖与不盖都不差，不识尊师真面目，只缘掩在口罩下。"同学们哈哈大笑……齐老师也是尴尬和无奈地皮笑肉不笑地笑了笑。

　　少顷，齐老师深有感触地说："同学们，请不要见笑，我的今天说不定就是你们中谁的明天。以后找对象，要以我为戒，千万不可操之过急，也不能拉夫凑数，更不能急于求成。对那些主动出击自我推销者更是要慎而又慎。婚姻是人生的转折点，是转向幸福还是转向痛苦的岔路口。人生的不幸是不可选择父母，然而最大的不幸是选择了不该选择的对象，因为人生的三分之二，甚至更长的时间要与对象一块度过。恩格斯说过：婚姻是一种政治姻缘。"

叮呤呤……上课的铃声响了。一段感慨万千、发人深省的教诲被迫终止了。

一次，上生物课时他讲道：

在动物界，雄性比雌性都长得高大、雄健、漂亮，如公牛、雄狮、公鸡、雄孔雀等等。这都是因为生理特性的反应，也是优胜劣汰的自然法则。它要取得雌性的认可和尊重，直至招惹雌性爱慕而相爱。雌性动物为了自己的后代更加优秀，它们本能地"众里挑一"地选择具有"王者风范"的雄性做配偶。特别是鸟类，雌性要担负着孵化幼鸟的任务，为了避免引起其它动物的侵害，便于隐蔽和躲藏，它的毛色一般都不是那样张扬，与大自然中的某些颜色雷同或相近……这些都是自然界适者生存、优者发展的亘古不变的规律。

人却恰恰相反，女性比男性更爱打扮，穿戴得花枝招展，涂抹得香气四溢。爱美是女人的天性，当然也是为了引起男性的注意和爱慕，追求的是回头率……

二十世纪六十年代初，那时的人，观念陈旧，思想落后，对于这些耳目一新的说辞，除了震撼，便是刻骨铭心，接着就是哄堂大笑。

一些男生眼睛直勾勾地重新审视着班里仅有的九位女同学。女同学们，有的面红耳赤，有的赧颜垂首。为了缓解这种沸腾的气氛，结束这种难堪的局面，当时我心血来潮提问道："老师，你说了动物和人类，那么植物呢？如小麦粒为什么中间有个壕壕子？水稻粒表面为什么都是毛毛子？"（当时家乡种植的白皮大稻粒比现在的稻粒表面的细微毛毛要多）这突如其来的提问，使全班同学为之哗然。齐老师却尴尬得面红耳赤，可是毕竟是博士水平，他立即说："你既然能提出这样有深度的问题，说明你思想很活跃，而且你又是来自农村，你先就你所了解或者掌握的知识回答一下。"

我心想，我提问题又让我来回答，这算啥吗？心里暗暗自责：多嘴就有事呵。后来我才知道，老师也答不上来，这是为了应付当时那种尴尬局面，有意转嫁危机。

我只是凭感性认识，硬着头皮回答道："说穿了，还是为了生存，为了繁衍后代的需要。先说水稻，水稻是浪稻式播种，这是一种古老的传统的播种方式（那时还没有现在这么多的优良品种，只有白皮大稻，也没有拌胶泥干点和育秧、插秧播种技术），即把灌满水的田，用刮杆刮平，趁水搅浑之际，立即把稻种撒播下去，浑水中那细微的泥土就会附着在稻粒外表的毛毛上，稻种就比较牢固地趴在泥土上生根发芽，不致被风吹浪摆动起来。农民根据水稻的这一特性创造了浪稻式播种，才有了水稻传宗接代的历史。麦粒中间有个壕沟，是因为麦粒要播种在土壤里，这壕沟正是为麦粒吸足水分和氧气预留的空间，提供了一个宽松的有利的环境，遇有合适的温度就会生根发芽……"

齐老师微笑着说："你回答得对，既简明扼要，又浅显易懂，虽然你没有，也不可能从植物学、栽培学的高度来阐述——因为你没有学过，但是你已经把要表达的意思都说清楚了……"

不久，齐老师与他那位篮球运动员的妻子分道扬镳了。"文化大革命"中，当得知这位满腹经纶、才华横溢，颇受学生尊敬的老师，自己触电身亡的噩耗，同学们无不为之震惊和惋惜。

世上的路千万条，为什么要选择一条不归路？当时就流行一句顺口溜：此处不养爷，必有养爷处，处处不养爷，爷去吾鲁木。也许他只管钻研那些高深的学问，对这些浅显通俗的却又非常实用的人生哲学不屑一顾罢了，只是可惜那个人才了。

奶山羊文五则

（一）帮咱解困

在农村生活的那些年里，在所有的养殖业中，我对奶山羊的饲养情有独钟。在我看来，所有的羊肉中最好吃的是奶山羊肉。特别是奶山羊与波尔山羊杂交后的羊，出肉率高，紫肉多，鲜而不膻，肥而不腻，它不像绵羊那只大尾巴就无法处理。这也许是我麻脸照镜子——自我观点吧。

另外，它适宜饲养，容易肥壮。农家养上几只，只要平时关心一点，不论什么时候宰杀，都有能宰的（用不着单独育肥）。

在那"以粮为纲"且"必须把粮食抓得很紧，很紧"的年月里，妻子在生产队里劳动，尽管天天出勤，拼命挣工分，但仍然是倒找户、缺粮户。一天，我从报纸上看到陕西省定边县饲养奶山羊的报道，心里突发奇想，为何不养一只奶山羊用羊奶来弥补口粮的不足呢？那时我的家乡还没有人养奶山羊，于是利用寒假，在滴水成冰的数九寒天里，骑上自行车，顶风冒雪百苦千辛，硬是从三百多里外的定边县买回了一只奶山羊。

从此，家里人吃上了羊奶泡米饭、羊奶泡馍，不但省了粮，孩子们一个个满面红光、坠耳坠腮（邻居语）。奶山羊每胎产下两只小羊羔。三年工夫，奶山羊为家里创造了可观的收入，这在当时的生活环境中算是鹤立鸡群了。奶山羊成了我们全家人生活上档次的解困羊、幸福羊。

（二）送情上门

奶山羊最大的特点也是缺点：翻墙越圈，猴高落低。一个"万类霜天竟自由"的秋天，家里的奶山羊老是用铁链子牢牢地拴在羊圈里没多少自由。多事之秋，妻子忙于生产队的秋收，孩子们上学，每天紧紧张张给奶山羊一些草、水，原则上饿不着、渴不着，就算万事大吉了。可是一连几天，奶山羊只管一声接一声"咩咩咩"叫个不停。妻子不知道奶山羊叫唤是一种求偶的表现，骂道："吃喝都给足了，还叫唤啥？也是刀口痒了。"其实"穷汉一只羊，半个光阴，半道墙"，哪能舍得宰呢？

一天下午，妻子下工回来，发现听不到羊的叫声，一看羊圈里空空如也，只留下拴在木桩上的半条铁链子——羊跑了。全家人心急火燎，四处寻找却毫无结果。后来，在一老者的提示下，扩大寻找范围，才在相距四里多路的一户农家的羊圈里找到。奶山羊正在温存而又幸福地和它的"老公"——一只青灰色、体型矬小的本地公山羊"谈情说爱"呢。

我强拉着情急乱抛绣球的奶山羊，一边往回走，一边喃喃自语地责骂道："这个畜生急了，疯了，你自己找的那个'老公'无论是品种、长相、个头都是'三等残疾'，啥眼光？着什么急？忙婆姨嫁不上好汉子，待秋收结束了，我们为你选择一个各方面都非常优秀的'如意郎君'该多好呢，害得全家人跑了多少冤枉路……"

一个牲灵，为了爱情，竟然挣断铁链，冲出"牢笼"，凭着对公羊气味嗅觉的敏感，跑了那么远的路，一厢情愿，送情上门，不顾后果，与"不上档次"的公羊幽会、媾和。只能说明它对爱情的痴迷，被情欲冲昏了头脑，没有顾及后代的优秀与否，是一种非常不理智的选择，"太下三滥了"。同时，它谈情说爱的时机也不对，因为奶山羊怀孕五个月，分娩时，正是寒冬腊月天。羔羊成活率极低。真是牵着它往回走，我都有些臊毛，碰上熟人问话时，只好语无伦次地搪塞而过……

（三）咎由自取

在柳丝吐翠、桃花盛开的季节里，小女儿度过了她人生的第四个生日。

家里也没人照看她，每天只好哄着，放点吃的和玩具，独自在院子玩耍。这是"大集体"时农户家常有的现象。

奶山羊一胎生了一公一母两只羊羔。弱小的母羊羔一落地就夭折了，靠吃独食的小公羊很快墙头上、房顶上，到处是它自由自在的顽皮身影。实在无聊的小女儿与小羊羔玩起了头对头的抵仗的游戏，并逐渐变成了每天早晚的"必修课"。那情景是既生动可爱，又惊险刺激。你看：小女儿撅着屁股，双手拄地，两腿后蹬，昂着头，瞪着圆溜溜的黑眼睛，亦步亦趋地与小公羊头对头地抵着。小女儿把小公羊一直推着后退，不服输的小公羊，猛然后退了两步，提起前腿，凭两条后腿竖起身子，一个扭头猛击，就在小公羊后退时，小女儿似乎早有预料，倏地站立起来，身子一闪，小公羊扑空了。可以想象这身子一闪的动作，是一人一羊经过无数次的战斗或者疼痛，小女悟出的"招数"吧？人毕竟是有思想。

秋后，小公羊长大了。可小女儿还不满五岁。她再也抵不过小公羊了。可是小公羊时不时找她挑衅对抗。无奈小女儿只好常常拿着她妈妈为她准备的一根鞭杆，随时对付小公羊的"突然袭击"。

一天早晨，我正在扫院子，冷不防被小公羊从背后美美地抵了一头，一个趔趄跪倒在地，大腿上的肉生扎扎地疼。就在我为腿疼而恼怒时，小公羊又向我发起第二次攻击，我赶忙拿起扫帚抵挡……后来才知道家里其他人也都不同程度地遭受过小公羊的突然袭击……

小公羊抵人的毛病不是它与生俱来的，而是人为的，是小女儿有意无意地从默认到放任，从娇惯到怂恿，一步步培养出来的。它哪里知道，无缘无故地攻击他人，与人过不去，人只能想方设法针锋相对与它过不去，其后果只能是咎由自取，自食其恶果。接下来，等待小公羊的只能是"锒铛入狱"——以木桩为圆心，以铁链长为半径，在囚禁中度过它的余生。

（四）计划繁育

奶山羊每年可产两茬羔，几年后大母羊产，小母羊产，甚至孙女也产。羊的数量呈几何级增加。全家人曾盲目地高兴了一阵。起先也没怎么注意，母子同舍吃喝、兄妹同圈共眠的现状，促使它们自由交配，近亲繁殖，其结果是，奶山羊的体型越来越小，体质越来越差，产奶量越来越少，本是双胞胎却变成了单胞胎，甚至产下了既不像公羊也不像母羊的"二姨子羊"。通过咨询和观察，逐渐明白了奶山羊的繁育如同人类一样，不能搞"亲上加亲，打断骨头连着筋"的近亲婚配，更不能只图数量，不管质量，必须注意优胜劣汰和通婚半径，引进优良品种更新换代的道理。

奶山羊的繁育，也要实行"计划生育"，做到三坚持。首先，坚持每年十月份左右适时配种，使产羔时间避过最寒冷的天气，提高羔羊成活率。其次，坚持每只母羊，每年只产一茬羔，使之有一个充足的休养生息的间隔期，从而提高羔羊质量，做到有序发展。再则，坚持小母羊不过岁不配种，使之成长为育龄母羊。为避免其"早婚"，适时骟割自产的小公羊，千方百计从外面买进优良的种公羊且另圈饲养，每两年替换一次。适时淘汰质量低劣的羊只，奶山羊的养殖如沐春风——走上了一条提纯复壮的良性发展之路。

（五）奶山羊"说话"

多年奶山羊的饲养，使我对它的生活习性，吃喝爱好，发情产羔，甚至连"音容笑貌"也了如指掌。一天，打开电视机，电视台正播放东北地区一农户家饲养的一只奶公羊，看上去一岁左右"会说话"的镜头。当记者走近时，奶公羊歪着头，伸出舌尖发出了"喵啊啊，咩啊啊"的叫声。主人解释说："欢迎啊，欢迎啊。"记者高兴地笑着。当有人拿起青草喂它时，它不但不吃，仍然发出了比先前更加强烈的狂叫声："咩啊啊啊，咩啊啊啊。"主人解释说："俺不要啊，俺不要啊。"只听见记者惊奇的感叹声与主人更加得意的笑声。几天后，这则"奇闻"又在国际频道里播出。真是可笑之极，可怜之极。这纯粹是一些没有深入农村生活的记者孤陋寡闻、少见多怪所致。用农民的话说是"没见过世面"的一种表现。

实际上，一岁左右的雄性奶山羊没有成年的奶公羊那样沉稳，发情时，常常发出这样求偶的呼叫声。哪里是奶羊会说话了？它连鹦鹉学舌、八哥仿声的那点特长都不具备。

记者先生一心想猎奇，却纯粹扯了淡。我为被蒙蔽、被愚弄、被欺骗的记者而叹息。

农民厌恨打碗花

多少年来，一些文人墨客只是依据打碗花外表的引申和拓展，来撰文褒奖或颂扬。可从来没有顾及农民朋友对打碗花那种深恶痛绝甚至恨之入骨的感受。

打碗花是一种多年生蔓草。在农田众多的杂草中，是最让农民头痛的恶性杂草，家乡人也称它为"甘露子秧"或"扯扯秧"。这种草表面上很纤弱，长有一根细细的长长的藤蔓，藤蔓上互生着瘦瘦的戟形叶片，开的花特像喇叭口，淡粉色的，小小的，薄薄的，却有着最顽强的生命力。藤蔓顺地匍匐前进，千方百计寻找一切机会，遇有庄稼、蔬菜或树木，立即紧紧地缠绕其身，大有"乱条犹未变初黄，倚得东风势更狂"之势。它与庄稼争肥、争水、争地位、争阳光，贪婪而自私地攀援上窜，把自己的徒长建立在其它作物日渐萎缩的痛苦之上，是一个终生都不能直起腰杆的"阴谋家"。它有着深达一米以上的根，盘根错节，七股八杈。白白的根像粉条一样，生吃脆脆的、甜甜的，煮熟吃不但甘甜，且有一股土香味，农民称其为"甘露子"。生活困难的年代里，甘露子着实填充了多少饥魂饿鬼的肚皮。

近年来，农田里的各种杂草，先后都遇上了克星。唯独没有出现能使打碗花"断子绝孙"的农药，即便其茎叶被某种农药杀死了，不几天就又从根部长出新的藤蔓，继续危害庄稼和蔬菜。它的根被锄头或犁铧切断，一分为二、一分为三、一分为四……这更是它加大繁育的好机会，犹如会分身的精灵，哪块地里长了这种草，不出几年便会蔓延得到处都是。

为什么叫打碗花？从老人那里听到几个有关打碗花版本不同的故事。

176

其一：从前，一个财主过大寿，小丫鬟端来一碗长寿面，不小心把碗摔碎了，财主认为是不祥之兆，让家人把小丫鬟活埋在路旁。第二年春天，就在活埋小丫鬟的路旁，开满了从未见过的粉红色花。人们把它称为打碗花。

其二：老人们总是不让孩子们触摸打碗花，摸了就会打碗。这是因为在那个陶瓷生产相对落后、交通运输非常困难的时代，一只碗经过驴驮肩挑的长途跋涉才能卖到百姓手里。多数家庭都是人手一只碗。谁的饭碗打了就意味着谁难以按时吃饭。记忆中，母亲把打破的碗，只要还能对到一块，就用胶泥粘起来，再用麻绳缠绕后糊一层胶泥、渗些香油，继续使用。

后来我了解到打碗花里含有山柰酚、皂苷等成分，这种成分有泻下的作用。当年，可能有孩子误食了打碗花后造成腹泻，人们误认为是孩子中了打碗花的毒，把打碗花判定为"毒花"，害怕孩子中毒，就编造了采摘打碗花而打碗的谎言，来吓唬孩子不要去触摸它。

其实，打碗花全草皆可入药。然而，在打碗花最嚣张的田地里（常年旱地）粮食注定要大幅度减产，甚至绝收。没有粮食做饭，不就等于"饭碗打了"？这也许是老先人们把这种野草称作打碗花的本意吧！

近年来，有农民在春耕时施入足量化肥——碳酸氢铵。通过仔细观察，这一年田里的打碗花少了很多，第二年、第三年如法炮制，田里几乎看不到它的身影。这些屡杀不死、愈斩愈旺的打碗花正是死于那条给它提供强大生命力的根——它太嫩了，遇上有腐蚀性的碳铵就被活活烧死（老根不会死），无疑是对付这种杂草最成功的一招。

损人的谎言

在一次县里组织的基层领导干部分组讨论会上，正当大家感到没有多少话可说时，一位某单位的头，离开讨论主题，来了一段单口相声式的发言："话说我们县的主要领导在国外参观工厂时，看到该国工厂的建设布局、环境卫生、人文气质、绿化美化、净化亮化的程度都使他耳目一新，感慨万千。不知他是崇洋媚外的有感而发，还是发自内心的实话实说，'你看我们的工厂那个损样子'。你们听听，我们的领导跑到国外还是满嘴的粗话脏话，不仅丢了自己的人格，还丢了国格。据说当时翻译非常为难，损样子翻译不出来……"这引起小组里一片笑声。

乍一听，有时间、有地点、有人物，甚至也有点符合这位领导平日的口吻和行为习惯。但是，仔细推敲却是不折不扣损人的谎言。明眼人都看得出，这是为即将换届选举制造舆论。

当时我在想：县领导出国参观不会在身边请翻译，因为我们周围没有这样的人才，一定是在省城或者京城里请的翻译。翻译自己不会译词语本身就是一种低能的表现。他还会回到国内再去渲染？这不是常人所能做的事。

另外，现场翻译一般都是译个大概的意思也就不错了，不会像翻译文稿那样逐字逐句地翻译，这是众所周知的常识。再则，"损样子"本来就是方言土话，翻译给外国人有啥必要和意义？所以，可以肯定地说，这纯粹是一句贬低或侮辱这位县领导的谎言。

退一万步讲，即便是真有"损样子"一说，翻译不译也就完了。又有什么值得大惊小怪呢？金无足赤，人无完人，人生中出现口误的事也是在所难免。通过参观对比，他能立马认识到我们工厂的不足——损样子，说明他不是无动于衷，也不是夜郎自大，还是有所感悟。也就不虚此行了。

实事求是是共产党人最重要最基本的品德和作风。听到谎言不分析，不调查，人云亦云、以讹传讹，丧失了共产党员的党性和人格。

毋庸讳言，二十世纪五十至七十年代，基层起用了一批工农出身的干部，他们虽然文化水平低，甚至不识几个字，但是他们思想淳朴、作风扎实，对党的事业忠心耿耿，群众基础好，又有丰富的群众工作经验。那段时间的基层工作，他们是靠得住的顶梁柱，是用得上的领头羊，为基层政权建设和当地的经济发展，发挥了不可替代的作用。

做梦也没有想到，几年后一个偶然的机会，我第一次和这位县领导近距离接触是在一位熟人家里。熟人特意端上了县领导爱吃的牛杂碎。一番谦让后，便开始行动。我总觉得味道有些不太纯正，也就小心翼翼地将就着吃。突然领导捡起一截牛红肠（食道），里面全是草屎，一股粪臭味弥漫开来。这是洗杂碎的人忘了把红肠翻过来清洗所致。当时我心中涌起极度恶心的波澜，胃里翻江倒海只想吐，没有立即翻脸走人，算是最大的忍耐与克制。可是这位领导镇定自若，放下那截牛红肠，继续吃其它牛杂碎。对着无地自容，脸上连尴尬都挂不住，从鼻窍红到耳朵根的东道主，他只说了一句："不要紧，以后洗杂碎时注意点。"我没言语，心里特不高兴地说：哼！不要"井"喝渠水去……

县领导那种容忍克制的做派，那种宽宏大度的气量，确实是"骤然临之而不惊，无故加之而不怒"的大将风度，令我钦佩，叫我敬仰，促使我学习。相比之下，我却是那样的"才免饥寒便自嚎，量小不可容食物，二三寸水起波涛"的茶壶心肠，是那样地自私和渺小。

马大爷的养殖故事

咚！何处有炮声？哦！今日是新春，光阴似箭，又是一年春节。我带着老伴捎着孙女兴致勃勃地来到乡下儿子家。

早饭后，串门子的邻居平——一位鼻梁上架着高度近视眼镜，满面红光的中年农民与老夫胡侃乱谝起来，一会儿山南海北，一会儿城里乡下，没有几个回合，便搞成了他的"单口相声"。只见他绘声绘色，唾沫星子飞溅，连说带笑地讲起他的邻居马大爷的养殖故事。我是求之不得，难得听到乡下这些奇闻轶事。

（一）望蜂而逃

七十二岁的马大爷，是一个身心健康，头脑灵活，做什么事都要衡量衡量（权衡利弊）的人，他的衡量是在周围出了名的，人们都叫他"马衡量"。

马大爷家在新灌区，这里草料充足，搞养殖业得天独厚。他人也勤快，就是不识字，但是一心想发家，扬长避短，搞养殖业的愿望和决心超过周围的任何人。

八年前，听说养蜜蜂能挣钱，他也想养蜜蜂，朝思暮想到哪里去搞蜜蜂呢？经过多方打问，得知几十里以外的东山坡上有外地来放蜜蜂的，说不定有蜜蜂卖。于是他骑自行车在东山里几经周折找到了放蜂人，经过软磨硬泡买了一箱蜜蜂，在蜂场仔细观看并和养蜂人攀谈了一个上午，自我感觉已经掌握了养蜂技术。

他把买来的这箱蜜蜂像宝贝一样放到住房对面的库房房顶上，那里既通风又干净，阳光也充足。为了发展养蜂业，他找来木板、钉子，自己动手依葫芦画瓢，制作了几个蜂箱，又开始备料，准备自制摇蜜机。要知道，马大爷不但头脑灵活，还是一位善于动手的"能工巧匠"呢。

看着小蜜蜂忙忙碌碌地飞出飞进，他心里乐滋滋的，连孙子几次喊他吃饭都不在意，起先满口答应："这就吃。"而后，忘得一干二净。正当他踌躇满志对养蜂业沾沾自喜时，一个风和日丽的中午，他的蜜蜂倾巢出动，一窝蜂似的围着蜂王向东南飞去，天空中黑压压的一片，发出强烈的嗡嗡声。不知哪个小孩喊了声土蜂来了，马大爷急急忙忙出门一看，自己蜂箱里蜜蜂一只也没有了，什么土蜂，明明是俺的蜜蜂飞了。他急中生智，忙找了一把扫帚沾了些蜂蜜，大步流星向蜂群追去。

蜜蜂在蜂王的带领下，沿着直线快速飞行。他却扛着沾了蜂蜜的扫帚翻沟跨渠，顺着稻田埂奔跑，这哪里能撵上蜂群呢？追了一阵，马大爷累得上气不接下气，浑身酸软地坐在稻田埂上。心想，即便是撵上，蜂群在五六米的高空飞行，自己在地上是干着急，也是媳妇子坐月，公公爹跺脚——有力使不上。只能是眼巴巴地看着蜂群在他的视线中消失——望蜂而逃。

马大爷家四周全是水稻田，根本没有果园，旱地也是少得可怜。没有蜜源，蜜蜂采不到花粉，坐吃山空，饥饿威胁着蜂群的生存。蜂王果断地决定：改换门庭，一走了之。

（二）兔死吾悲

善于捕捉信息的马大爷听说兔子肉脂肪少，蛋白质含量高。如今城里人最爱吃兔子肉。养兔子定能赚钱。他想方设法买来了两只青紫蓝和两只德国巨兔，又热心地养了起来。他听说兔子容易得病，就把兔棚建在杂房顶上，他主观想象，这样高一些，卫生些，外来病菌就会少些。他还经常给兔子喂些人吃剩下的乱七八糟的抗菌素药和促消化的药。由于马大爷的精心饲养，兔子很快投产，发展到80多只。看着大大小小的兔子一个个活蹦乱跳，马大爷早已高兴得丈二高的和尚摸不到头脑了——这是老伴戏弄他的话。

一天早晨，马大爷照例要侍弄他心爱的兔子。然而，眼前的一幕使他惊呆了。手里拿的饲草不由自主地散落在地上，嘴里一个劲地自言自语地说："毕了，毕了，毕了嘛。"兔子一大半已经死去，剩下的跳一个蹦蹦死一只，宰都来不及。两天工夫，全军覆没。

伤心的马大爷，很长时间缓不过神来。当他在家人劝说下，略好一点时，只说了一句话："哎，兔子身上我们没有收入。"

后来，他才知道，兔子得的是传染病，只有按时注射疫苗，才能保证兔子健康成长。后悔莫及的马大爷，不知道兔子要注射疫苗这一招。他深有感触地说："打个疫苗，这简单得就像'1'一样，起先我也听说过打疫苗的事，可是跑了几个兽医站都是无货，就拉倒了。别人有文化的从网上买。唉！我们没文化，信息又不灵，瞎忙了大半年，只能空喜了一场……"

（三）驴驹出汗

"我不信狼是个麻的。"这是从来不服输的马大爷的一句口头禅。不久，他的脑海里又孕育出一个新的点子。他想，近年来随着农业机械化突飞猛进地发展，作为犁田拉车的驴已被无情地淘汰了，然而它却在"天上的龙肉，不如地上的驴肉"的传言蛊惑下，走上了美食家的餐桌。很快，不知不觉中驴稀少了，甚至绝迹了。

他想，驴吃草少，吃料少，疾病又少。我为何不发展养驴业？说干就干，他分别跑了三个集市，终于买来一头母驴带着一头出生几个月的母驴驹。因为物以稀为贵，他是掏了大价钱才买到的。他想，老人古言说得好："银子买了，金子喂；金子买了，亲自喂。"他一边精心饲养，不让儿子们插手，再苦再累亲自动手。他拨拉着鸡变蛋、蛋变鸡的如意算盘，不由得心花怒放。嘴里自言自语道："这回看爷们的吧。"

但世事难料，人算不如天算。一天，小母驴低头纳闷不吃不喝。他一摸驴耳朵热乎乎的，再看看白眼球也有些充血。他断定，小驴驹是感冒了。他赶忙喂了点人的感冒药，也不见好转，找兽医路又远，情急之下，他想起老先人说过的"养马比君子，畜生和人一样"的训导。人感冒了出出汗能过来，为啥不给小驴驹出出汗呢？

于是，他让老伴把炕烧热，炕上的毡和席子全部拉掉。然后和儿子把小驴驹"当个老爹"似的抬到炕上，他嫌别处热度不够，就放到炕的火门上。盖上烂被，继续烧炕。不一会儿，小驴在炕上乱蹭，他惊喜地说："看来这出汗出对了，你看它又活泛起来了，蹭托罢了。"他甚是高兴。

又过了一段时间，小驴驹越来越不蹭了。他心想：汗也出得差不多了，掀开烂被一看，眼前的一幕使他傻了眼——小驴驹的肚子烫伤了碗大的一个疤，红红的一片，血肉模糊。不久，小驴驹死了。他自责愧疚的心情难以言表，只是一个劲地咂摸。

受过精神刺激的马大爷，心里掠过一丝难受。他自我安慰道：命里有五升，强如起五更。当个老爹地服侍上，好吃好喝毛病还多得很，死他妈的，少位爷爷，少炉香……他把全部希望寄托在大驴身上。

几个月后，母驴发情了，马大爷跑了四个乡镇也没有打问到公驴的信息。有人告诉他：你到盐池县也许能找上。他想：二百多里路，吃不肥，跑瘦了。算了。就这样马大爷的养驴业也泡汤了。

（四）死羊狗烹

冬天了，马大爷家里养的母狗生下 7 条小狗。他打听到一条小狗在狗市上可以卖到 50 元左右，还有点收入。不过马大爷有个讲究，实际上是回族人生活中一条不成文的规矩或习俗——不卖狗猫。即便是卖了，也不能把这些乱七八糟的钱混在自己的正式收入中。心里自我安慰地想：这卖狗娃子的钱给蹦蹦车加个油，买个零件总可以吧？

一天早晨，他发现门前小毛沟里扔着一只被扒掉皮的死羊。心想，狗啥都吃，这死羊肉还新鲜着呢。正巧大狗奶小狗，身体也很瘦弱，绝对的美味佳肴。于是，他用铁叉把死羊叼到狗窝旁。大狗小狗们争先恐后，一拥而上，互不相让，狼吞虎咽，不一会儿死羊被群狗吃得所剩无几。看着狗儿们个个嘴红肚圆，他高兴地自言自语："今天这帮家伙，总算咥饱了，吃好了。"

第二天清晨，马大爷一出门，眼前的一幕，又一次惊得他目瞪口呆。大小八条狗，一个个前仰后卧，斜躺横睡，龇牙咧嘴，面貌狰狞，形态各异，全死了。究竟是胀死的，还是死羊肉有毒就不得而知了。

马大爷心里难受极了，气愤地骂道："妈的巴子，谋啥啥不成。真他妈的，穷汉的命不通，出门遇的顶头风。倒霉的事尽垒到爷们的头上了……"

久经风雨的他毕竟还是能沉住气，一怕左邻右舍笑话，二是眼不见心不烦。他没动声色，叫来儿子用蹦蹦车悄悄地把八条狗尸拉得远远的，扔到他看不见的地方。

（五）养牛致富

总结了以往的教训，他对养殖仍旧痴心不改。他相信市里提出让农民从农业和畜牧业的收入各占一半的意见是正确的。他常教育儿女干事业就要有一股"剜死缠"的精神，不能一有挫折就退缩，这是他阳光的体面的说辞。实际上他还有一句更粗鲁的说法——干事业，不能一有困难，就像揽头敲了一驴球损懜了。他是这样说的，也是这样做的。老先人们"养母牛，三年有五头"的经验，使他又一次茅塞顿开，萌生了养牛的念头。花两千多元买了两头秦川紫母牛。牛毕竟好养，一年后母牛各生了一头小母牛，变成四头。一百多天后，他给两头小母牛断了奶。仅花了几百元从奶牛养殖户那里买来两头小公牛，让母牛奶上。为了使母牛对小公牛不产生排外行为，他早就在母牛下犊时把胎衣放到大门道里通风阴干。这次把阴干的胎衣分别用温水泡软，以"对号入座"的方式在小公牛的身上擦了一遍，母牛嗅到这种气味，产生亲和力，温顺地让奶公牛吃自己的奶，减轻自己每天三次配牛犊吃奶的麻烦。二头变成六头，他心里乐开了花，暗自高兴地说："这还差不多。"

秋后，他把两头小公牛拉到集市上卖了。将钱买了台手扶拖拉机。犁田耱地、拉运都是机械化了。搞养殖总算有了收益。他一"衡量"，四头母牛明年就是八头，自己毕竟上了年纪，加之草料价格上涨，还是趁春天肉价上扬时卖掉两头。计划一定，就对两头大母牛在饲料上给予最优厚待遇。几个月后，这两头大母牛吃得膘肥体壮。

他心想：把牛拉到集市上会被人忽悠。因为他早就耳闻了，他要去的两处集市"牛牙子"（也称捐客）伙同吃市场的二道贩子沆瀣一气，欺行霸市，常视农民为"菜头"，设着圈套让你往里钻。有时给你定多少钱就得卖多少钱，你卖其他人，就搅得让你卖不成，真是宰你不商量。

马大爷为慎重起见，事先去了两个集市，摸了摸市场行情，又给两个市场上他认为比较实在的两个牛牙子说："有两头肉牛要出售。"并把他家的住址、去的路线都说清楚。上门的买卖行家做，不上市场，一能省下拉牛的运费，二能省下市场管理费、检疫费和牛牙子的圆牛费，更重要的是避免被人忽悠。

第二天早饭后，一个牛牙子领来了两个买主，看了牛，估皮论肉的划算了一阵，说什么"母牛皮小肉少"，这也不行，那也不好，贬损了一番。马大爷心想：贬损是买主，做买卖的人都这样横挑鼻子竖挑眼，把卖主说得心烦意乱，他好乘虚而入，这一套我懂。买牛的人出了一个低价，马大爷自然不卖，买牛的走了。

几十分钟后，另一个牛牙子又领了两个买主来看牛。这个摸摸牛粪窝，那个拽了拽牛软肷，如出一辙地对牛贬损了一番，开口价比先头来的那帮人还低，最后涨到与先头来的那两个买主一样价钱时，一块钱也不加了。

马大爷有些纳闷了，日了怪了。两个市场的两个牛牙子，先后领来了四个不同的买主，怎么都出一样的价？好像事先商量过一样，百思不得其解。他心想：你忽悠我呢，今天，爷们也忽悠你一下。他大着胆子违心地说："我这牛，来看的人多了，都出过价，都比你们出得高。"

牛牙子凭着把稻草说成金条的三寸不烂之舌，开始了买卖中短兵相接时的攻心战说："不可能，绝对不会超过这个价，不信我们打个赌。"牛牙子咄咄逼人的说辞让马大爷心里一怔，不客气地说："你们是来做买卖的？还是赌输赢的？"牛牙子不好意思地接着说："不过买卖过三家，强如问行家，高也高不到哪里去，总是八九不离十，我也不十块八块给你添，惹您老讨厌，就再给你多出一百元，你看咋的？打一锤也算是赢家。"

马大爷心想，两个牛牙子常在市场上跑，掌握行情。只要再撑一撑，再涨涨价就出手。牛牙子好像看出了老汉的心思说："再加一百元，买卖不成仁义在，谁不答应，从谁上散。"

像演双簧一样的牛贩子，大大咧咧地说："不要，不要，简直出天价。"马大爷心里骂道："滚你妈的蛋，我早就知道，叫来的狗不吃屎。"嘴里却说："走，走，我卖的是牛，又不是大果子、桃子，臭了。"市场上这种嘴斗，也是一种买卖双方攻心的手段。

牛牙子领着牛贩子拍拍屁股上的土，相互交换了一下狡黠的目光，悻悻离去。就在大门口碰上来串门的邻居平，这些人与平都熟悉。牛牙子抓住平的手用劲地、长时间地握着摇着，用握手和眼神明确地告诉他：今天，只要你一言不发，这买卖就成了。平也懂得买卖行当里的规矩——只要多嘴，轻则遭怒骂，重则就打架。此时此刻，平只好守口如瓶。

就在摩托将要起步时，牛牙子好像是犯了神经病一样，一骨碌翻下车。走到马大爷跟前，嘴上像抹了蜂蜜一样，甜甜地说："马大爷，我是您老人家请来的，牛肋巴长三尺，也是朝里弯，不向外弯。我还是向着你的，常言说：状元要考呢，买卖要搞呢，冤家躲着走，买卖缠着做。不管他（指牛贩子）同意不同意，再加一百元，总行了吧？"马大爷心里一动说："要加就加二百元。"牛牙了一听，火候到了，但是还是强装难以接受的样子，故意说："你的心也太狠了吧！那加上二百元，是多少钱？光加就加了五百元了。"

大家都沉默无语，少顷，牛牙子说："好吧，我相信你老人家说话是算数的。君子一言，驷马难追，我给你往平里摆。"

邻居平心急如焚，眼看这个早已编好的网罩住马大爷了，但他不能说三道四，只好给马大爷挤眼睛，可是此时的马大爷像喝了迷魂汤一样，不知道是神魂颠倒地没有看懂平"暗送秋波"的眼神，还是鬼迷心窍地没有在意。牛贩子也熄灭摩托车返回院内，三下五除二就把这桩买卖做成了。马大爷立即点钱，一边认真地数，一边仔细地查看有无假钱。

牛牙子托人找来一辆高槽子的蹦蹦车，司机师傅还在四周寻找有无土堆，好把牛拉到土堆上装上车。牛贩子执意显示一下，打开蹦蹦车的后门子，把一头牛的一条前腿拴上绳子，并把这条腿抬到车上，一人在车上抓住绳子，下面人双手对着牛屁股一推，牛自己爬上了车。"真是行行出状元"，在场的人都看了个稀罕。第二头牛也用同样的方法装上了车。

像蜜蜂逃跑一样，人、拉牛车在马大爷的视野里消失了。

平给马大爷说："今天这场戏演美了，先后来的这两拨人都是一伙的，他们人人都有手机，早就串通一气，你还是被忽悠了。这两头牛至少少卖二百元。"

马大爷只是长长地出了口粗气，半开玩笑地说："这阵子说的还顶屁用。"他如梦初醒，方才明白他们为什么都出价一样。心里像打翻了五味瓶，横竖不是个滋味，深有感触地说："搞养殖难，养好了卖也难，这里头的学问太多了。"

忘不了探监的感受

从小到大不知道监狱是什么样子，我只是从小人书中和后来的电影电视剧中看到过：铁门铁窗冷冰冰，黑暗潮湿阴森森，烂铺烂柴一尿桶，肮脏难闻锁把门。

二十世纪九十年代初的一个秋天，市人大组织各乡镇人大主席团领导视察市看守所。这是我和我的同辈们，人生第一次走进这个羁押人犯的地方，零距离地接触了那些一般的人犯（一些要犯是不能见的）。这个坐落在市医院南边一个偏僻巷子内的看守所，始建于二十世纪八十年代初。一进大门展现在眼前的是宽敞幽静、绿树成荫的大院子。院子的花池里，各种鲜花竞相开放，争奇斗艳，特别是一种红紫红紫颜色的鸡冠花格外耀眼夺目。院子北边坐落着一排面南的砖房，透过明亮的玻璃，清楚地看到墙上悬挂着庄严的国徽和办公桌上插着鲜艳的五星红旗，这是看守所干警办公的地方。办公室旁边有一条狭长的甬道，直通一处紧锁的铁门，里面就是牢房，牢房都是单间的，每间牢房门前都有十几平方米的小院子，小院四周的水泥墙壁上有一道用红漆画的禁戒线。小院子上空是钢管网。牢房四周就是高墙、岗楼、电网一应俱全。可以说犯罪分子插翅难飞。墙壁上写有醒目标语：坦白从宽，抗拒从严；认罪服法，重新做人……

允许视察的每间牢房里有四五个罪犯。当我们走进牢房时，他们横排整整齐齐地站着，齐声向我们问好。室内拾掇得挺干净，铺盖都是白色的，叠得四棱见线。整个牢房没有一点阴森森、冷冰冰的感觉。

在视察三号监室时，一个罪犯对我微笑着。我不认识，也没有在意。

出了这个监室，在走廊里头道桥的人大主席对我说："别小伙子对你笑着呢，你也不理人家。"我说："我不认识啊。"对方说："那是你的学生。"我仔细回想了一阵，怎么也想不起来。

光阴似箭，一晃十多年过去了，当年的小学生现在已是胡子拉碴的壮年人。一个三四百人的小学校长怎么能记住每一个孩子的模样呢？接着他介绍说："那是一个强奸犯，在我们乡上，谁只要被他盯上，连五十多岁的女人都不放过……"这时站在一旁的检察长开玩笑说："这样的老师就教的这号子学生。"大家哈哈哈大笑。

常言说笑话是实话，这句玩笑直刺我残存的那点师道尊严，使我脸上顿时热辣辣、烧乎乎。我不客气地说："从古到今，哪有老师教学生强奸人的？"这话一出口，一石激起千层浪。领导们七嘴八舌议论起来，有的说："唉，那倒不一定，潜移默化的影响也算。"有的说："看你现在都这么伟岸，当年也是风流倜傥。"有的干脆说："还有老师强奸学生的。"我毫不遮掩地说："我的学生中有县长，有局长，有腰缠万贯的企业家，有赫赫有名的战斗英雄。当然，那只是我的一点苦劳却不是我的功劳，这个学生变成罪犯，自然也不是我的罪过。"一位教师出身的领导郑重地说："至于老师强奸学生那是个例中的个例。在地方上依靠纳税人供养的人员中，教师队伍最庞大，难免混进个把素质低下的披着人皮的畜生。"我接过话茬说："学高为师，身正为范，才能为人师表。无论社会怎样变迁，老师的道德修养始终是要高于社会的平均水平，这是自古以来约定俗成的价值共识，也是亘古不变的教师道德底线。我参加工作时，一位师范老教师语重心长地告诫我们：'同学们，你们还年轻，鼻子还没有钻生烟，工作后，与女老师、女学生谈话，门绝对不能关严……'"一位山区乡的领导，一勾一撒地说："开句玩笑，你就当真了，别说成此地无银三百两了，哈哈……"

接着又视察了接见室、淋浴室、理发室、食堂，以及为犯人准备的晚餐。当监狱长介绍到春节每人供应三斤肉时，参观者面面相觑，普遍感到不可思议,七嘴八舌、窃窃私语,调侃地说:"怪不得进监狱呢,有人管肉呢!""农民过节不供应一两肉,犯了法了咋还有了功了?""你要是羡慕,你也进来"……哈哈哈……

看来,看守所为我们此次参观是做了充分的准备,不能说一点作秀的地方也没有,毕竟是高墙内荷枪实弹下的看管,电网、铁窗内无自由的生活,如果把看守所说得与家里一样温馨,那纯粹是扯淡。

在普通人看来,看守所就是监狱,其实监狱与看守所是有区别的。看守所里有暂时拘留的犯罪嫌疑人,有逮捕的等待判刑的罪犯,还有刑期在一年以内的犯人……应该说,国家为罪犯们的认罪伏法,改恶从善,立功赎罪,重新做人,创造了一个坚实有力、有效的环境。

人生不能也不应该犯法进监狱。但是到高墙内看看那些被囚禁的罪犯们失去自由的生存环境,听听他们发自内心深处的忏悔,从而更加珍爱现在来之不易、和谐温馨而幸福的生活,也不失为一堂别开生面的特殊教育课。遗憾的是这门教育课对一般人很少开放。

再不能生了

家常话是日常的嘘寒问暖，是内容的家长里短。它不掺杂不使假，直来直去，往往是最直白、最真切、最能体现一个人真实心态，显露一个人的教养和素质的大实话。

一个寒风凛冽、滴水成冰的早晨，吃完了亲戚家儿子的结婚宴席，按照当地回族习俗，必须等到中午迎接了新娘后方可结束，为了保暖，我跟随亲戚们按照血缘和亲疏到叔侄家里小憩。

十几个女多男少的嫡亲（有干部，有工人，有民营老板，更多的是青年农民）来到侄子家。两间宽敞明亮干净整洁的屋子里，现代化的摆设一应俱全，烤箱里炉火正旺，室内温暖如春，从大家喜悦的表情可以看出，这是大冬天临时栖身的好去处。

起先是三五一伙，闲侃乱谝。紧接着，围绕着房主人只生了两个姑娘的话题，大伙开始七嘴八舌，畅所欲言，各抒己见。再后来发展成一场有关计划生育的大讨论，其内容之实在，情谊之真切，语言之丰富，妙趣横生，令人耳目一新。笔者真实地记录下这回味无穷的一幕。

"你生了两个姑娘，怎么没有再生一个儿子？"

"俺想要，俺男人不想要。俺心里也没底，冒着超计划生育的危险，再生个女的咋办？"

"你一怀上，就去做B超，是男的留下，女的就刮掉。"

"用B超对胎儿进行性别鉴定是违法的，是要开除公职的。"

"活人叫屁胀死了，'世路难行钱做马，愁城欲破酒为军'，只要你舍得花银子，哪还有办不了的事呢？重赏之下必有勇夫。"

"你能上多少银子？别谁也不是傻子，拿自己的饭碗当儿戏。"

"那也不是办法，俺们邻居做了两次人流，现在大人也落下病了。"

"那就生呗，生下男的留下，生下女的就送人。"

"在我们这里，最多的就是人，最臭的还是人，特别是女的送给谁呢？"

"怀身带肚，哪能舍得？即便是送了人，牵肠挂肚心里也是不得安生呐。"

"若要人不知，除非己莫为。现在，每个队里都有计划生育信息员。人家把每个有生育能力的女人的生殖情况摸得一清二楚。"

"时代变了，生男生女都一样，当忙生个女孩更安生、更省心，常言说得好，女儿是母亲的贴身小棉袄。女儿对爹妈更疼爱些。"

"女儿除了出生的那天不高兴，结婚那天不高兴，剩下的天天高兴。儿子出生的那天高兴，结婚的那天高兴，剩下的天天不高兴。"

"儿子向爹妈索取的多，奉献的少。甚至只索取，不奉献。"

"哪是只索取不奉献呢？"

"培养念书都不算，光是为儿子买楼房、娶媳妇这两项花销也够做父母'喝几壶'呐。"

"不要把女的说得那么贱相，没有女人，就没有这个世界。再高尚的伟人，再聪明的学者，都是女人生的。"

"没有男人，你女人也生不出娃娃来。哈哈哈……"

"通常人们把党比作母亲，把祖国比作母亲，把大地比作母亲，把黄河比作母亲，就说明母亲的伟大和重要，哪有几个比作爹的？"

"对，生下儿子是名气，生下女儿才是福气。"

"你两个闺女，要不了多长时间就等于四了。"

"怎么能是四呢？"

"两个丫头嫁两个女婿，不就是四了？你没听人说，生下儿子一场空，一个丫头一个'俘虏兵'。哈哈哈！"

"现在都实行计划生育，你俘虏谁呢？"

"你听说过吗？男人婚前是爹妈的儿子，婚后是婆姨的儿子。"

几个男士群起而攻之："瞎扯，我们都谁是婆姨的儿子？"

哈哈哈……"不要心虚嘛！"

"当然，不能一概而论。这也是一些父母对那些不尽孝道，不尽赡养义务，或者尽得不好的儿子的谴责和咒骂。"

"古时候，王昭君是一个宫女，嫁给匈奴的单于，单于死了又嫁给单于的大儿子。汉朝与匈奴接壤的边疆安稳了六十年。"

"苏联莫斯科卫戍司令费拉托夫的女儿嫁给蒙古国的领袖泽登巴尔，蒙古国跟苏联的关系那个密切就别提了。"

"哎哟，我的瓜呀，从现代说到古代，从国内说到国际，都说生丫头好，好就好！这就更加坚定了我再不生的决心了。"

"说来说去，还不就是那回事，生男生女不都是为社会尽的一份责任，为家族完成传宗接代的任务，为家庭和自己了却一个心愿。儿女是现实生活中的一个陪衬。我们这一屋子的人，不论男女，又有谁把爹妈怎么好好地孝敬了一番呢？恐怕只嫌自己的筐筐子不满。"

"汉语言是丰富的，也是确切的。听说了吧：孝子，孝子，孝顺儿子，父母走到哪里，首先想到给儿子买啥吃，却不怎么想到给自己的老爹老妈买啥。"

"给娃娃买穿戴，常说：买大些，今年穿了，明年还穿呢。"

"对，给老人就是：有今（天）无明（天），甚至骂老人为'老不死的'——老了怎么不死呀？"

"不要说了，让老年人听见心酸死了。"

"不管生男生女要培养好，只要儿女争脸，抵过万贯家产。"

"培养不好，他连自己的生活都过不好，哪有能力孝敬父母呢？当忙还得'啃老'呢！在我们周围啃老的人大有人在……"

几年后，听说我们曾经热烈争论的那位房主人的两位姑娘，一个考取了中国海洋大学，一个考取了宁夏师范学院。众亲友们为之赞叹不已……

"好好念书学习"是最具活力的家训

好的家训是中华民族的精神瑰宝，是千百年来民间优秀文化的积淀，是人们生存发展的成功经验的总结，是一个人成长的基础，是人生旅途中的"紧箍咒"，是日常生活里的"明白纸"。

先入为主是人的思维定式。家训都是由第一任老师（父母）在第一时间树立的第一印象，播下的第一颗品德的种子。人生中千万不能小瞧这几个"第一"。

父亲是一位只认识自己名字的农民。他对祖上传下来的家训记忆犹新，心领神会且身体力行。

上学时他鼓励我说："好好念书学习，宁可学下不用，别叫用时没有。"这里所说的"念书"无疑是指读书、研读学问；"学习"是指向书本学，向社会实践学，向优秀人物学。

走向社会时他再三叮嘱："老老实实做人，勤勤恳恳工作，始终脚跟站稳，裤带系紧，嘴上把门。""吃点亏没啥，千万不要贪便宜。""鲇鱼上钩，吃了眼小的亏。"

在跟人交友时他提醒说："交人交强的，拉棍拉长的。""跟上高人不高，低不了，跟上低人不低，高不了。"

这些家训使我受益匪浅且效用一生。

然而，再好的家训是要家人去学习、遵守和传承才能起到家训应有的作用。"书犹药也，善读之可以医愚。"书中有比家训更多更精彩的文章、更深邃更精湛的分析、更经典更精辟的论述、更高境界的思想内容。特别是一些伟人的谆谆教诲比家训更精辟、更高明、更全面、更深刻。只有"好好念书学习"这最具酵母般活力的家训，才能不断地加深对其他家训内涵的认识和理解，才能不断地提高遵守家训、执行家训的自觉性和一贯性。

"纸上得来终觉浅，绝知此事要躬行。"社会实践的学习往往比家训更直接、更现实、更生动、更深刻。它能揭示和验证家训的正确性和实用性，从而使家训对人的成长和作为不断增氧补血、充电加油。

家训是教导、训诫之义。不坚持"好好念书学习"，再好的家训也只能是教导时雨过地皮湿，训诫后全当耳边风，说在嘴上，挂到墙上，空在手上。不坚持好好念书学习，仅凭几段家训，一训到家，一训永逸，那只能是画饼充饥。

我初中毕业后回乡务农，虚心向农民学，向实践学，挤时间博览群书，终于博得了重新深造的机会。参加工作后，仍然好好念书学习，通过自考了却了没上大学的缺憾。工作中，深入基层调查研究，一直为党报党刊撰写新闻稿件，被采用的有百余篇。

如今，古稀之年的我依然不放松念书学习。利用电脑搞点文学创作——撰写散文、杂文、小说等。这一切都是"好好念书学习"给我用之不竭的动力和丰厚的回报。

古今中外家训很多，唯有"好好念书学习"万家传。

狗咬过吕洞宾吗？

看这个题目就使人生厌，狗咬不咬吕洞宾？为什么要咬？咬上了没有？关我屁事，真是看三国流泪——替古人担忧。

在现实生活中，当有人做了好事受了抱怨，说了好话被曲解或误解，出了好点子被谴责，提了好的建议或意见却遭白眼，甚至被穿小鞋遭打击报复时，常听人说："真是狗咬吕洞宾，不识好人心。"这句话与人们常说的"好心没好报"是一个意思。

众所周知，吕洞宾是八仙故事中的一仙，多见于唐宋元明文人的记载，元杂剧里更有他们的形象。苟杳是当时一位穷书生的名字，并非"狗咬"。

据说苟杳自幼失去双亲，家里一贫如洗，终年过着衣不蔽体、食不果腹的日子。在这样的处境中，他嗜书如命，千方百计寻找机会读书学习。吕洞宾被苟杳刻苦学习的精神所感动，把苟杳收留到家中管吃管住，并安排到自己的书房里让其学习。苟杳没有辜负吕洞宾的一片诚心，如鱼得水，起早贪黑手不释卷地专心致志刻苦攻读。

有一天，吕洞宾家中来了一位客人，隔窗看到苟杳在书房中孜孜不倦埋头学习的身影，听吕洞宾介绍后，借机独自溜进书房察看，并与苟杳攀谈起来。他被苟杳满腹经纶的文采和一丝不苟的学习精神深深打动，当得知苟杳还没有婚配时，便主动介绍其妹，苟杳婉言拒绝，客人再次举荐，盛情难却下苟杳只好答应与吕洞宾商议后再定。

客人走后，苟杳将此事告知吕洞宾。吕洞宾听罢为之一怔，心想，刚刚为你提供了无忧无虑的学习环境，你不想着金榜题名，却想的是娶妻生子……吕洞宾感到非常失望又很无奈。可事已至此，吕洞宾经过再三考虑，提出了一个常人难以想象也难以接受的条件，目的是迫使苟杳死了这条心。吕洞宾说："你找对象结婚可以，没钱，我替你想办法。但是，结婚时让我先进洞房，替你'妆新'三天。令他万万没有想到的是，苟杳不但没有死心，反而爽快地接受了这有失尊严又侮辱人格的条件。这让吕洞宾始料不及。既然如此，也就只能将计就计了。

"妆新"的三个夜晚，吕洞宾一直秉烛看书学习。新娘起先羞于启齿，第二天晚上也曾催促过……都被吕洞宾以"你先睡去"而谢绝。第四天晚上苟杳如愿回到了新房，却遭到了新娘的白眼，经过再三解释和反复询问，才知道吕洞宾三个晚上一直看书学习的实情。苟杳恍然大悟，深深地感悟到吕洞宾在美色面前丝毫不动心，仍然分秒必争坚持读书学习的高尚人格，其良苦用心绝无仅有。从此，苟杳横下一条心，老老实实做人，勤勤奋奋学习，终于金榜题名。

故事由人去编，真伪无需考证。但是，千百年来老先人们衷心希望自己的后人，无论在什么样的环境中，终生努力看书学习的诚心不变已是不言而喻了。应该说苟杳还是认识了吕洞宾的好人心。

好书历来是人类社会进步的指路明灯，是人类文明不断传播的载体，是人类登上智慧巅峰的阶梯，也是治愚的良药。读书给人以知识，掌握知识就能改变命运。因为人的贫穷莫过于知识的贫穷；读书给人以力量，这力量是用之不竭而又能创造更多财富的源泉。

一些伟人曾谆谆告诫我们："在一个文盲充斥的国家里建不成共产主义"，"没有文化的军队是愚蠢的军队"……他们虽然没有说没有文化的民族，没有文化的家庭，没有文化的个人是怎样，但是愚蠢已是不争的事实。人不读书学习就会变成野兽的说辞也并非危言耸听。

当今世界，国与国的竞争，区域之间的对比，无疑是综合国力的竞争，科学技术的竞争，人才的竞争，归根到底是教育的竞争，学习的竞争。

沙冬青

因此，不为金钱的裹挟而厌学辍学；不为女色的诱惑而荒学失学；不为繁杂的工作、琐碎生活的纠缠而赖学弃学。静下心来，耐住寂寞，撵走浮躁，见缝插针，用愚公移山的决心，用蚂蚁啃骨头的精神，用黄牛爬坡的毅力，发扬钉子的"挤劲"和"钻劲"，把好书读懂、读深，定能读出明智，读出和谐，读出尊老爱幼的孝子贤孙，读出治国安邦的帅才良将，读出全心全意为人民服务的公仆。

惠而不费

惠而不费的原意是施惠于人，自己又无所耗费。《论语·尧曰》："因民之所利而利之，斯不亦惠而不费乎。"

现实生活中，给人以好处，自己又无所耗费无非是两种。

一种是尽力说好话，说多少句，说到什么程度，只是动动脑子，费点口舌罢了，自己又无所耗费。当面赞扬他的优点，肯定他的成绩，当众表扬他的进步，宣扬他的长处，私下开诚布公而又委婉地指出他的缺点和不足。在他人面前公正地而又以说优点、说成绩、说贡献为主的好话等等，都是给人好处而自己没有丝毫的破费的事例。

常言说："好孩子是夸出来的。""人总是爱个顺气丸，不爱镇心丸。""好话一句三冬暖。""与人善言，暖于布帛。"用老百姓话说："人都爱戴个高帽子。"这是人们最朴素的也是最普遍的心理。在这方面，做领导的，做老师的，做家长的不但不能吝啬，而且要时刻研究对象，分清场合、出手阔绰才好啊！

只要在这方面付出了必要的"费"，就一定会收获到和谐的社会环境的"惠"，团结友爱人际关系的"惠"，产生较强的凝聚力、向心力且团结战斗的集体的"惠"。这是惠而不费的正确用法，是社会提倡的，也是人们欢迎和需要的。

当然，现实生活中，也有将"惠而不费"贬用和滥用的：

其一，奴颜婢膝，阿谀奉承，一味地献媚讨好，溜须拍马，那种"你说公鸡能下蛋，我说亲眼见；你说砂锅能捣蒜，我说捣不烂；你说方，我不说圆"的违背良心、违背原则，颠倒黑白、混淆是非，投其所好，只要能捞到好处，一概千方百计地"惠而不费"。

其二，过分谦虚的话，客套的话，迁就的话，大话，空话，套话，假话，搞所谓"空数字提官，假数字升迁"的那种"站着说话腰不酸"的"费"，有时却捞了实实在在的"惠"。

另一种"惠而不费"就是给钱给物。这给钱给物怎能自己不费呢？有办法——"借上娃娃赌咒——心不疼的儿女"，即用公家的或他人的钱物送情，为自己办事铺路搭桥，拉关系。他们的逻辑是"江南住了四十年，何不拿海水洗海船"，搞什么"借花献佛""骗花献佛""偷花献佛"。这里头的名堂五花八门，但无非就是找下属，找基层，找企业，找包工头，搞所谓的"堤内损失堤外补"，或者找工程，找项目，找会议，找锅炉运行，找小车维修……总之自己"不费"。一般只要这"不费"能及时到位，这"惠"也就唾手可得了。

但是，纸里是包不住火的，依靠这种手段"惠而不费"，往往是适得其反，变成"罪而又费"了，因为"伸手必被捉"。

脚

　　脚是人身上不可缺少的重要组成部分。"千里之行始于足下"，"举足轻重"，"一失足造成千古恨"……这些语言的产生和广泛的应用，再一次强调了脚的重要作用。多少年来，文人墨客歌颂过大脑，赞美过眼睛，颂扬过心脏，讴歌过双手……唯独没怎么褒奖过默默无闻忍辱负重的脚。

　　有资料说"脚是人的第二个心脏"，人们也常说"头痒了抓脚呢"。为什么头痒了不抓头而去抓脚呢？人身上的五腑六脏在脚上都有对应的穴位，这就强调要重视脚的保健作用。同时它揭示了一个真理：无论干什么事情都不能头痛医头，脚痛医脚，要抓根本，抓实质，抓关键，抓要害，才能解决问题，抓出成效。

　　相传一位医学专家著了一本医学书。他死后，书被拍卖，一富豪掏天价买去，打开一看，几乎都是空页，只有最后一页有一句话："脚热头凉，医生改行。"这个故事强调了脚的保温对于人体的保健作用是何等的重要，证实了"寒从脚起"的道理。特别是要坚持每天热水泡脚。做到"洗脚搓脚心，健身有奇功"。一位长寿老人说得更直白："富人吃补药，穷人水泡脚。"这些常识一般人都知道，无须赘言，但能不折不扣地去执行者却为数不多，能长期坚持到底者就更寥寥无几。

　　同样道理，经常坚持认真看书学习，不断地对自己的所作所为自觉反省，如同每天坚持热水泡脚那样，从而提高指挥脚的思想意识。脚才能坚持"常在河边站，就是不湿鞋"的原则和立场，就不会站错队、走错路，误入歧途了。

　　脚哟！人们时常用"话说错了收不回来，路走错了可以回来"的谚语宽容了你。但是，你不能只顾低头走路，不愿抬头看道，一生要坚持走正道、走大路，即便踏上崎岖坎坷的山路也罢，甚至披荆斩棘走前人未曾走过的路也罢，但是，奔向光明的大方向和为人民大众奔走的意志是始终不能改变的。

（获第九届宁夏杂文大赛三等奖）

知道不

儿子养奶牛，为了牛奶的保鲜，几年前已经买了冰柜。经济富裕了，又想买一件"家电下乡"的冰箱，用他的话说：拉动消费凑个热闹，响应号召沾个政策的光。

一天下午，我们相约走进一家电器商店。迎面来了几位打扮时髦的女售货员，微笑着询问我们要看什么电器。当得知要买冰箱时，其中一名售货员，口若悬河，滔滔不绝，像背台词一样对各种款式的冰箱逐一介绍。每介绍一种冰箱的优点或功能后面，总要加上一句"知道不"的反问。实在听不下去这种自作聪明，自命不凡，居高临下，视服务对象为无知或白痴的刺耳噪音。

我不冷不热地说："你什么都知道，你买吧，我们什么都不知道，先别买了……"

售货员主动地、热情地、熟练地、实事求是地介绍其商品的功能、价格、操作方法、优缺点及群众的反映等等，这是他们的权利和义务，也是他们职业要求的基本功，同时也是顾客需要的、欢迎的常规做法，无可厚非。如果再能根据各个顾客的要求和经济实力，当好参谋就更好了。但是，把"知道不"加到每一句介绍词的后面，只能是惹人生厌，适得其反。

"知道不"，这是当前一些商铺使用频率最高，最为流行的一句口头禅。它已经像流感一样蔓延到其它行业，甚至政界。

一次，在政务大厅笔者耳闻目睹了一位年轻的工作人员向一位拆迁户解释有关政策条文和拆迁合同时，频频使用"知道不"的全过程。可以看出拆迁户那种从不快到愤懑情绪升级的表情。紧接着爆发了一场短兵相接、唇枪舌剑的"口舌战"。拆迁户拿出的法律条文和对合同的解释以及相关的单单片片，并不比"知道不"逊色……

"知道不"的问话，充分反映了发问者那种夜郎自大，盛气凌人，目空一切，自认为自己什么都懂、什么都知道的骄傲架势。其实也是只知其一，不知其二，甚至只知其然，不知其所以然；充其量也不过能背诵某产品说明书中的个别内容，或者吹嘘产品的广告词罢了。

"知道不"的反问，充满了对服务对象的蔑视或看不起，同时也有耍笑和戏弄顾客的意味，认为顾客一无所知。其实顾客中"千人百众"，什么样的人都有，其中不乏有比"知道不"的反问者知道得多得多的人。顾客置一件东西，虽然不能进行广泛的社会调查，但也会在亲友或左邻右舍中就品牌的优劣、质量的好坏、价格的高低、售后服务等等，不是了解得一清二楚至少也会心中有数。加上"货比三家"的购物原则，消费者不会轻易就范。鼓舌如簧，夸大其词的产品介绍，只会使顾客产生王婆卖瓜自卖自夸的逆反心理，如果再加上频繁地使用"知道不"这咄咄逼人的噪音，只会把顾客驱赶到门外了。

"知道不"的反问，是阻碍构建和谐人际关系的噪声（知道不？），它有形地拉大了与服务对象的距离（知道不？），甚至颠倒了与服务对象的位置（知道不？），损伤了视顾客为上帝的宗旨（知道不？），应该回收到垃圾箱里去为好（知道不？）！但愿我们的社会中，那些"知道不"都去真正地知道些什么，比如对顾客的尊重与敬畏，比如对自己客观的审视与谦虚。（括号里所使用"知道不"就是那些人常常使用"知道不"的地方，品尝一下这是什么滋味。）

（获第十届宁夏杂文大赛三等奖）

写日记

日记是"每天所遇到的和所做的事情的记录，有的兼记对这些事情的感受。"这是《现代汉语词典》中，关于日记的注解。而我要说的日记就是将自己这一天中听到的、看到的、想到的或经历过的，相比之下最有影响、最有意义、最能打动人心的人和事及想法的记录。一般是择其一件或一点记深写透。也就是说要筛选地想，挑拣地记，不是事无巨细的"明细账"，也不是眉毛胡子一把抓的"流水账"。

记日记的好处多，特别是学生记日记那更是好处"大大的有"，虽然不能收到立竿见影的效果，天长日久却有吹糠见米的功效。

首先是巩固、促进和提高识字、用字、驾驭文字的能力以及语言表达能力，文字叙述能力，逻辑思维能力，特别是对一个人的谋篇布局、遣词造句、缀字成文的能力培养是显而易见的。

其次，写日记是培养和促进人勤于读书学习，勤于思考分析，勤于动笔总结的好习惯最有效的方法，进而培养人的辩证思维，逻辑推理的能力，以及对社会新闻的敏感，写作灵感的训练和提高。

再则，也是被一些人忽略或者压根就未被认识的一大好处是：记日记同时也是提高学生学习数学、物理、化学、生物等理科学习成绩的最有效的方法之一，"杠杆效应"是不言而喻的。因为这些课程中的法则、定义、定理、公式的解释、试题等，都是用汉语言文字来叙述的。仅靠死记硬背、生搬硬套的"机械记忆"（照书背）来认识问题、分析问题、解决问题的能力是非常有限的。只有拥有好的汉语文字功底的人，对那些法则、定义、定理、公式等才能产生"理解记忆"（用自己的思维去理解——理解得透彻，用自己的语言去总结——记忆得牢靠。），才会记得更快、更牢，用得更活、更准，在对待灵活多变问题的理解、分析、判断、解答时才会游刃有余，乃至触类旁通，举一反三。

数学书中关于圆周率的定义是：圆周长度与圆的直径长度的比，圆周率是一个定值，通常以 π 表示。我国数学家祖冲之算出圆周率的近似值是在 3.1415926 和 3.1415927 之间……这样一个定义，多数学生难以理解和记忆，更别说应用了。一个坚持记日记的老师把圆周率给学生概括为："任何一个圆的周长等于它的三个多直径长（具体是 3.14……），简单明了。为了便于理解和记忆，他还拿来几个大小不同的圆给学生演示，让人终身难忘。据说有的学生长大了，又把这样的定义教给自己的孩子……

只要对文字语言有了较好的理解和掌握，记一个难记忆的问题就容易许多。一天，孙子问我社会主义核心价值观。起先，我苦思冥想前拉后扯诌了八句，对照答案还差四句，实在有些羞愧。我寻思了一阵，总结为一句顺口溜："富民文、和自平，公法爱敬、友善诚。"孙子没用几分钟就背得滚瓜烂熟，高兴地说："太好记了。"我告诉他这就是坚持写日记的好处，只要有了驾驭文字的能力，就能把繁杂的话语变成简单的便于自己记忆的文字。

写日记对于成年人来说，也是促进学习、提高认识、总结经验、不忘教训的一件很有意义的事。真所谓"好记性不如烂笔头"。"眼过千遍，不如手过一遍"，改掉眼高手低的懒毛病，把自己曾经干过的、说过的、学过的、想过的、碰到的……记录下来，对于一个人健康的成长，工作业绩的反思和拓展，思想觉悟的不断提高，后天的继续学习……都是有百利而无一害的好事情。过一段时间，甚至若干年后，再回过头来看看"当时的我"的干法、想法，当时的收获，当时的遗憾，那真是"别有一番滋味在心头"，甚至还会产生"别有幽愁暗恨生"的那种百感交集、捶胸顿足、啼笑皆非的场景，不也是人生一大乐趣吗？

　　诚然，对于一些搞文学创作的人，写日记无疑是文学知识的积淀和生活素材的积累。文学创作本身就是一种用文字语言输出各类信息的活动，人脑不可能输出原先不曾储存过的任何信息。同时，也是催促自己不断地练笔的最有效的方法。2005 年版的《鲁迅全集》共 18 卷，日记书信就占 7 卷，2003 年版的《胡适全集》共 44 卷，仅日记就占 12 卷之多。实践证明，凡是学业有成的、事业有成的人中，多数人都有记日记的习惯。工作再忙，学习任务再重，发扬钉子的"挤劲"和"钻劲"，十分钟、八分钟的时间还是能够挤出来的。只要坚持不懈，一丝不苟（不会写的字查字典），日积月累，循序渐进，定会聚沙成塔，集腋成裘。我要说，通向成功的路是由一篇篇日记铺就的。不信，你也铺着试上它一年（写 365 篇日记）瞧瞧……

说"跟"

一天下午，好多乡干部聚集在乡政府的门房里，一边看新来的报纸，一边闲谝。当谝到年底奖金时，其它几个村的包村干部都拿到了，唯独我们那个村"没戏"。一位乡干部愤愤不平地说："跟上狼哩吃肉呢，跟上狗哩吃屎呢。"顿时，一屋子人哄堂大笑。众目睽睽之下，一束束火辣辣的目光向我射来，我顿时觉得脸上像火烤一样难受，尴尬极了。这明显地在说我，不，干脆是在骂我，是骂跟上我这个包村组长奖金分文没有。

我心想：不就是几十元钱，用如此侮辱人格的语言来发泄不满，素质太差。我也低水平地回敬了一句："谁想吃肉跟上狼去，谁想吃屎跟上狗去。我是人民公仆，跟上我干公家的事，只能是出力受苦……"一时间，屋里空气凝重，鸦雀无声……

诚然，说归说，生气归生气，"一棒打到河里，总得有个落的，有个漂的"。不能跟那些小年轻一般见识。我清楚"水至清则无鱼，人至察则无徒"。于是，我找了乡领导说明情况，最终补发了奖金，甚至比村上给的还多些。虽然迟了日子，却没少分量。

这件事使我的脑海里"跟"字猛然凸显出来，并且产生了无法抑制的联想。跟的解释是：随在后面，紧接着。什么跟随，跟踪，跟从，跟风……人不是单独生存和生活的，天生要跟，或者说跟是人的天性。只不过"山羊跟山羊，绵羊跟绵羊"是生性的不同，"乌龟跟王八"是臭味相投的结果。就是物以类聚，人以群分而已。

自古以来，老先人对跟什么人，怎样跟，有什么结果，编撰了众多的名言佳句昭示后人，要想做好人，就得跟好人，才能走正道。特别是领导干部，因为是领导人的人，更要以身作则，不断地提高自己道德修养和思想上的"免疫功能"。不至误入歧途，乃至上贼船，因为上贼船容易，下贼船难。

"跟上高人不高，低不了；跟上低人不低，高不了。"是说跟上思想认识高明、行为道德高尚的人，虽然达不到那种境界，但是也低不到哪里去。可谓强将手下无弱兵。跟上思想认识模糊、错误，甚至道德低下、行为恶劣的人，最容易被影响或被裹挟，就算是没有学那么坏，要想再好，一是比较困难，二是好不了多少，这就是人们常说的"近朱者赤，近墨者黑"，"染坊里不出白布"，"兵熊熊一个，将熊熊一窝。"当然也有跟了不好的人而后又变好了的，这不是没有，是浪子回头金不换，但为数不多。长时间的形影不离，耳濡目染，潜移默化，甚至言传身教，能不受影响吗？

绝大多数的人是"跟上裁缝学不成铁匠，跟上屠夫学不成皮匠"，"跟着勤的无懒的，跟着馋的无攒的"，"跟上犍牛上山，跟上母牛下崖"，"跟上蜜蜂采花朵，跟上苍蝇进厕所"……

当然，跟人即交友。交什么人，要有较长时间的了解、对比、思考、选择，甚至考验，不能盲从。那种所谓的一见钟情、心血来潮、相见恨晚的闪电式的交友，现实告诉我们，多数人的结局，都是上当受骗、误入歧途的多。有的不能自拔，有的甚至悔恨终生。当然，交上好人，也要保持一定的距离，因为金无足赤，人无完人。任何时候，多长个心眼，把自己的"牌"拿近些，这是做人的基本常识。

宋代大学者何坦在《西畴常言》一书中说："交朋友必择胜己者，讲贯切磋，益也。""交人交强的，拉棍拉长的"。交比自己强的人，向他学习，得到他的帮助和指点，受到感染和启发。一位伟人曾谆谆告诫我们说："你对那个人不了解吗？那你就看看他的朋友是什么人，他就是什么人。"

在跟什么人有什么后果时，老先人们又说："跟个好鬼，喝碗好水。"应当指出，把喝好水当作跟好鬼的目的，有些市侩、自私和渺小，应该是"鸟随鸾凤飞腾远，人伴贤良品质高"。在崎岖坎坷的人生道路上，愿大家都能跟上好人勇往直前。

乡音儒雅

　　一提起农村、农民，在一些人看来，除了"土"便是"俗"，再不就是"粗"了。实际上，多年的农村工作锻炼了我，教育了我。特别是乡亲们风趣幽默、丰富多彩、言简意赅、儒雅不俗的语言使我受益匪浅。细细品咂起来，顶上了几年汉语大课，也不算言过其实。

　　"说话站窝窝子得很"，这是农民对那些压制民主，搞一言堂的人；对那些强词夺理，胡搅蛮缠的人；对那些不分场合、不看对象，夸夸其谈的人，一句讥笑、讽刺和反感的话。"窝窝"即位置，意思是说你说话把地方占了，把时间占了，很少有别人发表言论的机会。

　　农民对那些素质较差，办事效率低下，或做事欠思考的人，会说："啥茄子？"有时，甚至直截了当地说"烂菜叶子""秕枯了"，这些物品都是农业生产过程中没有使用价值的废弃物，用来比喻那些人或事，既形象又诙谐。

　　对那些由此及彼，由表及里，深入浅出，话说得明白，道理讲得透彻的说教，农民一句话总结为"掰碎揉烂"。常听农民教育子女时会说："掰碎揉烂给你说，怎么能不听呢？"掰碎了，内容里面的微细之处一清二楚了，揉烂了，内涵之中的方方面面一目了然了，真是既简练又浅显。

　　在宣传优生优育时，农民用"龙生一个在天宫，猪生一窝扛墙根"，"养多不如养少，养少不如养好"，"少位爷爷，少笼香"。这些既形象又生动，既朗朗上口又浅显易懂的语言，在有些时候、有些场合，胜过那些长篇大论。因为它能够直接被老百姓理解、接受、传播，那效果可是事半功倍。

　　"撇干饭"是本地农民制作米饭的烹饪过程。现如今，"撇干饭"已经变成了一些人在经济活动中，上当受骗的代名词——"不顶了，让人撇了干饭了。"意思是：干的已让人捞走了，只剩下汤了。有时又是在人与人交往中，斥责占他人便宜的潜台词——"别想的来撇干饭。"这在汉语修辞手法中算是"比喻"吧。

　　即便是在日常生产生活中，从乡亲嘴里也会蹦出一句句听上去似乎很"土气"，实质上却很儒雅的话。

　　农民问："什么时候"时，简言之"几时？"非常传神，古诗中就有"夕阳西下几时回""明月几时有"的诗句，明白如话，意蕴深广，其中"几时"与农民语出一辙，令人称奇。

　　"闲暇"一词，是老乡们常用的一个词。如"闲暇就去你那里转。"原先我以为是"闲下来"或"闲些"，后来才搞清楚"暇"是空闲，没有事的时候，虽然意思差不多，但是"闲暇"一词用得确切地道，既大众又文雅，确实不可思议。

　　农民碰到愁人的事、烦心的事，往往会说："叵烦死了。"意思是心烦到极点了。《说文》曰："叵，不可也。"不可烦我。在口语表达上多么到位，简洁利落。

　　农村里有些顽皮的、好动的孩子，往往不是游手好闲，惹是生非，损坏或是偷摸他人的东西，就是以大欺小，以强凌弱，打捶骂架。大人跟上烦心、生气，甚至闹矛盾。他们常常责骂孩子是"饭饱生馀事，饥寒落安然。"意思是：现在人们生活好了，这些孩子吃饱了、吃好了，容易干些坏事，如果让他吃个饱穿不暖，他还能会这样调皮吗？起先，才疏学浅的我以为"馀事"的"馀"，不是多余的"余"，就是愚蠢的"愚"，其实，人家这个"馀"是恶劣、坏的意思，想想看这个'馀'字用得多么准确，又多么儒雅。

　　"浸水"在农村中是指渠埫、沟埫、田埂往出渗的水，是农民常用的一个词。水稻播种前要用水泡种子叫作"浸种"。可是常听有些文墨人念作"侵种"。"浸"与"侵"其意思相差甚远。

"㩐"是模仿别人的说话或动作的一种逗人发笑的举动。顽皮的孩子常常会"㩐人"。有儿歌说："㩐吧㩐，给你驴腿嚼。"见少识浅的我，原以为"㩐"就是"学"，或者认为"㩐"是本地"土话"，实际上"㩐"字是既平常又儒雅的字。

说啥有啥

随着科学技术的飞速发展，国家的繁荣昌盛，法治社会的健全，人民物质文化生活水平不断提高。下面所列举的这几句话都是亿万人民群众利用丰富的想象力和无限的创造力及预见性信口道出、随处可闻的口头禅。

可如今，这些话却再也不是说说而已的口头禅，再也不是可望而不可即的遥远梦想，而是有过之而无不及的活生生的现实，成了名副其实的"说啥有啥"了。

一曰："由着你上天呢！"言下之意是，上天是完全不可能的事。这是老百姓常用来指责或者反对那些想入非非、随心所欲、独断专行、我行我素，或者批评那些不按规律办事的人的偏激言行的一句口头禅。然而，科学技术发展到今天，不仅卫星上天，"神五""神六""神七"载人飞船上天，宇航员还走出飞船，在太空行走，"神八"成功地完成与"天宫一号"的对接。"玉兔一号"成功着陆月球并开展工作，下一步宇航员还要登陆月球。可不就是上天了吗？上天再也不是神话，不是梦想，而是实实在在的现实了。

二曰："有钱能使鬼推磨。"意思是只要有钱，什么事都能办成，把钱说成是万能的，然而现实并非如此。小时候，一般人家时常把小麦放到石磨上，给驴扎上拥脖，套上绳索，蒙住双眼，拉着石磨转，把小麦磨成面粉。没有牲畜的农户就用人搡石磨，这是一项又苦又累，令人头昏脑晕的繁重劳动。

一九五八年，家乡人在个别落差大的斗渠上安上了水磨——利用水流的力量冲动叶轮，带动石磨转动磨面。后来有了电，先用电动机通过皮带传动带动石磨。再后来石磨淘汰了，有了磨面机，只要电闸一开，顷刻间面粉就磨出来了。谁也没有看见电是啥样子。其实，电是看不见、摸不着而又力大无比的怪物，这不就是"鬼"吗？科学技术飞速发展，让"有钱能使鬼推磨"的戏言早已变成了活生生的现实了。

三曰："当官的儿子，有钱的孙子，受苦的爹。"这句话原本是受苦人的一句牢骚话。而实际上反映了人世间亘古不变的一种规律，同时也是劳动人民渴望和企盼改变命运的一种心态反映。当爹就得受苦，因为照顾家庭，抚养孩子，从方方面面维持家庭的正常运转，不受苦行吗？

一位老农民幽默地说："以前我是属牛的——一头只顾埋头干活的老黄牛，用自己的辛勤劳作维持一家人的生活。如今我又是属狗的——子女们进城打工的，出嫁的，我只好看家护院照顾孙子们。"

当官的儿子，一说是百姓希望儿子当官，这样就会出人头地、光宗耀祖。同时，儿子来自百姓，知道百姓的需求，能为老百姓办点实事。一说百姓是衣食父母，当官的就是要为衣食父母好好服务，自然是衣食父母的儿子了。"只有把人民放在心上，人民才叫你坐在台上。"水可载舟，亦可覆舟的道理多数人是烂熟于心的。邓小平曾掷地有声地说："我是中国人民的儿子，我深深地爱着我的祖国和人民。"

然而，大千世界，无奇不有。曾有一位县领导，面对人们对自己工作评头论足，甚至说三道四的情况时，有些像热锅上的蚂蚁坐立不安。在一次副科级以上领导干部大会上，竟然说了一句十分荒谬、可笑，也十分无耻的话："你们说我们是父母官，哪有儿女说父母的这也不是、那也不是呢？"会场里先是一片惊愕，紧接着是一片哗然……

有钱的孙子，一说是百姓的一种理想、一种企盼，通过两代人的努力，寄希望于孙子能摆脱贫困，变得有钱。一说是反映出有钱人惯用的手法，遇到问题或矛盾，往往是用钱摆平——"无非是钱的苦楚"。从表面上看，有钱人像是当了孙子，实则他们遵循的是"宁可扔钱，也不可丢人"，"富不可穷斗"的古训。当然，有钱的孙子这句话里，也有对贫富不均的社会现象，对一些为富不仁的有钱人的不满，甚至是对那些财迷心窍、贪得无厌的腐败分子的咒骂。

四曰："将来点灯不用油，犁田不用牛，楼上楼下，电灯电话。"这是新中国成立初期到二十世纪五六十年代，干部教育群众、老师鼓励学生时，最常用、最典型、最有诱惑力的一句顺口溜。这些美好的憧憬，早已变成活生生的现实。如今，不但"犁田不用牛，上楼不用走"，别说是用牛，人都很少用了——插秧不用人，用插秧机或旱直播；薅草不用人，药剂除草；收割打场不用人，用收割机了。至于电灯电话更不值一提，连乞丐都使用手机……

五曰："你尿泡尿照照你的影子。"这句话原本是谴责那些骄傲自大、目空一切、自不量力之人的狂妄言行的一句气话。现如今，有些病人如糖尿病、肾病等，进医院，医生要先化验尿，从尿中照出了病的"影子"。医生正是从尿的"影子"里判断出病人的病情，从而对症治疗。

六曰："天有不测风云。"——大大小小的气象观测卫星，不但能预测天气的阴晴雾霾、风云雨雪，而且测得很准确。还有，"千里眼、顺风耳"——北斗导航卫星和各类专用卫星等，还真是"万里眼""智慧耳"了；"科学脑子化学头"——超级电子计算机的制造和应用，其工作性能和效率，使"科学脑子化学头"望尘莫及……

耐用的玻璃锅盖

谁都知道玻璃制品是易碎的，可是家中一件玻璃锅盖已经毫发无损地度过了十八个春秋。再看看比玻璃锅盖迟跨进家门的那些铝锅盖、搪瓷锅盖，不是坑凹的伤痕，就是掉瓷的疤眼。妻子已向我提出这几个锅盖"下岗"的申请。受"节约一个铜板为着革命和战争事业"教诲的根深蒂固的影响，我用"不要好了伤疤忘了疼，过上好日子忘了穷"的勤俭持家的理论，驳回了她的请求。

面对着家中这些质材不一的锅盖，我陷入了沉思。脑际里浮现出一个硕大的问号，为什么年长的、易碎的玻璃锅盖，经历了无数个而又无情的岁月，却安然无恙？老伴开门见山的回答，让我茅塞洞开。她说："自己用时处处小心谨慎，无论怎么着急、怎么忙乱，脑子里安全第一的弦始终没有放松过，生怕万一。其他人使用时，几乎每次都是揪住耳根提醒："一定要小心，要是不小心，摔碎了，就配不上了，这口不锈钢锅和那两层蒸笼就报废了。"

一个普普通通物件的耐用，却向人们揭示了往往被多数人忽视，被少数人讨厌的深刻道理：人生在世，生活里，工作中，社会上，适时的、必要的提醒和忠（警）告，是有利于社会进步、文明、和谐的清醒剂，也是有利于人们健康地、进步地、积极地、向上地、安全地、平顺地成长、学习、生活和劳动的预防针。

人的一生如同玻璃锅盖从制造、购买到使用一样，人从出生、成长、成熟到为社会、为家庭提供有效服务，都需要经历一个有代价的而又艰辛的过程。那些不听提醒，不纳忠告，误入歧途者是愚蠢的，一些人只能用"后悔晚矣"和"欲哭无泪"的话自我安慰、自我解脱。当然他们的下场是悲哀的，也是活该的。

人生路上，宁可打一千次"预防针"，也不该吃半片"后悔药"。因为"预防针"到处都有，甚至是免费馈赠的，可是"后悔药"无处可售。噢！不。应该说世界上没有买不到的东西，包括"后悔药"。只要付出昂贵的代价，还是有地方能买到。那就是背着累累的负债，甚至是倾家荡产，冒着众叛亲离乃至家破人亡的风险，流着无尽悔恨的眼泪，搭上鲜活的生命，到监狱里，到医院里，到坟墓里去买吧！那里的"后悔药"品种繁多，琳琅满目，且没有讨价还价的环节，更没有你争我夺的场面，真是手到擒来。

因此，必要地提醒、适时地忠告是完全应该的，这不是多此一举，不是令人厌烦的啰唆，更不是自作多情的无病呻吟。而是未雨绸缪，防微杜渐，防患于未然的"清醒剂"。老百姓说得好："家有咕嘟虫，一辈子不受穷。"这咕嘟的内容，就是家人的唠叨，亲友的提醒，组织的忠告。谨慎从事，夹着尾巴做人，韬光养晦，三思而行。就像公路上的指示、禁令、警告标志一样，时时处处提醒和告诫司机师傅和行人，如何注意行驶才能保证安全。如果哪位师傅疲劳驾车，或者酒后开车，哪位行人不遵守交通规则，那他的麻烦和灾难就会临头。

作为被提醒、被忠告者应该醒悟，哪怕是做些参考，有所收敛，直至换位思考，悬崖勒马，迷途知返，也为时未晚。当然，那些闯红灯，搞腐败，违法乱纪者，不是没有人提醒，也不是没有被忠告过。经常不断的法律法规的宣传学习，他们充耳不闻，视而不见，或搪塞敷衍，怀着侥幸的心理，一意孤行去以身试法。起先是一人做官鸡犬升天，最后是一人坐监妻儿受牵。

玻璃锅盖的耐用，并非它改变了易碎的属性，而是它用易碎的外表明明白白地处处提醒和告诫人们，并真诚地欢迎和接受人们小心翼翼的呵护。这样才能不断地延长它的使用寿命，在厨房里继续发挥它应有的作用。

风烛残年析

风烛残年这个成语的解释是：风中飘摇的蜡烛，极易吹灭；残年，是指剩余的年岁。比喻人到老年像风吹蜡烛一样，寿命不长了。这可能是老先人创造这个成语的原意吧。

试想，点燃的蜡烛如果不遇风，它就只能慢慢地燃烧。烛火悠然下移，直到燃烧殆尽，结束自己给人们带来光明的一生。如果遇到风，烛火就会偏离中心，烧化的烛液顺势外泄，加速它的灭亡。有时，风要再大些，蜡烛还没有燃烧完就灭了。在我看来，把风和蜡烛与残年联系起来，不仅仅是一种比喻，应该说有其更深刻的内涵。

中国汉字的形成，除过象形、指事、会意、形声、转注，还有假借。如风流韵事的风，卖弄风骚的风，风流倜傥的风，风华月夜的风，男女作风的风，嫖风的风等，都与刮风的风是一个字。但是，意思却是风马牛不相及。是否为"假借"的形式呢？风烛残年的风在这里，窃以为，就是专指男女关系，或者纯粹就是指成人的性生活。

人活到五十岁左右就进入更年期，六十岁进入老年期，也就是残年了。正如人们常说的那样："人过五十岁，活上一年算一年；人过六十岁，活上一月算一月；人过七十岁，活上一天算一天；人过八十岁，活上一时算一时。"像已经燃烧了大半截的蜡烛一样，如果没有风吹，就自然而然地正常地燃尽死去。可是一旦有了风，只会加速它的燃烧，当然也就加速它的灭亡，甚至还没来得及燃尽就熄灭了。

《老年报》曾刊登的一篇题为《老年朋友悠着点》的文章中说："内

蒙古有个六十多岁的一个鳏夫，娶了一个四十二岁的妻子，很多人羡慕老夫有艳福。他和妻子卿卿我我，如胶似漆，吃春药，寻欢做爱。可是没过多久，患脑血栓坐到了轮椅上"。真是"妖姬美女就是斫伤生命的斧子。"人到老年把性生活当作必不可少的环节，甚至吃什么性刺激的药物，迷恋女色，寻欢作乐，这是杀鸡取卵的做法，也就是加速他的"风烛残年"了。文中所说的"悠着点"用宁夏人的话说："趁活着""有个掌握"。

孔子曰："少之时，血气未定，戒之在色。"意思是：少年戒之在色，就是性的问题，男女之间如果过分地贪色，很多人到三四十岁，身体就毁坏了。有许多中年、老年人的病，就因为青年时过度的性行为，没有"戒之在色"，而种下的病因。唐朝的医学泰斗孙思邈，有资料说他活了一百四十二岁，他把人的性生活在《千金要方·房中补益篇》提出："人年二十者，四日一泄；三十者，八日一泄；四十者，十六日一泄；五十者，一月一泄；六十者，闭精勿泄；若体力犹壮者，二月一泄。"还说假若"一月再泄，一岁二十四泄"，即为每半月同房一次，夫妻双方则可"皆得二百岁，有颜色，无疾病"。这大概是人人难活二百岁的一个原因吧。梁武帝谈及他寿高八十余岁的体会时说过，他不是由于"学仙，而长寿也"，他的"致寿之道"是得益于三十年不与女人同室同寝。

一篇杂文说得更形象，把世界上四大电脑公司比喻成人的性生活：三十岁"奔腾"，四十岁"微软"，五十岁"松下"，六十岁"联想"。有些诙谐，却很实在。一位长寿老人说得更直白："今日上床为王，明日走路扶墙。""尾巴骨爪一酸，白眼仁一翻（指性高潮），不就几秒钟的事嘛。"

古谚说得好："少年夫妻老来伴。"多数人把这句话当作随意的口头禅或顺口溜，而没有静下心来推敲它的深刻内涵。在我看来，少年夫妻就得"腹击"（即性爱）。夫妻那一整套的程序，缺少一个，婚姻就会失衡，进而发生危机。特别是人们避而不谈，而又津津乐道的必不可少的至关重要的议程，是夫妻关系的凝固剂和润滑剂。

"老来伴"就是老来伴，再不能当作年轻时的夫妻去"腹击"。这个"伴"：

就是陪伴的伴——互相信任、互相尊重、互相帮助，你亲我爱，避免孤独，陪伴终身。

就是伙伴的伴——结伙做伴，各擅其长，取长补短，越伙越亲，越伴越紧，相依为命，走好天黑之前光线越来越暗的路途。

推而广之，就是一半的半——夫妻生活不是 1+1=2，而是 0.5+0.5=1。即夫妻之间各自改掉或删除、隐去不妥的一半，才能组成一个和谐且一生和睦的家庭。

就是拌嘴的拌——互相学习，相互探讨，各抒己见，求同存异，相互忍让，不搞"九句抬杠，十句骂仗"，不发无名之火，不生无谓之气；即便抬杠吵仗也是偶尔的，相濡以沫却是永远的。

就是半径的半——以家庭为圆心，以老两口之间的距离为半径。转，不离圆心；干，不出半径。按时归宿，互相照应，不搞那种"离开圆心搞二心，出了半径乱抽筋"的"老不正经"的事。

就是扮演的扮——在将要收场的人生舞台上，保持晚节，发挥余热，互相监督，外对社会、内对家庭都有一个好的扮相、好的归宿。

我探讨"风烛残年"这句成语的深刻内涵，纯属管见所识，目的是给我的同龄人和那些年龄与之相差不多的朋友们提个醒。仔细想一想个人的过去和现在的所作所为，再反复看看我们的四周和亲友中现时疾病缠身和那些过早地到"东山大队"（指东山墓地）报到，去搞"地下工作"的人，能不有所感悟和启迪？

人的享受应该是多方面的。那种"今日有酒今日醉，明日没酒喝凉水"和"糊里糊涂过春秋，浆子锅里栽跟头"玩世不恭的活法，应该抛到垃圾箱里去。还是尊重科学，远离"污染"，养精蓄锐，"节能降耗"为好。因为我们碰上了一个和平盛世、和谐和美的好时代，保持现有质量，争取多活点数量。不断地加大自己社会存在的意义和价值，保持和拥有一个健康的体魄与平和的心态，更有利于延年益寿，也更有利于家庭和儿女，这比什么都强。力争好好地活着，因为我们会死很久很久。

"人中白"

　　"人中白"是中医对尿的雅称，本文借来当题。说起尿，在一些人看来庸俗至极且无足挂齿；无聊至极且不值一提。其实不然，我曾遇到一位患肾结石和膀胱炎的病人。她已六七十岁了，却不知道怎样尿尿——显得既可怜又可笑。医生说她的病是长期憋尿造成的。她如梦初醒，如实说道，夜里懒得起来，一直憋得实在挡不住了才去解决。

　　有一天午休后，邻居老田头兴致勃勃地向我讲述了他午睡时遭受"暴雨袭击"的事。我诧异且纳闷：晴空万里哪来的暴雨？

　　原来，午休时，他和一岁半的宝贝孙子睡一张床。当他睡梦正酣时，梦见大雨如注，浇得他满脸都是，躲也没处躲，藏又无处藏，他觉得今天这雨有些怪。怎么是热雨？心想是不是科学上讲的酸雨？就在他疑惑不解时，突然惊醒。原来孙子不知啥时挪到他枕头边，仰面朝天，小鸡鸡正在撒尿，尿冲天足有半米多高，一个抛物线不偏不倚正巧落到他脸上。哈哈，哈……

　　"平常人们说'你比谁尿得高'，意思是你比谁能行（能干），认识得比谁高明，想得比谁深远，说得比谁好听……实际上，这句话的真正意思是谁比谁年轻，或者说谁比谁年龄小，因为越小越尿得高，这是不争的事实，不信你老田头仰面朝天恐怕连五厘米高都尿不上。""哎，不但尿不高，属骆驼的，向后浇着呢。"哈哈哈……真可谓"年龄是个宝"。

　　尿是人身上排出的一种液体废物。千百年来，关于尿的趣闻、民间俗语也不少，有些俗语虽然比较粗俗，往往是话丑理端，或者叫话粗理真，言简意赅，有些时候，有些地方则是一语中的，还能起到立竿见影的作用，譬如：

人们对那些不知天高地厚，自以为是，骄傲自满，甚至行为偏激的人，痛斥："你也不尿泡尿，照照你的影子。"意为：你认认真真地剖析剖析自己是个啥货色——你是谁？重新掂量掂量自己的分量——半斤还是八两。"能文个丫丫，还是能武个叉叉"，权衡利弊吧……有时，这句话真能变成一副清醒剂，使听者恍然大悟，不是悬崖勒马，就是有所收敛。当然，也有不识抬举、自不量力，越说越犟的"二百五"。

在处理一些矛盾或一些纠纷时，有时不需要过多讲述或纠缠那些细枝末节。因为"闲话没根，越追越深"，那样反而不利于问题的解决，就说："不要说尿床，就说晒毡吧。"即怎么办或如何处理，开门见山，直截了当，一锤定音。

对于一些大的矛盾或深层次的问题，人们又说："不要光说晒毡，先查一查尿床的原因。"只有找到造成"尿床"的内在的、外在的、主观的、客观的、历史的、现实的原因的来龙去脉，才能有助于从根源上解决"尿床"的实质问题。

对于困难或者难题，老先人总是鼓励人们千方百计地奋力抗争，没有条件创造条件也要去克服它，解决它，战胜它，因为办法总比困难多。此时则说："活人还能叫尿憋死了？"又说："鸡不尿尿自有便（办）法，何况我们这些生龙活虎的人呢？"

对于一些出门在外或者刚走上工作岗位的青年人，老人总是再三叮嘱要谦虚谨慎，戒骄戒躁，搞好团结，和睦相处，不要"不尿人"。那是要吃亏的。

一些无中生有或者小题大做，挑起事端，制造摩擦，破坏团结的人，他们往往用"尿泡打人人不疼，一股臊气怪难闻"的说教蛊惑人心，挑拨离间，煽动情绪。实际上"不疼"就算了，"难闻"又能怎么样？不就是那么一阵吗？用大事讲原则，小事讲团结，不介入、不纠缠的态度，让时间的推移去证明一切、化解一切。

　　"叫你尿几股，你就得尿几股。"这往往是长辈教育晚辈，要坦坦荡荡做人，老老实实干事，烫手的不拿，犯法的不干，做一个清正廉洁、遵纪守法的公民时的提醒或忠告。一旦违法了就只能是老实交代——也就是"叫尿几股，你就得尿几股了"。

就我也是那个话

一次下乡，一位农民朋友向我讲述了队里两个患严重口吃病的人，因为淌水发生争执，互不相让，进而破口大骂的故事。甲经过七憋八努，终于骂出了一句脏话。乙觉得此话到自己嘴里也难以出口。他灵机一动毫不示弱地骂道："就我，就……就我也……也是……那……个话。"这位农民好笑地上前劝解，平息了这场争执。

后来，两个口吃人骂仗的笑话在周围广为流传。"就我也是那个话"成了农民简明扼要，开门见山说话的样板，也成了衡量基层干部讲话好与差的尺度。

一个口吃的人在语言上走捷径的方式，是口吃逼得他推敲，逼得他锤炼，逼得他说话"减省节约"。说话是人们进行思想交流的主要形式，知无不言、言无不尽，并不是毫无准备、口无遮拦、信口开河，想怎么说就怎么说，也不是拉里拉杂、重三叠四，前拉后扯想到哪里说到哪里……说话是要向他人传递某些信息，阐明某些道理（政治的，经济的，学习的，生产的，生活的）或观点，要负责、要算数、要兑现。一句话，要为话做主。

口若悬河不代表他很会说话。泼妇骂街滔滔不绝，骗子推销"假冒伪劣产品"巧舌如簧，乡村媒婆口吐莲花，牲畜市场的掮客把稻草说成金条……只能说他们能说会道。然而，他们说的全是大话、空话、套话、假话，甚至是骗人的鬼话，可信度几乎为零。时常被人们辱骂成："狗嘴里吐不出象牙。"

常言说："木不钻不透，话不说不通。""山木不材不伐，孤雁不鸣则杀。"这里讲一个故事。一群大雁排成人字形在飞翔。距离雁队不远处单独飞翔的雁称为孤雁。雁队到一个地方觅食后准备休息。孤雁自告奋勇，负责警戒。一段时间后，孤雁突然发现敌情，它是干着急，却喊不出声音（它是公雁）。情急之下，它扑腾一飞，一些雁跟上它飞了。另一些雁被袭击，死的死，伤的伤。群雁在另一个地方落下后，孤雁受到群雁的攻击。认为它丧失警惕，玩忽职守……把它活活鸽死了。作为一个人，必要时连两句像样的话都说不出来，照样在"杀"之列。

说话确确实实是一门艺术。说得好是锦上添花，说得不好是雪上加霜。首先要看是站在什么立场，从什么角度说话——找准位置，不应该出现"四个瞎子摸象"式的那种固执己见、以偏概全的话语。其次看对谁说——看清对象，不能对牛弹琴。孔子说过："未见颜色而言，谓之瞽。"（不看脸色说话是瞎子）再则是在什么地方说——分清场合，要"看菜吃饭，量体裁衣"，必要时还要"到什么山上唱什么歌"。还要讲究用词、言语的多少，说话的态度、腔调、手势等等——选择表达方式，不理解或不熟悉这些套数，最好是少说为佳，甚至"此时无声胜有声"。有道是：人生用三年学习说话，用大半生学习会说话，用一生学习不说话。孟子曰："言人之不善，当如后患何？"（说别人不好，招来后患怎么办？）

自古以来，老先人们就说话方面流传无数的名言警句："丧家亡身，言语八分"，"病从口入，祸从口出"，"病在腿上，死在嘴上"，"水深流缓，语迟人贵"，"少言是修养，闭嘴是智慧"……

还说过"吃饭尝的吃，说话想的说"，"话有三说，巧者为妙"。哪三说？我一直没有找到权威的解释。我理解为：向好里说，向一般里说，向差（坏）里说。比如上厕所可以标榜成"为农业丰收积肥"（好说），还可以说是"方便去了"（一般说），或者谴责为"懒驴懒马尿屎多"（差说）。

巴尔扎克说过，"要向人民群众学习丰富的语言，这就只有留心"。处处留心是学问，向服务对象学习。在乡下宣传优生优育时，农民说："养多不如养少，养少不如养好。"有的干脆说："龙生一个在天宫，猪生一窝扛墙根。"这些简单明了、言简意赅、一语中的、鲜活生动的话语不知比我们的长篇大论要强多少倍。

向书本报刊学一些经典的语言，精彩段落，要反复玩味，熟记于心，使之变成自己的；向社会实践学习，经常推敲揣摩他人语言的优劣，从中找出值得借鉴和学习的地方。还要经常反思自己话语中的纰漏，才能不断地提高说话的艺术和技巧。

当然，说话要说真话，说实话，说有用的话，说简明扼要的话——"掐头去尾拣干的说"，说别人能够理解的且有新意的话。没有新意最好不要重复别人说过的话，"饭热三遍不受吃，话说三遍不受听"，"吃别人嚼过的馍馍没味道"。用"就我也是那个话"表个态足矣。

"乏特"之说

"乏特"是屁的英语读音，用屁字做题目显得太俗、太不文雅，不妨来句洋的。谁都知道屁是从肛门排出的臭气。它是人身上一种正常的生理反应。它的大小、多少及气味，标志着人体消化功能的好与坏。一个人内脏做了手术，经过几天的输液不能进食，待到"走了下气"算是通畅了，才能允许吃东西。放屁、出汗、打喷嚏，这三大生理反应的情况如何，是人身体健康与否的明显标志。

多少年来，有关屁的顺口溜、打油诗、笑话、故事、歇后语、小品段子，无论是文明高雅的，还是粗鲁低俗的，在民间的茶余饭后、闲侃乱聊中，在做人做事上，其"上口率"不但高，且经久不衰。

屁文化的发展，从一个小小的侧面，反映出人们生活水平的提高，社会的安定，人与人之间的关系和谐。不然，谁还有闲情逸致、闲时闲心，去说去听关于屁的笑话或段子，去编辑或传播屁的故事与诗文呢？

通常人们把出尔反尔，颠倒是非，不分青红皂白，不负责任信口开河，含糊其词、朝三暮四的话……痛斥为放屁，或者文雅点叫"屁话"。

对那些好高骛远，自不量力，不识时务，痴心妄想，不顾客观现实一味蛮干的人，会斥责为"骆驼放屁——眼儿人高"。

对那些出了事，遇到困难，总是文过饰非，一味地把理由找在客观上，把责任推到他人身上，或者搪塞敷衍，弄虚作假，蒙混过关，一律痛斥为"狗屁作风"，讽刺为"放下屁了摇桌子——没个遮羞的"。

对那些思想幼稚，头脑简单，说话做事不顾后果的人，会讥讽为"大肚子婆姨放屁——带着娃娃气"……

我第一次接触屁文化还是二十世纪六十年代初。那年，我初中毕业，没上高中，没考中专，在"干部的一月工（资），不如社员的一沟葱"的歪理邪说鼓动下，没有与家人商量，自作主张，傻了吧唧地把城市户转回农村务农——被老爹痛斥为"捣驴后半截"。

五月初，牛产队派我和二十多名青壮年上东山，收割一种叫刺蓬的野生植物的秧子，做稻田的绿肥。我们背着补丁摞补丁的铺盖，提着镰刀，步行一天来到五十里外的一个叫沙葱沟的地方，住进了一间"大跃进"会战时留下的门窗早被撬开的空房子里。屋里没有炕，地上铺了些麦柴，几十号人就脚对脚睡在两边。每天三顿饭都吃着那种"叨着淌，喝着响"菜多米少的二和子米汤，不知是饭的原料的问题，还是那种狼吞虎咽的吃法，抑或消化的原因，反正人人都放屁，而且特别多，有的一炮震天，有的像连珠炮放个不停，有的则是悄无声息的哑炮，"滋泥臭，滋泥臭"。不能说人人都是厚颜无耻，却也是旁若无人，无所顾忌。

一天晚上，睡在南边的人，有人放了个"哑炮"，顿时臭气四溢，邻近的一人吆喝道："谁放了屁？臭死了！快往那边扇。"十几个人躺在那里用脚掀起被子"投入战斗"，试图把臭气扇到北边。仅一米之隔的北边十几个人也不示弱，立即"应战"，反过来往回扇。地上铺的麦柴已被踩踏成碎节了，两边的扇动，使麦草飞舞，灰土乱扬，一片狼藉。作为刚走向社会的青年学生的我，没见过这种场面，只好用被子蒙住头，静静地躺着，"躲进被窝成一统，管他冬夏与春秋"。

几分钟后，一个外号叫"王喘子"的说："不扇了，听我给你们讲故事。"此时，一听说有人讲故事，"战斗"立即停止，屋内鸦雀无声。只听王喘子煞有介事地说："大家都知道公鸡为什么没有生殖器吗？"他故弄玄虚地稍停了一阵，又说："都说不上来吧！"这才慢条斯理地讲起他的故事。

原来，盘古开天地的时候，有一天，通知所有的雄性飞禽走兽都到盘古那里去领生殖器。鸭子和公鸡是一对好朋友，它俩商量好，第二天五更起身。一路上，公鸡走得快，鸭子走得慢，心急如焚的公鸡老是要等气喘吁吁的鸭子。走着，走着，公鸡终于不耐烦地对鸭子说："我先走吧！你一个慢慢地亹去。"于是公鸡连跑带飞，一鼓作气，提前跑到盘古那里领到了生殖器，兴高采烈地往回赶。半路上又迎头碰上了急急忙忙左摇右摆赶路的鸭子。面对公鸡领到的生殖器，鸭子既羡慕又嫉妒，绿眼仁翻两翻后计上心来，说："公鸡大哥哥呀，你走得真快啊！可算领上了。"公鸡受到朋友的夸奖，心里美滋滋的。看着公鸡洋洋自得的样子，鸭子趁机央求说："公鸡大哥，千好万好不如你对我好。我这样亹，尽头赶到不知还有没有？干脆你把家伙让给我，你去再领一个吧。"公鸡有些丈二高的和尚摸不着头脑。心想：我们俩是多年的好朋友，心里一冲动，就答应把生殖器给了鸭子。公鸭子从此兴奋得说不出话来。

人群中有人"噢"了声，说："原来，公鸭子叫不出声是高兴过度的原因。"

王喘子继续讲。公鸡赶忙折回头，用比头一次更快的速度，一口气跑到盘古面前去领生殖器。结果被盘古认出来了，盘古毫不客气地质问道："你不是刚才领走了吗？怎么又来领二遍了？"公鸡如实诉说了把生殖器给鸭子的经过。盘古根本不相信公鸡的说辞，认为公鸡在撒谎骗人，不但没有给它，反而恶狠狠地骂道："你放屁。"从此公鸡失去有生殖器的机会。它们祖祖辈辈公母做爱就只能是"放屁了"。

一幢两间的空房子，顿时笑声震天，辛苦劳作的疲乏被这屁故事给冲到九霄云外。

王喘子继续讲故事。话说，一只母鸡洋洋自得地领着一群鸡娃子，在山坡上高高兴兴地吃着草籽和小虫。有一天，它忧心忡忡地告诫鸡娃子说："孩子们，不要光顾享受，一定要提高警惕，居安思危啊！防止敌人偷袭，特别是我们的天敌——老鹰，时刻都想入侵我们的家园把你们叼走。如果是那样的话，你们就没命了，连尸体也要被撕得粉身碎骨。谁如果发现老鹰在天空中盘旋，那就是它已经盯上你了，要赶快跑到我翅膀底下躲起来。我如果发现老鹰，我就发出'咣，咣咣'的警叫声，你们就赶快跑到我翅膀底下躲起来，才能保证你们的安全。"从此，小鸡娃子们牢牢地记住了鸡妈妈的谆谆教导，一边觅食，一边不时地警惕地抬头仰望天空。

有一天上午，突然，老母鸡发出了"咣，咣咣"的叫声，小鸡娃娃们误以为老鹰来了，不管三七二十一，连跑带滚争先恐后地钻到老母鸡的翅膀下躲了起来。谁知虚惊一场，天空中根本没有老鹰，而是老母鸡发现不远处，一只公鸡向自己求爱，高兴地发出"咣，咣咣"的叫声，说时迟那时快，公鸡已经蹿到母鸡的身上，叼起母鸡脖子上的羽毛，扇动着翅膀，摇头摆尾地放了个屁了事。这时一群小鸡娃从母鸡翅膀下钻出来，一只小鸡大着胆子问鸡妈妈："刚才放屁的是谁？"老母鸡直截了当地说："刚才放屁的是你们爹。"

笑声又一次响起，少顷，却又戛然而止，人们似乎一下子品出这屁故事的"味道"。有人窃窃私语说，这王八蛋，放瞎屁，编的故事骂我们着呢。

不一会儿，对面一个外号叫"郝猴子"的人，扯着嗓子，慢条斯理地说："我给你们讲个好故事。"但是他没有接着说，而是不言语了——故意卖关子，吊吊众人的胃口，这也许是讲故事者惯用的开场白吧！于是大家又静了下来，悄悄听他讲所谓的"好故事"。

话说古时候，有一位县官，为人正直，办事认真。他最反感的是为屁大的事大闹公堂。最见不得的是在公堂上不说实话，而说屁话——歪曲事实，编造谎言，胡搅蛮缠。最厌恨的是在人前放屁的人。自己身体力行，从不在人前放屁，有时正在办案觉得要走下气，也只好临时"休庭"。可是事与愿违，他娶的老婆就有个放屁的毛病，特别是在县官面前，不但不忌讳，反而更加放肆，像连珠炮一样。为这事他曾多次给老婆指出过，甚至破口大骂过。可是老婆就是不听，依然信马由缰，照放不误。有一天，县官终于痛下决心，把这个爱放屁的老婆给休了。老婆临走时，一把鼻涕一把眼泪地诉苦道："你为屁大的事把我休了，你良心何在？"县官反驳说："我的良心让你放的屁连臭带吓，早已不知去向了。作为县官休个老婆也是屁大的事。"确实如此，不几天，县官又新娶了一个年轻漂亮的老婆，真是"头房是疔疮，二房是亲娘"，两口子亲亲热热，卿卿我我，如胶似漆。有一天，正当两口子亲密无间高高兴兴做爱时，新娘子一不小心放了个屁，县官正在兴头上，根本没有在意。只见新娘子泪流满面，泣不成声，县官忙问道："咋回事？"新娘子吞吞吐吐地说："我早就听说你最厌恨放屁的人，我刚才没防住走了下气。"县官忙说："噢，我还当是啥事，不要紧，不要紧，这是爱出来的屁，是好屁……"

荒山秃丘，矗立的这间破房子里，又一次响起了笑声……

不久人们便进入梦乡，大鼾、小鼾此起彼伏。可我却翻来覆去久久不能入睡。仔细品味这粗俗而风趣，紧扣主题的民间口头文学，是那么的动人，那么的诙谐和幽默。然而，我更佩服这些目不识丁的农民兄弟，这种机敏灵活、唇枪舌剑、针锋相对、即席编造、信手拈来、有板有眼、不落俗套的口才。似乎有根有据的屁故事，真是耐人寻味。一个颂扬，一个贬斥，各抒己见，各击其所，可谓"一比一搞平"。

现实生活要求我们要正正派派地做人，老老实实地办事。不仅要会想事，能干事，还要干好事，干大事，不出事，绝不能为屁大的事分散精力，干扰正事，更不能干屁事、说屁话。为人民的事业，团结一致，勇往直前，力戒"走下气"——动摇民心，涣散斗志。这样我们的事业才会越干越好。

音乐就是能陶冶情操

音乐陶冶情操的话给人以文绉绉的感觉。陶冶是指烧制陶器和冶炼金属的过程，陶冶情操是给人的思想、性格和情绪以有益的影响和鼓舞。

多少年来，音乐为什么能陶冶情操？究竟怎样陶冶情操？作为一名业余音乐爱好者，只能是感性认识，无法下一个确切的结论。我常常在困乏或烦闷时唱上一句："世界上有我们就更美丽"或"大地留下我的歌，信天游带走我的情……"闲暇时欣赏一阵二胡独奏曲《山村变了样》或板胡独奏曲《红军哥哥回来了》，或听一首流行歌曲……那种感觉如品佳酿，如饮甘霖，整个身心沉浸在音乐的美妙境界里，身心得到了陶冶，情感得以升华，精神得到了极大的鼓舞。平庸的灵魂立马被高尚的情怀所替代，疲乏的身躯随即精神焕发，烦恼和忧愁随之烟消云散。好像真的"世界上有我们就更美丽"了。似乎我的家乡也随《山村变了样》变了样。

"大集体"时，阶级斗争搞得人人自危，保不定说了哪一句话就被认为是错话，就有上纲上线而被批斗的可能。那时最流行的一句时髦话叫：嘴闲了哼几句"乱弹"（秦腔、花儿等），轻易不要说话，因为祸从口出。还有什么"男人心烦唱曲子，女人伤心哭鼻子"等。

我记得对越自卫反击战的纪录片中，有一个情节是一个连队马上要上前线，排长要战士们唱支歌，不知谁带头唱起了：妈妈呀，妈妈，亲爱的妈妈……排长意识到歌曲影响了战士的情绪（可能都想起妈妈了），立马改唱《血染的风采》："……也许我倒下，将不再起来……共和国的旗帜上有我们血染的风采……"士气一下子高涨了起来。

前些年，我心血来潮，让孙子女们利用空闲时间，一个学古筝、两个学手风琴、两个学扬琴。现在他们都已达到了一定的业余级别。学校里搞什么文艺节目，他们还能展示一下才艺，无疑增强了他们的自信心。可是，一开始孩子们并没有这个爱好，是大人编了梦，让他们做。兴趣爱好不是天生的，是逐渐诱导和培养的。我清楚学习乐器只能是训练孩子的动手能力和开发右脑的一种手段，培养一种爱好而已，绝对没有奢望让他们成为什么家。就连走向社会把爱好变成"敲门砖"的想法也没有。一个孙子，没有学习乐器之前的主课成绩，是班上第四十七名（全班六十八名学生），学乐器仅两年上升到第十四名。音乐陶冶了他的情操，激励了他刻苦学习的劲头。

家乡农民郝学良是全区有名的文化大户。他的二胡、笛子玩得相当娴熟。如今虽已是六十八岁的人，可是头发仍然乌黑发亮。朋友马占山是一位非常出色的多才多艺的中学物理教师，他会摆弄二十三样乐器，像什么民族乐器、键盘乐器、铜管乐器，且每样都能拿出手。虽然现在已是七十岁的人，却仅有寥寥几根白发。邻居张学诗是市文化馆的干部、二胡演奏员，现已退休多年，也是鹤发童颜。这三个人爱好相同，容颜与周围的人相比却很典型。从他们身上，我深切地感觉到，一定是音乐陶冶情操的魅力和功劳。因为"曲不离口百年少，拳不离手对手少"。

中央电视台著名节目主持人白岩松在给儿子的"人生邮件"中希望儿子：学会宽容，不争第一，爱上音乐。特别是对爱音乐一段中写道："在我们的身边，什么都会背叛，可音乐不会。哪怕全世界所有的人都背过身去，音乐依然会和我窃窃私语。我曾问过一位哲人，为什么今天的人们还是需要一两百年前的音乐抚慰？哲人答，人性进化得很慢很慢。于是我知道，无论你向前走多远，那些久远的音符还是会和你的心灵很近。"

斗转星移，现如今已是古稀之年的我，也曾认真地摆弄过二胡、笛子这两种民族乐器，甚至试着写过几首歌词。此时此刻，对音乐陶冶情操的话有了更加清晰、更加深刻而直观的认识和体验了。

应该说音乐的表现力几乎是全能的，无论是天崩地裂、豪情万丈、慷慨激昂，抑或是春风拂面、柔情似水、如泣如诉……任何复杂难解的情愫都能在音乐的旋律中或唱词中，得到诠释、排遣和化解。音乐所表达的情感，所展现的画面（内容），所存在的时空，所影响的范围，都是语言无法尽述的。有些歌曲或器乐曲传扬了几十年，几百年，甚至上千年，有的还翻山越洋传播到世界上更多的地方。可以说音乐的震撼力、穿透力、影响力，远比人们想象的要大得多。音乐确实能陶冶情操。

听！大门外传来悦耳的歌声，是村上收集垃圾车里播放的《我和草原有个约定》……

种地不容易

近来，中央电视台每个时段插播的广告中，有著名女排名将郎平为化肥史丹利做的广告："打球容易，赢球难。种地容易，高产难……"

史丹利的广告词像过眼烟云。一天，我无意中听到，一位目不识丁的农民对着电视广告骂道："放他妈的屁，种地容易！你来种瞧瞧……"这一骂，使长期从事农村工作的我如梦初醒，仔细一想，对呀！种地怎么能说容易呢？这广告词肯定出自从来没有种过地或对农民种地一点不了解的文人之手。就广告文字本身，对仗押韵言简意赅，用打球衬托种地恰如其分，又请郎平背书，可以说是独具匠心、影响深远。可是"种地容易"的说辞，却是明目张胆对农民种地的轻视，抑或是对农田劳动的否定。细心品味过这句广告词的农民，气不打一处来。

"打球容易"，是容易。就连几个月的孩子给个小皮球，也会拨来拨去喜上眉梢。小学生玩足球、篮球，你争我夺热闹非常。但是，要把球打出水平——赢球，确实难。要在更高层次中赢球，那是难上加难。

种地确实不容易，这是自古以来妇孺皆知的道理。"锄禾日当午，汗滴禾下土。谁知盘中餐，粒粒皆辛苦。"这在一些孩子咿呀学语时，就已耳熟能详了。在他们幼小心目中已经知晓：种地不容易。种地是农村中成年人干的活，是掌握一定的劳动技能并拥有种地知识的农民干的活。种地，无论低产、中产、高产，还是减产、平产、增产，抑或是因天灾人祸而绝产，都是从播种到收获近半年后的结果。实际上，从头年的开沟挖渠、翻晒茬地、耙磨平整、冬灌排盐碱，到第二年施肥播种、中耕除草、防虫防病、灌溉收获、装车拉运、打碾入库等等，任何一个环节都不能麻痹大意或偷懒缺位。真可谓"一年庄稼，两年做"。怎能说是"种地容易"呢？

种地，首先就要农民在"八字还没见一撇"的时候，紧随农时季节运作，再经过漫长而有目的的足额资金的投入，全天候劳动的付出，这是一个难以预测收获的生产过程。届时是高产还是低产，是减产还是绝收，都是一个未知数。不要以为耕耘了、投入了、付出了，甚至使用了史丹利，就一定能高产，未必。如果某一生产环节操作不科学，或大自然不帮忙，照样不能获得一定的产量。有些地方，有些年份，颗粒无收的年景时有发生。到时农民欲哭无泪、说理无门的事不是没有。所以说，种地不容易，非常不容易，就是减产甚至绝收，依然是不容易。农谚说："三年学个生意人，一辈子学不了庄稼汉。"当然，高产就更不容易了。

现在，一些餐馆和食堂的垃圾桶里的剩饭剩菜比比皆是，这是对农民劳动成果的糟蹋和浪费，上了年纪的人心疼不已。请不要用"种地容易"的广告词为这种浪费行为呐喊助威了。多少年来，农民种地一直得到了国人普遍的赞赏、理解和尊重。目前正值春播大忙，请再不要用"种地容易"的广告词挫伤农民种地的积极性了。愚以为广告词可以改成："打球容易，赢球难。种地不易，高产难。"

三代人命运里的灵武一中

光阴荏苒，岁月如梭，命运的洪流把我这当年青春叛逆、思想幼稚的毛头小子，通过灵武一中，这一充满活力、生机勃勃的温馨平台，输送给纷繁复杂、五彩斑斓的社会。

几十年的摸爬滚打，几十年的磨炼洗礼，几十年的风雨兼程，而今，我已进入耄耋之年，沐浴着祖国繁荣昌盛的阳光，享受着"知识改变命运"给我带来的充裕的退休生活。虽然步履蹒跚，但依然精神矍铄，思维敏捷，充分发挥当年灵武一中给我灵魂中注入的文学基因和文化底色，振奋起"春蚕到死丝方尽"的拼搏精神，极力燃烧余热，为弘扬社会主义正能量添威助力。退休后的十多年来，我为区内外纸质媒体创作各类文学作品数十万字，其中有一篇在全国获优秀奖，有四篇在全区获奖。

每当回想起我们祖孙三代人的灵武一中情节，我总是心潮澎湃，激情满怀。虽然，当年的我还没有完全树立起"为中华崛起而读书"的宏图大愿，却有了"为自己的一生做好准备"的内心努力。衷心感谢党和政府，为我们这些祖祖辈辈目不识丁的农家子弟，建造了这样一处道德人格启蒙和教育的基地，文化素养的培养与提高的平台。

我上一中时，是一九六〇年，正赶上国家经济困难时期。那时，国家为了培养人才，只要考上一中，立即把农村户转为城市户，吃国家供应粮，每月二十九斤粮、四两油。这在当时算是高标准了。要知道，当时老师每月才二十一斤粮、四两油。

灵武一中就在当时的县委党校的对面那一块商用地上。学校大门向北开着，大门两边是学生宿舍，再向南便是一排排教室和老师宿舍。老师宿舍的南边有一口安有桔槔的水井，井边一片泥泞，几乎无处下脚。学生渴了，踩着几块散落的砖头，用桔槔打一桶水，谦让着、嬉笑着、滴洒着一饮而尽。

再向南，便是低于校舍基地约一点四米，一片有八九亩大的洼地，直至最南边古老的城墙是操场。一遇下雨，好几天不能上体育课，学生只能到大街上跑操。

洼地的东边是学校食堂，食堂的北边建有宽约三米、长约八米、深约一米三的水泥腌菜池。每年的十月下旬腌菜，十一月下旬吃咸菜，除了寒假，一直吃到翌年的五月初。冬天，炊事员不顾天寒地冻，脚穿专用高腰雨靴，手持四股钢叉下池捞菜……

学校的老师都是名校毕业的高才生，其中有几名是"犯有错误"的新华社记者，那教学水平和手段不是一般地高。比如语文课要求学生每天写一篇日记。老师反复讲解写日记的好处：是提高学生汉语文字的掌控与写作能力最主要的手段——构思谋篇、遣词造句、字词推敲、逻辑思维等。同时，也是提高数理化各科学习效果最有效的手段，因为这些课程中的定义、定理、法则、公式、名词解释及试题等，都是用汉语文字表述的，汉语水平程度提高了，就能吃得透、记得牢、用得活。

全班同学记日记不仅雷打不动，且蔚然成风。一篇日记，百十个字不嫌少，七八百字不嫌多，五人一组，每天由组长检查，老师偶尔抽查×××把你×年×月×日的日记当众念一遍。每两周，还有日记的交流与纠错、日记的评比与补漏（偶尔有个别偷懒的要补，实在补不出来的，照同学的日记抄一篇）……那语文水平的提高真是吹糠见米。实践证明，那一届学生只要参加了工作，都是单位里的"笔杆子"，或是党报通讯员，甚至还有几位小有名气的作家。

灵武一中毕业后，我响应政府"大办农业"的号召，回乡务农。在农村劳动的两年里，应该说：那是一段难得的、宝贵的人生热身历练和改造，是一段耐人寻味而又刻骨铭心的体验和锻炼。我深深地懂得了，不努力读书学习，换来的是人生的卑微和底层。那两年的劳动锻炼，对于我光明人格的奠定和成形是前所未有的，使我受用终身。正如我的日记所言："有读无耕，读无狠心，有耕有读，终身进步。"（耕，我指体力劳动）幸运的是两年后，我以"社员身份"，在一中当年的几位恩师诲人不倦地精心辅导下，我破天荒地"中举"了——被吴忠师范录取，成了"公家人"。

光阴荏苒，斗转星移，轮到我的儿女要上中学了，由于按行政区划片，灵南的孩子上不了灵武一中，只能望洋兴叹。他们在那"填鸭式犯罪，赶鸭式不对，引鸭式不会，邯郸学步不伦不类"课改试验中，勉勉强强对付完中学学业——成了名副其实的"课改中的实验品，社会上的处理品"。深造无望，回家"闰土"。责任地被专业合作社承包了，只好填充到"农民工"队伍里"搬砖抱瓦和水泥"……

人生如梦，光阴轮回。我的孙辈们不少荣幸地考上了灵武一中。他们正赶上一中"翻身""振兴"的好机遇，如鱼得水。先后有四个孙子女通过一中老师的辛勤培育，获得了继续深造的机会。如今，他们已在祖国现代化建设的一些战线上，发挥着镀有鲜明文化光亮的螺丝钉的作用。

回望来路，心潮起伏，难忘曾经。衷心感谢为我们三代人和同龄人"传道授业解惑"，无私奉献、辛勤付出，在世的不在世的校长和老师们！

愿灵武一中在人民满意的教育大道上继续阔步前进！越办越好。因为，我还有一对双胞胎孙女与几千个老百姓的子女一同正在灵武一中就读……

拔苦豆子

苦豆子是一种生长在沙漠里的豆科类沙生植物。成年苦豆子株高约有五十厘米，枝叶全身灰白颜色，只有那像松鼠尾巴一样金黄色的花朵显得格外妖艳。据说全草皆可入药，清热解毒，治疗腹泻等都有一定的疗效。

拔苦豆子，用来做水稻地里的绿肥，这是川区农民由来已久的一种生产措施。在那还没有化肥的年代里尤为重要。

二十世纪六十年代初，正是国家经济困难时期。五月的一天，队长派我们十几个人到毛乌素沙漠里的一个叫圆圪塔的地方拔苦豆子。于是，我们便自带行李，一大早起身，徒步顺着几十年前老先人们赶毛驴驮炭的一条羊肠小道，赶天黑到达磁窑堡。据领队说，一天走了八十多里路。一路上饿了，吃点自带的麸面干粮，渴了，找一处泉水不论清洁与否一饮而尽。尽管平时天天劳动锻炼，但要是专门走长途，再加上背负二十斤重左右的行李，一个个像打败仗的散兵游勇一样摇摇晃晃地前行。据说这都是"揽了捷径"，不然还要多走十多里呢。

掌灯时分，领队在磁窑堡的一座山梁下为我们找到了一处破旧不堪被人废弃的茅草房，安顿下来。于是大家分头，到山崖下找泉水的，四处捡柴火的，掏灶坑的，每人出两把米（出发前，队里从储备粮中每人借给二斤米，临时带上，其他口粮随后送来），不一会儿，炊烟袅袅，只见灶坑里一股微弱的火光照射下，一锅既无菜又无盐的二和子米汤做好了。一天没有吃饭，一帮人把那"叨着淌，吃着响"的二和子米汤稀里哗啦吃了个"锅见铁"。

睡觉前，黑灯瞎火的茅草屋里只听一个声音说："今天的饭里头怎么还有扁豆子呢？"长途跋涉的劳累谁也没在意这疑惑似的发问……

茅草屋里，也许长期没有住人的缘故，饥饿的臭虫像发了疯的马蜂一样袭击着我们这一帮人。我和另外几位农民兄弟再也忍受不了臭虫的叮咬，主动搬到房外一块空地上，望着满天闪烁的星空，呼呼睡去。

第二天早晨醒来，我们几个在房外睡觉的人带来的"临时救饥"的麸面干粮不见了，不知是被人偷了，还是野狗叨走了——这将预示着我们几个人在今后的劳动中，生产队给的饭吃不饱时没有添补的希望了。

领队告知，目的地向南还有三十多里山路。于是，大家找水、拾柴、搭火，照样一人出两把米，不一会儿，一锅既无盐又无菜的二和子汤又做好了。吃完饭上路。途中一位曾经负责找水的名叫"秃哈羔"的人，向我们泄露一个令人哭笑不得又恶心无比的秘密——他俩今天早晨到昨天晚上山崖下山泉取水时发现，不知哪个缺了八十辈子德的家伙吃了扁豆子没有消化把屎拉到泉水中（实际上是山崖下的渗渗泉，水面有一平方米大），漆黑中也没有看见……于是，嬉笑声、咒骂声、呕吐声、议论声像炸了锅一样不绝于耳……

中午时，终于达到目的地——圆圪塔。实际上距圆圪塔还有二三里路。此地三面环山，只有西面是沙丘，中间是一块洼地。洼地里有一口约七米深的水井。井边有用两棵柳树凿空饮羊的水槽。不远处，顽强而倔强地生长着一棵碗口粗，树根裸露，树皮斑驳的白杨树。领队说："就这个窝窝了，没水是无法生活，算是依水而居了。"我们几个年龄小的社员，疑惑不解地嘀咕："妈呀！这么凄凉的荒山野漠，往哪里住呢？"

领队安排十个人去砍牛筋条和沙蒿柴，剩下的几个人以一处为基点，就地挖宽深各约一米，向东、向南各延伸七八米的壕沟。在壕沟壁上每隔一米，左右叉开掏一个一米深的洞。准备放腿脚，睡觉时每个人都把上半身横躺在壕沟里。据说比较安全，万一放腿脚的洞坍塌了，上半身没压住，还可以蹭出来。

几个小时后，砍柴的人一个个汗流浃背，背来了牛筋条和沙蒿柴。先把牛筋条搭在壕沟上，再铺上沙蒿柴，上面压些刚翻上来的湿土，此时一个直角形的"营房"建好了。有一个东出口，一个南出口。领队说："壕沟里的洞一人一个，身下铺的沙蒿柴自行解决。"待我们砍沙蒿柴回来时，靠里边的位置已被各个家族的人抢占去了。我们两个独姓户只好睡在洞口处"把边瞭哨"——洞口处夜里不但有风沙还比较冷，更糟糕的是，每个小便的人都要从身上爬过，不时被撞醒，每夜想安安稳稳睡觉是痴心妄想，只能在克制和忍耐中煎熬着。

　　细细想来：农民兄弟在这种没有条件，创造条件就地取材，因陋就简解决"住"的问题，令我终身难忘。并且把出口向东、向南开，是为了避免西北风直接吹入壕沟里，"这脑子动咋了。"这种困难中的创造能力、荒郊野外的生存能力是多么的难能可贵。

　　从第三天开始，每天黎明前出发，两三个人一伙，漫山遍野去寻找苦豆子——迟了，天太热，沙窝里不要说饥渴，脚都烫得无法行走。苦豆子不是遍地都有，而是"一窝子，一窝子，一片张，一片张"地簇生着。每每找到一处苦豆子，几个人你争我抢，迅速拔个精光。有时找到了一处苦豆子却嫌长得太矮，就继续往前寻找。上了年纪的人训导说："越跑越光，蹲倒一筐，没有高的，矮的也将就，耐个心吧。"

　　每天赶吃早饭时（约上午九点），人们从四面八方把拔的苦豆子背回来。领队分别过秤记分，然后，每人三勺子由莲花菜和大米煮成的二和子米汤。饭后回到壕沟里休息。一些人翻出有限的干粮袋，旁若无人地补充着。我们几个丢失干粮的人明智地借故在壕沟外转悠。一会儿再回到壕沟里。躲过了中午的烈日，待到下午六点继续出工拔苦豆子到天黑。

　　大伙儿一天天的辛劳，眼看着驻地旁的苦豆子堆一天天增大，每天两顿限量的二和子菜米汤顿顿如此，小伙子深感饥饿难耐，领队只好动员大家把来时带的那点"储备粮"交上来，让炊事员在锅里多加点菜和水。

原计划十天，队里派毛驴车来拉苦豆子。谁知第八天中午，七辆毛驴车浩浩荡荡突然到来。领队召集大家说："为了不违农时，队长着急，毛驴车提前来了。没办法，我让炊事员做了一锅黏饭，饭后大家不要怕热再辛苦辛苦，拔最后一趟苦豆子，来了就回家。"

"黏饭"，这在低标准时期是罕见的"上等饭"。"回家"这对于在艰苦环境中坚持劳动的人是迫不及待的大好事。"黏饭""回家"无疑是两支兴奋剂。大家饭后，不顾烈日炎炎，急切地向已知的长苦豆子的沙窝奔去。

大约两个小时后，拔苦豆子的人，从西南和西北两个方向，向驻地袭来，除了挥汗如雨，便是难忍到极点的焦渴。离驻地还有几百米远，我等扔下背上的百十斤的苦豆子，拼命地奔向井边。赶毛驴车的老汉们知道小伙子们渴疯了，急急忙忙不停地从井里把水一桶接一桶提到两只饮羊的水槽里。水面上漂浮着一些沙蒿柴渣和羊粪蛋蛋，人们顾不了这些，只是用手略微扑拉一下便是疯狂地饮咽，直到喝足为止。然后，折转回头再到几百米外把刚才扔下的苦豆子背回来。

一阵忙碌之后，大家分别把自己破旧的铺盖带到毛驴车上。归心似箭的大伙儿跟上领队，尽管脚下无路，向西——家的方向——大步流星地奔去。

一场饥渴难耐、辛劳之极的拔苦豆子劳动，终于结束了。虽然仅有八天，但对笔者来说是灵魂的改造和品德的锻炼，是人生难逢、刻骨铭心的一次思想顿悟，受益终身——实践证明：后来的人生中无论遇到多大的困难和苦楚，只要想想"拔苦豆子"那记忆犹新历历在目的情景，一切都迎刃而解了。真可谓："未曾清贫难做人，历经困苦知艰辛。"对比如今日新月异幸福美满的生活倍感祖国的伟大和繁荣。

现如今，拔苦豆子做绿肥的生产举措，早已被层出不穷、各种各类的化肥所替代，也被飞速发展的农业科技所淘汰，更被"破坏沙漠生态环境"所禁止。毛乌素沙地固沙的苦豆子生长的范围越来越广越茂盛、面积越来越大越繁华……

有关大粪的往事

"没有大粪臭，哪有五谷香？"这是一位环卫工人的豪言壮语。在农村里大粪是唯一优质的农家肥。它虽然臭，施到农田里，却使庄稼、蔬菜长势非常茂盛和繁荣。

大粪，农民习惯指人粪、家禽粪、猪粪，好像不包括羊粪。这在还没有化肥的二十世纪五六十年代，农田里施大粪的多少，是粮食增产多少最重要的措施。那时除了拆土炕、烧野炕，高温堆肥（是把土掺些麦柴和少量的人粪尿等沤制）外，再就是"黄土搬家"。

娃娃拾大粪

笔者十岁左右时，在老先人们"儿娃娃不吃十年闲"的传统育儿经验的教诲下，每年一入冬，父亲就备好烂脸盆用三根铁丝拴好，再配上一个大粪叉子，一大早就叫起来去满庄子的房前屋后、沟渠路边捡拾人粪或狗粪。小娃娃赖瞌睡，总想睡懒觉。父亲老是用"娃娃勤爱死人，娃娃懒狼叼没人撵""早晨睡觉招来贫穷"的俗语和名言来启迪和教导我。

那时，哪有人半夜起来不上厕所跑到野外拉屎？更没有多少狗。有时一早晨能捡一泡那算是幸运的，然而，更多的时候是"空空如也"。尽管没有多大效果，却是天天如此，雷打不动，这样的举动一直坚持到上初中。早晨已经能随上大人们往农田里背粪挣工分了。

成人后，我逐渐感悟到：人的健康成长是通过多次磨炼才能实现。这也是大人对孩子早期的一种勤劳、认真、守时、不怕苦等品行有意识的培养和锻炼，有无这样的培养和锻炼是绝对不一样的。

当时，记得我的一位初中同学早晨起来拾大粪一直没有捡到。偶然间，他在路上发现了一泡驴粪。心想拾泡驴粪也算吧，就用叉子一蛋蛋一蛋蛋地捡着。没注意，突然，与一骑自行车的老汉相撞，他赶忙对老汉说了一句"布拉几"（俄语，意为对不起，当时初中开设的外语课是俄语）道歉。谁知让老汉气急败坏地叫骂道："王八蛋，只顾拾粪，撞了人不道歉，还说'不咋的'。"后经路人相劝才平息这场啼笑皆非的争端。

大人拾大粪

大粪的增产效果好，可是到哪里去搞呢？于是生产队发动群众群策群力、集思广益，"变冬闲为冬忙"。有的赶毛驴车上山，沿途边走边拾，深入内蒙古、盐池、定边、环县一带或给当地人一点辣面、糠等，兑换些人粪或猪粪。有的上煤矿、工厂去捡。有的到县城的机关单位、学校商店利用承包厕所（老式蹲厕）卫生掏大粪，当然这也要凭关系。有的则三两一伙利用深夜到大型猪场偷猪粪。他们奉行的孔乙己"窃书不算偷"的歪理邪说，说什么"一泡臭屎还算偷？"

一次，我与改革开放后制作铝合金门窗致富的一位名叫万禄的农民说起当年曾经偷猪粪的事。他嬉笑着说："哎，为了那个穷光阴，怎么那么滕（傻），数九寒天、深更半夜、提心吊胆，骑行几十里，自行车放到离猪圈好几百米的一个隐蔽处，跑进猪圈赤手空拳先抓起一把猪粪用鼻子闻一闻是育肥猪的粪，还是培育猪的粪。育肥猪喂的精饲料多，'吃得香，拉得臭'，这种猪粪　背篓生产队记八分，培育猪喂的精饲料少，主要是苜蓿粉多。这种猪粪一背篓记六分。猪粪是湿的，一背篓也紧一抱呢，一趟捎两背篓猪粪，回到家时，汗从棉袄外面都湿透了。"

生产队里专门购置的比家用的背篓大，作为攘大粪的容器。一背篓人粪或鸡粪十分，生产队的饲养院有一大片空地专门用来每年收集大粪。队长才不管你大粪哪里搞来的，多多益善。大粪多了粮食长得好，群众高兴，队长更高兴。队长高兴的另一原因是，因为当时生产队的干部（一正一副，会计，保管，妇女队长）平时是不评分的，待到年底给队干部总的评分叫"拿分"——群众戏称"捏窝窝"。把全队社员中挣分最多的作为参照对象。队长比这个挣分最多的社员分还要高些。当然挣分最多的社员要数拾（偷）大粪的人了。

女人捡大粪

春节一过，生产队里的老汉们用小胶车，从饲养院里把入冬以来社员拾的大粪约有一二百吨，一车一车拉到麦场上翻晒，并用木榔头反反复复敲碎。再用三根椽子架起三脚架，在三脚架之间，横吊一根一米长的木棒，把木叉扬绑在红柳编织的筛子上，再把所有敲碎的大粪，用筛子过一遍。此时，麦场上，用木榔头敲大粪的，用方头瓦铣翻晒大粪的，摇动叉扬绑的红柳筛子筛大粪的，没有风时，只有臭灰乱扬、臭味难闻和臭气熏天了。

待到几天后，大粪筛多了，队长召集全队的妇女到麦场上捡大粪——把老汉们筛好的大粪捡去大粪中的毛毛柴柴等杂物。这是一项最不卫生、最不文明、最肮脏的、最落后的劳动。当时的环卫工人也是用锹或叉子接触大粪，而捡大粪的妇女既没有口罩，又没有手套，与大粪却是零距离接触，尽管双手刨得臭灰乱扬，可还是一丝不苟地挑拣着大粪中的那些毛毛柴柴。这是为了怕播种时，毛毛柴柴噎住木耧腿造成断路而缺苗。

捡大粪是要用背篼馍的，捡一背篼大粪记几分工是统一的死杠杠。当时还没有小麦播种机，使用的是三条腿的木耧，播种时把麦种与捡好的大粪按一定的比例掺和好，选配好有多年摆耧经验的"行家"，通过摇摆的木耧播种到地里。

使用大粪掺和小麦种播种，这是二十世纪六十年代初本地人创造的一种播种方式。一是因为"小麦是胎里富庄稼"，为了出苗后的小麦能在有限的大粪粒粒的近距离的直接作用下迅速成长。二是"低标准时期"害怕摇耧与拉耧的人在麦种上做手脚。和上大粪，就减少了麦种丢失的风险，这是不明说的理由。

在今天看来，拾大粪、筛大粪、捡大粪那种落后的、愚笨的生产劳动，早已被飞速发展的科技时代淘汰得无影无踪了。农村中永远再不会有这样愚昧的劳动方式了。然而，"忘记过去就意味着背叛"（列宁语），追忆大粪里的往事，目的是不忘过去，牢记曾经，进而更加珍惜和感恩现如今来之不易的幸福生活。

我的中考

初中毕业后的我，正赶上政府号召"大办农业"。没有参加中考，也没有同家人商量，在"干部的一月工（资），不如社员的一沟葱"的歪理邪说的蛊惑下，傻了吧唧的我把吃供应粮的城市户转回农村劳动，被父亲辱骂为"捣驴后半截的"。

在农村劳动的两年里，应该说：那是一段难得的、宝贵的人生热身历练；是一段耐人寻味而又刻骨铭心的人生体验，使我受用终身。我经受了人生中最艰苦、最艰难、最艰辛的锻炼和改造。这话并非夸大其词，更不是危言耸听。常言说："天冷到处寒，天热到处暖"。当时的农村既没有化肥农药，又没有良种机械，农民的生存环境都是一样的艰苦、艰难、艰辛。我为什么又要在艰苦、艰难、艰辛字眼前加个"最"字呢？因为：农村中一些宗族势力严重的地方，那些不公不法的现象屡见不鲜；那种所谓"软暴力""冷暴力"式的欺凌现象时而可见。这是任何人也改变不了的现状和跨越不了的鸿沟。在那"以阶级斗争为纲"的年代里，我的家虽然"一不是地主，二不是富农，三不是伪保长，四不是国民党"，但是"外来户""独姓户"势单力孤的现状是根本无法涂改的家庭名片。因此，遭受排外打击、遭遇欺负欺压的现象是"家常便饭"。全队如果只派一人外出去干苦活、累活，必是我们家兄弟俩中的一个。因此，我一次次品尝了逆来顺受、忍辱负重的滋味，升华了自己吃苦耐劳、任劳任怨、埋头苦干品行的修炼。

本人除了农忙时节在第一线从事最繁重的劳动外，开沟挖渠，外出搞副业（实际还是给国营农场开沟挖渠），上山拔苦豆子、打刺蓬（做稻田绿肥），秋天裁坷垃打野窑(积造农家肥),冬天上山背石头给集体羊圈压风毛柴……从未消停过。然而,生活上却吃的是定量的米掺和些白菜,撒把盐的二和子米汤。可谓是饥寒交迫、穷困潦倒,做梦都想上学念书。

岁月流年,斗转星移。突然,有年夏天,当时正在灵武一中高中部上学的我初中时的同学明德,特意找到我说:"今年中考,吸收社会青年,你去考去……"受到明德的提示和鼓励,我激动万分,兴高采烈、信心满满地找到大队领导开介绍信。领导推辞说:"要经队委会讨论通过。"可队长坚决不同意,"支援农业了,又想走呢?"三番五次找队长,不论我怎样哀求解释——"不一定能考上,叫我去试一试",队长就是不松口。我心里愤愤地嚷道:队委会是哪一级的政权?国家有政策,年轻人接受祖国的挑选有啥不对?于是,直接找大队书记据理力争,书记通情达理,同意了,开出介绍信到县招办,总算是把名报上了。前后共耗费了我六天时间,在这六天里,早晨找领导——迟了就找不着人了,白天参加队里劳动——挣工分、捞表现,晚上怀着忐忑不安的心情复习功课。

接着,我合了一位吴姓同学,通过熟人在县委党校找了一间空房子,自带行李、锅碗粮菜煤"安营扎寨"。两年的劳动,基本上是"刀枪入库,马放南山",再没有翻开课本看上一眼。一些公式、定理、名词解释等一塌糊涂。"决心很丰满,现实却骨感"是我们俩当时的现状。

那时,县委党校新建的礼堂刚刚竣工。我们俩别出心裁,找来了废弃的胶皮斗子灌上凉水,把双脚泡在水里,然后把毛巾用冷水浸泡后折叠了搭在头上,大有"头悬梁,锥刺股"的架势。那种通过两年的劳动锻炼,爆发出来的高涨的学习热情和决心跳出农门的劲头,虽然没有移山填海之宏大,却有势如破竹之铿锵。我们抱定了"要成功,先发疯,下定决心往前冲"的拼搏精神,不分昼夜,刻苦攻关。有时,我们俩从后门进入那空旷、幽静而凉爽的党校礼堂看书复习,确有"两耳不闻窗外事,一心只读圣贤书"的滋味,好不惬意。功夫不负有心人,久远的记忆一个个在如饥似渴的冲击中，缜密的思维回到了脱锈的荧光屏上——一道道难题破解了，一段段论述背会了……

当时，党校在距县城十多里的乡下，有些旱作耕地，每年都要种些小麦，运回党校操场上打碾——每天套两头毛驴拉一石碌碡碾压。

一天中午，忽然，天空中乌云翻滚，雷声由远而近。透过窗户，我俩看到党校的老师们一个个手忙脚乱地紧紧张张地起场。打碾毕竟不是老师们的专业，一个个劲头十足，效率却很低下。

一声炸雷巨响，把我俩从争分夺秒的复习中惊醒。我俩立即放下书本，不约而同地跑到操场。我拿扫帚，他握推耙娴熟地干了起来，和老师们七手八脚，三下五除二，把麦柴堆到操场的四周，把带柴芰的麦粒堆在操场中央，盖上了苫布、麻袋。此时，瓢泼大雨劈头盖脸地倾泻下来，就在老师们向最近的教室跑的这段距离，一个个被淋成落汤鸡。进了教室，大家一边抹擦去脸上的汗水和雨水，一边嬉笑着。稍做镇静，望着窗外的暴雨，一位姓史的老师高兴地赞扬说：“今天应该感谢这两个小伙子，不是他们俩帮助，我们的麦子就泡到雨里头了。”老师们不约而同地向我们俩投来了敬佩和赞许的目光。

少顷，一位青年老师笑嘻嘻地说：“来呀，我们给这两个小伙子猜题来。”接着，老师们一本正经地就政治科目，从考试范围到具体问题和语文课的作文题，你一言，我一语，各抒己见。此时此刻，虽然我们俩没有拿笔记录，但是高度集中的神经已经把老师们猜的题目一一铭记心中。后来，实践证明：政治题猜准了四道大题，作文题也猜着了。

说句心里话，我们俩主动放下书本，牺牲了分秒必争的宝贵复习时间，参与党校老师们的龙口夺食的战斗，仅仅是近一个小时的举手之劳，微不足道。而党校为我们俩提供了优越的复习环境——党校与灵武一中对门，有不懂的题随时问老师，才是值得好好感谢。我们两个在众多考生中，考试成绩名列前茅，与党校老师们猜准的那些题不能说没有一点关系。

在毛主席 "必须把粮食抓得很紧，很紧"的那个特殊年代里，一粒粒粮食对于人民的生活及生存的意义是何等的重要。中考是考学生的文化知识、考学生的思想觉悟和对基本政治问题的认识。在国家粮食遭受暴雨袭击时，主动去奋力抢救的人，其思想觉悟应该是"加点分"吧！

就这一点表现，让中考"加分"与其说是痴心妄想，不如说是幼稚可笑。然而，这分确实是"加"了：

一天，我怀着忐忑不安的心情赶到县城，从电影院墙壁上的"榜示"栏里，看到有我被录取的名字，此刻，万分激动的心情溢于言表。我三步并作两步赶到县招办，领录取通知书。一位姓柴的中年男子接待了我。他问我："你叫什么名字？"我说了名字后，他认真而又有些惊奇地说："你就是，恭喜你，你的程度很不错，二百七十多名社会青年，你的考试成绩冲到了最前面，真不容易……"

我兴奋而有点羞涩地从他手中接过录取通知书一看，在填写人名处，竟然用白纸补了一个长约二厘米、宽一厘米的长方洞，上面填写着我的名字，又加盖了公章。我这才对"真不容易"的话有了一丝理解。也许录取我是有争议的——把他人录取后，把其名字裁掉，粘了纸改填了我的名字吧……管他张长李短，这是我梦寐以求的大好事，反正我被录取了。

开学几周后的一个星期六的下午，我回到家中。母亲忧心忡忡而又神秘兮兮地对我说："队长说，不要以为你儿子考上了，我一个条子，就能把他闹回来。"我笑着说："妈，你放心吧，那是国家办的学校，不是生产队办的，不理他，让他嫉妒、恨去！"

书信集

在各种传媒、通信工具飞速发展的今天，书信不仅离人们的生活渐行渐远，几乎快要在视野里消亡。手机短信虽然有"马上相逢无纸笔，凭君传语报平安"的简明扼要的快餐效应，但是，它仍然比不上，也替代不了书信那种便于人们反复阅读回味，仔细推敲揣摩，认真思考学习，乃至留作个人史料久存的重要作用。

千百年来，书信作为一种最古典、最隽永的情感传递方式承载着中华民族生生不息的文化，维系着人间的亲情，也担当着家庭教育的重任。真可谓"家书抵万金"。

书信是家人之间、亲友之间、恋人之间真情实感交流的主要形式，也是相关信息传播的平台。我写给儿孙们的部分书信，是我们家沾泥土、带露珠，冒汗味的家教、家训传承的主要方式，也是我大半生为人处世、思维学习、工作生活的点滴积累，仅供他们参考、借鉴或学习。信中全是实话实说，没有什么隐私可言。至于孩子们收到信后，怎么看，怎么想，怎么行，只能拭目以待。因为一是，时代在前进，环境在变化，是否有"隔年旧历本"之嫌？二是，人各有志，人贵自立，人的成长受制于方方面面的影响和教育，家庭教育仅仅是一个方面。三是，思维方式、教育的方法是否得当，只能是"麻脸照镜子——自我观点"。我不能"以其昏昏，使人昭昭"，只能是把好话说在前头，并且跃然纸上，他们看着办。届时不要说："当时我不懂事，难道你也不懂事吗？"（曾有儿子这样质问过我……）

现在把这些信展示出来，只要能引起读者的思索、共鸣、触动或启迪，就足矣。

致三儿子的信

三儿：

截至十月五日，一个预料中的美梦成为泡影。一个孕育了近三个月的"理想儿"流产了。作为一个"圆梦者"、一个"助产妇"的老爹心中那酸麻苦辣的滋味就甭提有多难受。

从烈日炎炎的盛夏到寒风细雨的深秋，从"老虎吃天——无处下爪"到"摸透行情"，甚至违心地去"大海捞针"，心里总怀着一种希冀："那就是1%的希望，120%的努力"。

然而这些都已过去，我并不后悔，也不感到失望，因为我早有失败的精神准备，更深知努力奋斗是作为一个有用之人应有的品质，同时也向儿子展示了我顽强拼搏、锲而不舍、百折不挠的奋斗精神。

儿子，你已经很懂事了，有些话我已对你说过多次，高考落榜者千千万。同样是坎坷，有时会成为强者崛起的阶石，有时会成为弱者沉陷的泥潭。我有一种性格，不会在挫折中倒下，而是在挫折中奋起，甚至愈挫愈奋。这也是我能够在我们同龄人中比较成功的一绝吧。当然我也相信"有其父，必有其子"，这句话也是适合你的！

学生生活之所以称为"寒窗"，就是因为它苦。复读是你人生中的又一次冲刺，然而又有很多人是站在先你几十分的起跑线上。你需要付出多大的努力才能缩短这个距离啊？

你的高考成绩在回中应届毕业生中，也是值得庆贺的好成绩，但是这种庆贺却是小范围、低层次、短时间的！你不会不承认这一点吧？

你是有潜力的，也是有恒心的，只要你坚持不懈，一丝不苟，持之以恒，灵活机动，就一定能有大出息。几个孩子中，你是我们唯一一个有希望深造的。相信你不会使我们的希望成为泡影。

写这封信不是给你施加压力，而是减压力，使你轻装前进。上大学不是人生唯一的选择，但是爷爷曾教导我说"宁可学下不用，别叫用的时候没有"。复读，国家不提倡——"是教育资源的浪费。"这是教育行政部门的事。作为平民百姓把一时没有学好的子女"回炉再造"，培养成更有用的人才，也是利国利民的好事。

一九九二年的七月，我们虽然没有看到你丰收的喜悦，却看到你有几成收获。

现在你"调换茬地"，重新聘请"老农"（复读），相信只要"精耕细作"，到明年七月，虽说不能丰收在握，至少也应该是丰收在望吧！

儿子努力拼搏，祝你成功！

父

1992 年 10 月 8 日于郝桥

（这封信望妥善保管）

附儿子看信后感想：

旱地里下了一场及时雨，滋润了我的心。生命需要升华，希望需要拔节。我愿为这一篇带汗味的安慰，苦战一年，投入我最大的努力。

在望

落榜斗志存，风光在前峰。

感时泪洗面，恨己不用心。

流火连七月，家书值连城。

他日不成器，何颜见家人。

天不助我？我不等天！

1992 年 10 月 9 日于中渠小学

（三儿考入宁夏农学院畜牧兽医系，现获中级兽医师职称）

给纪烈、纪庆的信

孙儿纪烈、纪庆：

你们好？

光阴似箭，一晃大半个学期过去了，我想对你们来说，职业技术学院的新鲜感已经淡化。课程学习的难度正在增加。你们身上曾经有过的老毛病（自卑厌学，不求甚解，敷衍了事，得过且过）是否卷土重来？

应该认识到，你们这些人，只是因为小学基础差，或偏科，或临场发挥不好，或家庭经济等原因而没能进入高中或大专。大部分好学生品行端庄，为人实在，学习积极刻苦，你们应该向他们看齐，向他们学习。当然，也有些基础差、学习方法不得窍的人，甚至还有个别是品行很差的人，对你们的影响不可低估。要想独善其身、洁身自好，必须时刻警惕！

前段时间，家里秋收，特别需要你们帮忙，你们去了。参加体力劳动对你们来说是德行的培养和修炼，是提高思想认识最有效的途径——这包括吃苦耐劳、坚忍不拔、认真负责、勤俭节约、团结协作……亲身体验"汗滴禾下土，粒粒皆辛苦"的滋味。同时也是劳动技能的锻炼——切身感受"脸朝黄土背朝天"的艰辛，对比一下国家和父母为你们提供的"阴凉瓦屋"的优越学习环境，无疑是好事。正如列夫·托尔斯泰在《生活之路》中所言："农活不仅有益于肉体，也有利于灵魂。不从事休力劳动的人，往往难以用健全的头脑去理解事物……劳动可以帮助人简洁、明快而富有理性地理解人在生活中的位置"。我的《耕读持家》诗咏：有耕无读只强筋骨，无耕无读流浪街头，无耕有读后劲不足，有耕有读终身进步。

时间是个无情的变量，稍纵即逝。谁抓住了，谁就会有收获。你们兄弟俩并无特异功能，同学们都在上课，完成作业，除了有基础好的，接受能力强的，如果你们不抓紧休息时比别人多付出些，那你们想赶上或超过他人是不可能的。

现在职业已经选定，就看你们努力的程度了。要为人前人，必下苦中苦。前提是要有雄心壮志。马克思说过："伟大的目的产生伟大的毅力。""世上无难事，只怕有心人"，"英雄立长志，庸人常立志"，"有恒为成功之本"，"屙泡屎也要冒股子热气"，这些中国人民有益的名言佳句或俗语，只要记住了，用上了，将会对你们的成长起到很好的促进作用。那种胸无大志、饱食终日、无所用心的行为是懦夫懒汉的做派，不应该是你们的为人。

我们家认真学习、崇尚科学、追求进步、吃苦耐劳、不服输、不随波逐流的精神，在家乡曾得到赞誉。想必你们也有所了解和体验吧！现在就看这种自强不息的精神能否在你们身上，不要说发扬光大，得以传承就不错了。

一块生活、学习，肯定有看不起你们，甚至嫉妒、欺负，乃至欺凌你们的学生。这一切都由他去，不必计较和费心思。因为学生时代就那么几年，"风物长宜放眼量"，对待这些人最好的答复就是加倍努力学习，争取在各方面冒他们一头，"是骡子是马，拉出来遛遛"——看到社会上谁好谁差。另一方面，也该这样认为：把他们对你们的言行，当作自己克制、忍耐、宽容等品质修炼的机会。

聪明人不是不犯错误，而是不犯同样的错误（如上网等），如民谚所云："挨打记住窝窝"，"不要好了伤疤忘了疼"。同时犯了错误要及时改正，不能藕断丝连，更不能"狗不吃屎舔地盘"。拥有知识才能改变命运，坚持奋斗才会与众不同，每时每刻为自己的未来做充分的准备吧！一副对联说得好：勤耕耘没多有少，苦读书不贵也贤。

要明白你们爹妈扛着生活的繁重的压力，在我的反复劝说下，给你们最后一次上学的机会，一定要十分珍惜这来之不易的机会，机不可失，时不再来。老实说初中毕业只算是扫了个盲，我们不能像古人苏轼所倡导的那样"人生识字忧患始，姓名粗记可以休"（会写自己名字就可以），对于你们这些人（十六岁左右）还是我那句老话：学校教育不是万能的，离开学校教育是万万不能的。想想你们的好多同学都过早地去"闰土"了，结果是考驾照不会电脑，不会计算土方，甚

沙冬青

至不会写个便条者大有人在……

孙子们努力吧！

一个美好的、光明的、充满诱惑的未来正在向你们招手，等待你们去创造和开拓。

再见！

爷

2005 年 12 月 21 日

（注：纪烈，学习阿拉伯语专业，成绩突出，获国家励志奖学金 5000 元，现在迪拜从事翻译工作。纪庆，学习建筑专业，现在回族建筑企业家王跃飞麾下，任项目经理兼技术员）。

给外甥的信

外甥好：

　　一个人活着不只是为了个人活着，更主要的是为了家庭和社会活着，因为家庭是社会的细胞，千千万万个和谐的家庭组成了一个和谐温馨的社会。特别是那些承上启下的家庭顶梁柱更是如此。那些心烦意乱，悲观厌世，只想了却一生的人，真主是最乐意首先为他开绿灯的。

　　读书是听明白人说话。"学习从摇篮到坟墓"，"早晨睡觉招来贫穷"这是穆罕默德圣人的两句最著名的名言。要认识世界，要明了社会，要扩大生活的视野，要免于局限狭隘的困苦中，要学习人类的智慧，要创造美好的生活，就必须认真读书学习。人如果不读书会变成野兽的话有些危言耸听，但是，愚蠢却是不争的事实。因为"没有文化的军队是愚蠢的军队"，自然没有文化的民族、没有文化的家庭、没有文化的个人同样是愚蠢的。区区五尺之躯，短短几十年的人生，不要说经天纬地，驰骋古今，能顺应时代，与时俱进，能在亲友面前不至太落伍，能在子女跟前不要太尴尬，唯一的希望和窍门就是孜孜不倦地阅读、阅读、再阅读。

　　肾是一身之主，生命之源。肾虚免疫功能就会下降，就会导致各种疾病的发生。什么心烦意乱、坐立不安、不思饮食、睡不踏实、腰酸背疼、疲乏无力、经常感冒等等，应该说主要是肾虚的表现。什么糖尿病、心脑血管病、癌症的发生，不能说不与肾虚无关。我曾在秦皇岛记下了一个卖海龙（一种像蜥蜴的海生小动物，据说有很好的补肾功效）人的口头广告词："肾虚好比大树断了根，大风刮倒无根的树，缩短寿命是肾虚的人，要想补肾买海龙。"当然，对于肾，主要是保养而并非一味地补养。它的功能就像电视机的显像管一样，开启与关闭是有阿数的，不是无限制的。因此，用"回归自然远离污染"，用"养精蓄锐、节能降耗"的广告词对待夫妻之间的性生活是明智的选择。不信吗？那你就仔细观察分析自己周围的每一个得病的人或死亡的人。参悟他们发病的最初原因，可以说这是最直观、最有说服力的"模特"。汉字里的"绝"字，其结构向人们表示：人走上死（绝）路都与"色"有着千"丝"万缕的联系。一位汉族老人曾经语重心长地对我说："酒肉财色四堵墙，人人都想里面藏，若能跳出四堵墙，不是神仙寿也长。"

在我看来，现如今，人除了传染病、遗传病、劳累病等，绝大多数病都是吃下的病。病从口入，人民生活普遍提高了，营养过剩，出现"四高"——高血压、高血脂、高血糖、高尿酸已是不争的事实。实际上吃得越好，患脑血栓的概率越高。

然而，更多的是"爱下的病"——纵欲贪色。"今日上床逗王，明日走路扶墙。""秀恩爱，死得快。""情深寿短。""好色是无知的表现，减寿短命是必然的结局……"这些俗语或警句都是一些关系密切的草根们揪着耳朵，相互传递、警告劝谏的窃窃私语，是很值得成年人玩味的说辞。应该说人首先是死于无知，其次才是死于疾病……

再见。

大　舅

2004 年元月 4 日

给长孙的信

长孙好：

一个早已揭晓的谜底，一个压根不愿意看到的结果，昨天下午兑现了——你弟高考以失败告终。

太使人失望了。公道地说，他聪明、勤快、悟性好，好多地方比你强。但是他在学习上没有你懂事，不肯下功夫，有时造点假象伪装。

去年九月二十四日放学回家的路上，他被一辆从福田小车下来的两个人打了一顿，我知道后要找校方，他不让找。我分析他一定知道是谁指使人打了他，为什么打。后来我无意中在你家的相册里发现了他与一名女同学的青春照。凭直觉我猜出他在早恋。当时我旁敲侧击地说，有啥事可以给我说说，爷爷帮你参谋参谋。他没有言语，他从我的笔记摘录中，特意抄录了："对于那种朦胧的情感，都应以宽容的心态冷静处理，而不是居高临下地武断地捧和指责，粗暴地干涉反而会把本是友谊的双方，变成风雨同舟的佳偶，把单纯的同学情催化为相依为命的恋人爱。"我知道他找到了救命稻草，准备用这些话对付大人们的指责和干涉。

我还说，文科班多数是女生，你弟长得标致而又帅气。这样的小伙子，整天处在女人的"汪洋大海"里，思想上一定不能抛锚，不能有非分之想。特别是你们这个年龄，任何一句悄悄的情话都会激起正在躁动着的心，从而分散精力。不要仅仅认为漂亮是优势，思想定位不准，照样是祸根、是罪过。

因此我写了《十七岁未必》：

十七岁的歌铿锵有力，未必动听。

十七岁的诗热烈奔放，未必押韵。

十七岁的梦纯洁真实，未必成功。

十七岁的爱情海誓山盟，未必成真。

十七岁的誓言惊天动地，未必兑现。

十七岁的冲动随时随地，未必负责。

十七岁的我正赶上一九六〇年低标准，那滋味刻骨铭心。

万万没有想到，乳臭刚刚脱去，窗台上还没晒干，一个早熟的多情的没出息的家伙出现在我的后人中，被几个不自重、不自爱的人的几封情意绵绵的信，搞得六神无主、神魂颠倒，听课时心猿意马，致使学习成绩直线下降。虽然目前还没有发现有什么越轨之举，但是高考失利，面黄肌瘦，弱不禁风，却是他的现状。

人家寒门出贵子，你们家却是寒门出公子。多么令人伤心，伤心得使我喘不过气来，因为我对他抱有太大的希望。多么令人遗憾，遗憾使得我夜不能寐，因为我曾经为有这样聪明的孙子自豪过、兴奋过。多么令人羞耻，羞耻得我不能在亲友面前理直气壮，因为我曾经骄傲过，甚至情不自禁为他吹过牛（说我孙子在校刊上《三峡文艺》发表过文章。）……

关于他的人生杂剧，已经拉开了帷幕。一场触及灵魂的看不见硝烟的争夺战已经展开。通过这次高考，相信他会有所觉醒，摆在他面前的是一刀两断，或是藕断丝连，如能幡然醒悟，迷途知返，痛改前非，那当然更好。如果不是，也能活人，但是，要活个好人、活个人前人，就难了。

要不是看到你爹妈那么辛劳，我确实不管他了。隔辈人，由他去自寻烦恼，自讨苦吃，自食其果吧。后人中出他这么个反面活教材，也不一定都是坏事。话说回来"人非圣贤，孰能无过"，对于你弟只不过立场不稳，耽误了美好的前程，当然挽救的机会还是有的。

人非草木，孰能无情，七情六欲，人皆有之。一个聪明人如果不用道德来控制自己的欲望，不用理智约束自己的言行，不用理性思维和文化素养克制自己的爱和性，一味地放纵，那样的人是什么样的人？现实生活中，这样的反面活教材还少吗？

应该说十八岁左右的年轻人生理上基本发育成熟，但是心理上，人生的阅历上，是非常的不成熟，属于"易燃易爆品"。任何一点异性之火，都会点燃点爆，最容易上当，充当无用的爱情俘虏和牺牲品。往往被骗吃、骗花、骗感情、骗精力、骗时间，确实是看不见的谋财害命。

光阴荏苒，日月如梭，人不能断子绝孙，我的后人中，除了个别人外，（男性）25 岁之前不应该考虑婚配。早婚早灾，早婚早衰，说不定早婚早死。

这封信本来是写给他的，言辞有些激烈，怕他高考失利，一下子接受不了。他的问题先放一放，让他难受难受，反省反省，待开学时再说。我想学还是要上的，常言说："家有黄金用斗量，不如送儿进学堂。"我要说："家中无黄金，读书更要下苦功。"因为黄金在书中，颜如玉也在书中。人在于培养，甚至是反复培养。孩子就像山上下来的一股水，大人就是要向合适的方向去引导，而不是一味地堵——频繁干预，或者放任自流——"学习个啥，算个啥"。他上不了本科上专科也行。这话你不要给他说，这封信为什么要写给你呢？大学生不会不知道我的用意吧……

再见。

爷

2006 年 7 月 14 日

致庆孙的信

庆孙:

  你好!

  作为父母谁不宠爱自己的子女,那都是假话。鲁迅在《答客诮》诗云:"无情未必真豪杰,怜子如何不丈夫。"可是宠爱的目的是让他(她)成才,成为有用之才。因为不成才的宠儿是家庭的"累赘"甚至是"冤孽",也是社会的渣滓。那种"含到嘴里怕化,捧在手里怕吓"的家庭教育法,最多也只适用于婴儿期。温室的幼苗最终要移栽到大田里被风吹、日晒、雨淋。襁褓中的婴儿终是要走出家门去见世面。独生子是自己家里的独生子,不是大众的独生子,更不是社会的独生子。社会就是后妈,它不会宠爱你、娇惯你、富养你,而是事事逼你,处处刁难你、伤害你,这是活生生的现实。本来你的户口在我的户口本上,完全可以上市一小,说我"严得很",结果放到东滩小学,夏天掏鸟蛋、摸鱼,冬天溜冰、打老牛,春秋弹珠子、耍王牌……耍好了,没学好。

  2002年的秋天,我怀着对你爹事业的大力支持,对你的无限关爱,把你从东滩送进东塔中学。三年来,你在各方面都有了很大的进步,但是因为你小学基础太差,又没有下苦功夫,所以这次中考失之交臂也在预料之中。

  不说尿床,就说晒毡吧。为了把你培养成才,我和你爹商定给你最后一次机会(请记住最后一次),就是让你复读,或者上中专,不论是在吴忠还是银川。

  如果你珍惜这次来之不易的大好时机,痛改前非,奋发图强,持之以恒,你将会大有作为,因为你脑子聪明,外形长得也很标致,潜在的能量也是不少。如果你漫不经心,不以为意,老调重弹(上网),甚至再添点新的毛病,那你将会自食其恶果,追悔莫及。届时你就别怪我们没有给你机会。

你已经懂事了。你父母的辛劳想必你身临其境，感悟也深。为了赶上和超过他人，必须要付出比别人多得多的努力，才能获得应有的回报。要下定决心，把自己培养成为一个有着良好道德修养的人，学习好一技之长，能默默无闻为社会做出力所能及之贡献，这是爷爷最大的心愿。老实说，一个幸福和谐的社会哪里需要那么多的"佼佼者"，更不会需要那么多的"人上人"。当然，你也不可能成为这类人。在人生的舞台上，到位地、准确地扮演好自己各个成长时期的角色，这需要终身学习，终生努力。一句话：该干啥，干啥，绝不见异思迁，偷懒溜号。能干啥，干啥，把啥干好，力争上游。这就是对得起自己、对得起家庭和所处时代的最实在的回报。

从现在起，首要先学会做人——与老师和同学处好关系，向优秀的同学学习。学好课本，把它搞懂弄通——书上的题都要会做。这是最基本的要求，也是不简单的要求。一本书学完了连书中的题都不会作，那才是真正的"学生"了——没学熟。触类旁通、举一反三的可能就太渺茫了。每天写一篇日记，实在没有可写的，一字不落地抄一篇也算。背两个英语单词，每天抄背一段精辟的话，还要读点课外书籍，这些都要记录在册，便于我查阅。

庆孙努力吧！为自己阳光的一生做充分的准备。当你春风得意、如愿以偿之日，便是亲友们刮目相看、四邻赞不绝口之时。

四年之后的今天，让我们全家为你"庆"一次吧。

记住：人是自身幸福的设计师和建造工——人贵自立。

再见。

爷　爷

2005 年 7 月 18 日

致孙女黄瑾的信

黄瑾孙女：

你好！

在这严冬梅花嫩、飞雪迎春到的日子里，舅爷我收到你热情洋溢的来信，使我喜出望外，乐更思陇。思念你的太太、爷爷、奶奶、爸爸、妈妈、弟弟。向他们带一声好。衷心感谢你在千里之外对舅爷的牵挂和思念。

有道是"字若其人，文若其人"。从信中的字里行间里跳出一个聪明伶俐、勤奋好学、善解人意、乐于帮助妈妈料理家务的女孩的身影。我庆幸，我陶醉。

听说你不但有勤奋刻苦的学习精神，并有骄人的学习成绩，还有上名牌大学的远大目标，这非常难得。马克思说过，"伟大的目标产生伟大的毅力"，只有目标明确，志向远大，才能焕发出无穷无尽的动力和昂扬旺盛的斗志。心就是一个人的翅膀，心有多大世界就有多大，"大鹏一日同风起，扶摇直上九万里"。

处在这样一个和平盛世、繁荣昌盛的时代，生活在国家、父母为你创造的温馨优雅、百般呵护的环境中，没有半点理由不立志成才，要成有用之才，甚至栋梁之材。

"千里之行始于足下"，"一屋不扫何以扫天下"，必须一步一个脚印，认真走好每一步，每时每刻分秒必争，因为时间是挤出来的。人的成长是不能重复的。牢固地掌握每一个新的知识，为自己的一生做充分的准备。因为有准备与没准备不一样，准备得充分与不充分也不一样。种瓜得瓜，种豆得豆。

坚持不一定胜利，放弃却意味着失败。永远记住天上不会掉馅饼，掉下来的可能是铁饼。因为不努力或不持之以恒地努力，说不定受伤的是自己。我想对你来说的主要是学习方法的问题，供参考。

一、语文要多读，"读书破万卷，下笔如有神"，"书读百遍其义自见"。在学会语文基础知识的同时，要多写，忙死忙活每天要记一篇日记，三言两语也可以，改写一篇和仿写一篇也行，实在不行抄一篇也算数。因为天下文章千万套，就看你会套不会套。当然这是初学时一种方法，这是"麦柴拄棍，不能老是去套"，靠不住。汗还得从自己身上流。这样日积月累，年深日久，就会自然而然地提高你驾驭语言和文字的能力，不信你试上一年（365篇）瞧瞧。

二、数理化生课要把概念、公式、定理、法则搞清楚。通过实验和形象思维及每晚睡前"过电影"记牢靠。不懂就问，学问学问，要想学好就得问明白。书上的题，一定要全部会做，并且熟记，这是最基本、最实在的要求，只有这样才能熟能生巧，举一反三，触类旁通。

三、你们甘肃省的会宁县是全国有名的状元之乡，前不久电视报道：近年来，会宁县光冲进中关村的博士生就有三百多名。会宁的一方水八十多元，就是在这样一个"贫甲天下，水贵如油"的环境中，学生们才有那种拼命三郎的精神。真是"猪圈岂生千里马，花盆难养万年松"。暑假让爷爷带上去会宁，去兰大、北大、清华，顺便到宁夏农村走走，不也是一种学习和锻炼吗？说不定对你的人生会起到激励心志的作用。

四、要注意劳逸结合，注意休息，特别是午休，哪怕是打个盹也行。积极参加体育锻炼，要有一个健康的体魄。"留得青山在，不怕没柴烧"，如果学习上去了，身体却垮下了，那虽然不叫得不偿失，也是顾此失彼，或者叫抓住了西瓜却扔掉了油饼。此信有些冗长累赘，别见笑。

冬天还在……春天也不会远了。

再见。

舅　爷

2008 年 1 月 6 日

（黄瑾考取兰州交通大学，后在马来西亚大学读博士）

给黄升孙儿的信

黄升孙儿好：

　　光阴荏苒，岁月如歌，一晃四年过去了。你已经是五年级的学生了。听说你学习成绩不错，我十分高兴。我给你姐姐的信，应该说对你也有借鉴和参考的价值。真正把"要我学变成我要学"，不断地提高自己学习的主动性、积极性、持久性和坚韧性，才能有所创新，即每学期都有进步。

　　在甜蜜的梦乡里，人人都是平等的。但是，当太阳升起，生存的斗争重新开始时，人与人之间又是那么的不平等。天才就是勤奋，天道酬勤。希望你不要辜负了爷爷、奶奶、爸爸、妈妈对你的殷切希望。像你的名字那样旭日东升，时时升腾，天天进步。"勤耕田无多有少，苦读书不贵也贤"。

　　贪玩是儿童的天性，也是儿童结交朋友，扩大视野，学习语言，训练思维，丰富课外生活一个不可忽视的领域。但是玩的内容要有选择，时间安排上要有度。自古就有"自在不成人，成人不自在"，"牛头不烂，多费些柴炭"，"若要功夫深，铁杵磨绣针"等教诲。读一篇文章、做一道习题、抄写一段文字，更实惠些。（信中有些话语你可能还不甚理解，可请爸爸、妈妈解读。）

　　再见！

舅　爷

2008 年 1 月 6 日

（黄升考取甘农大，现在留学马来西亚）

致长孙的第二封信

长孙好：

来信已收到，谢谢你对爷爷和奶奶及同辈们的牵挂。漂亮的书写，流畅的语言，充满激情的话语，无不使爷爷和奶奶眼眶湿润，心里热乎乎的。

信中的言辞不管是你真心实意的表白，还是虚情假意的做作，抑或是迫于某种压力或者是出于礼节性的流露，我认为都不会言过其实。随着你年龄的增长，阅历的加深，文化底蕴的丰厚，悟性的提高，以及对周围人和事的对比分析，对家庭过去的全面了解，你会深深地、发自内心地、由衷地认为爷爷和奶奶在家乡及亲友中首先是最好的人之一，因为我们一直在为把你培养成高素质的后人而含辛茹苦，竭尽全力。

"低标准"加上我的早婚与无智，这是我的几个孩子没能按照我本来意愿成长的主要原因。我和你奶奶也因此付出了比他人多得多的代价和辛劳，遭受了比他人多得多的打击和磨难，就这样到目前为止，也并没有得到他们发自内心的理解、拥戴和感激。我下决心培养我的第三代，你已经带了个好头，这使我内心深处感到欣慰和自豪。

爷爷是学习师范专业的，又从教十七年，我认为不少老师和我一样，有三大毛病或弱点。说来供你今后借鉴或参考。

一、师道尊严的毛病。什么人都是要有尊严的，当老师更应该有，不然学生怎么能听你的？但过分了就会对尊严产生伤害，如果变成"老虎的屁股摸不得"，那尊严就得打折扣了。改行后，我看到社会上一些人开玩笑或当面挖苦那么过分，可是对方却一点不恼火，给我就受不了。有些事在一些人看来，不以为意或漫不经心，而我却忧心忡忡甚至火冒三丈。这些都是由于"文化大革命"耽误了，读书太少，也是政治上不成熟的表现。郑板桥《茶壶》诗云："嘴尖肚大柄儿高，才免饥寒便自豪。量小不能容大物，二三寸水起波涛。"便是我那时心态的写照。

苏轼在《留侯论》中讲，"匹夫见辱，拔剑而起，挺身而斗，此不足为勇也。……卒然临之而不惊，无故加之而不怒。"

和同学相处一般不要斤斤计较，"和为贵，忍为上"，"保持距离"，"不要四面出击，要夹着尾巴做人"，"宁伸扶人之手，不张陷人之口"，"说话之前先咽三口吐沫，再开口"。因为，水深流缓，语迟人贵。总之学会闭嘴这是一辈子都要学习的智慧……这些中国人民多少年的俗语、格言等是我们很好的座右铭。

二、好为人师的毛病。每个人都有个人的生活轨迹，人生信条，处事原则……根本无法强求一致。特别是素质低下的人，那些有钱有权的人，追求的是自由放荡，不会听他人评头论足，更不允许说三道四。即便是父亲与儿子，丈夫与妻子，都不能完全一致。我往往是自以为是，以自己的"昭昭"解除他人的"昏昏"，好为人师地教训或开导，其实都是徒劳的，常常是事与愿违，甚至适得其反。因为三观（世界观、人生观、价值观）不合，白费口舌。可谓"好心没好报"，因为人各有志，"穷汉的脖子强筋多"，"可怜人必有可恨处"，这确实是真理。

爱虚荣这是人的天性，谁都爱戴"高帽子"，爱个"顺气丸"，不爱"镇心丸"，这是人之常情。由于血型、基因、性别、出身、阅历及生存环境、受教育的程度等方方面面的因素影响，很难要求人们的看法、想法、做法一致，只能是大致相同就算好了，更多的时候是求同存异、和平共处。

就拿你来说，上小学、初中留级，高中上一中，一直到考大学后，我发动全家捐助，亲自送你到大学，又给你买电脑，每学期给定额生活补助……可以说爷的心思费咋了，钱也花咋了，同周围当爷者比，像我这样"痴心不改"的几乎为零。公道地讲，你内心深处，对爷有什么看法我能不知道？

三、"惠而不费"的毛病。给人好处，而自己没费一文，就是给人说好话，这一点我做得很不够。当老师的职业病，就是挑毛病，"等号不齐""运算过程不全""这个字差一点""那个词用得不确切"云云。当然，这是老师的职责，是老师认真负责的表现，无可厚非。学生、学生，就学"生"的东西，熟悉了还学吗？可是，老师长期这样就养成了爱挑剔的毛病。走到社会上，回到家庭中，这也看不惯，那也不顺眼，不是唠叨，就是牢骚，不但活得累，而且容易得罪人。后来我逐渐明白了"沉默是金，雄辩是银"，"滔滔黄河无语东流，清清小溪哗哗作响"，"成熟的果子不会招蜂惹蝶，包括它的敌人也是深沉的"等佳句的深刻内涵。爱挑剔的毛病才有了根本的改变，说实在的，人真正把眼睛睁开，世界上没有巴掌大的一块平地。

有些人鼓吹要人宠爱，最好的办法是投其所好，称道他的处世格言，恭维他的缺点，赞美他的行事，用不着害怕殷勤过分，听奉承话，就连最聪明的人也甘心上当。可是我从来都是直来直去，实话实说。然而，现实生活中吃亏人的名单里，我总是名列前茅，当然我也不后悔，因为在公众面前或脑海里，我已经是一个形象具体、水平定格的人。伪装、改变，一是徒劳，二是多余。你却不然——你还没有真正走向社会。你要以我为鉴。

当然，大学也是个小社会，而且是"上流社会"，一定要积极参与、好好参悟、仔细体会学校里开展的一切活动的深刻内涵。特别要注重自己人格的修炼和培养——做人是第一位的。要始终不渝，潜心苦读，一门心思把学习搞好。列夫·托尔斯泰说过："没有知识的头脑，就像没有蜡烛的灯笼。"不要放过任何锻炼的机会。绝不能分心，坚持到底，因为机会来之不易，青春年华来之不易，花的钱来之不易，社会潮流、个人前途不允许你有任何懈怠。

要把身体搞好。要懂得"留得青山在，不怕没柴烧"。你的家庭经济情况你是知道的，可否与学校领导及班主任说说你的困难？不要死要面子活受罪，通过学生处搞点家教等，以补缺米之炊。要知道这也是锻炼和接触社会的一种途径，"夜哭的孩子多吃奶"。

琐碎的生活，心底的激情已找不到燃点，我们改变不了周围的环境，却可以改变自己，我们改变不了自己的过去，却可以改变自己的现在。我们改变不了生

沙冬青

命的长度，却可以改变生命的宽度（自信、自立、自强、自为……）。

人生需要自我挑战，人的潜能有时是无限的，向着综合素质的提高勇往直前吧！

再见！

爷

2005 年 4 月 20 日

给孙女的一封信

亲爱的孙女：

　　你好！

　　这是爷爷有生以来给你的第二封信，经你的允许，看了你的日记，我做了些眉批。为了能使你有一个更清楚更系统的认识，现就内心深处的话，谈点建议供你参考。

　　我们没有权利和能力惩罚重男轻女的思想。应该说"坏事变成好事"，使你才能有一个在书香门第之家生活成长的机遇。

　　十五年来，全家人呵护你，培养你，教育你，娇惯你，才成就了今天的你——初三的学生，身体健壮，举止端庄，思维活跃，且有一技之长，受到老师和同学们的看重，有颇高的知名度（优秀团干部）。

　　不要去和这个大家庭中任何一个人有成见。每一个人都为你的成长出了力气、受了苦难、费了心思、花了钱财。这中间千辛万苦的付出，真是一言难尽。你将来也要为人母，届时你会体会得更深。就是谁对你有意见也不要紧，你应该学会忍耐、沉默。从自身多找找原因，不要一味地找理由，不要反感，这样才利于你的成长和进步。

　　一定要勤快，自古就有"娃娃勤，爱死人；娃娃懒，狼叼没人撵"的谚语。不要惜力，力气是横财，走了又来。

　　一定要自重、自尊、自爱、自强。无论在家里还是在学校，谁有优点向谁学习，博采众长。蜂蜜为什么比糖甜？是因为蜜蜂从千万朵花上采摘的花粉酿造的。力争上游，不服输、不满足于现状，那才是爷爷和奶奶秉性的传承者。

　　一定要搞好团结，融入这个家庭。我早就给你说过，我们为你的过去、现在和将来都做了长远的打算和设计，内心深处期望值很高，千万不要使我们失望。我们期望的实现，就是你人生幸福生活的继续。再不要有意无意地把自己划出这个家庭。你活着是我们家的人，无论何时何地都是我们家中的一员，这是坚定不移的，任何人也改变不了。应该说"没有我和你奶奶，就没有你的今天。"我们一家人是你的亲人、恩人。

你应该懂事了，尽管我是异性，但是还有些话要同你唠叨，少女怀春这是不可避免的生理反应。一定要理智，忍耐、克制，登高望远，不要只看眼前、看局部、看一时。年轻人最容易心血来潮，一意孤行是要吃亏的，甚至会是无可挽回的损失。只要念书，二十二岁之前不要谈情说爱，因为它会影响你的学习、生活、做人，甚至前途。请你看看我的散文《奶羊文五则》。

如果谁要说他是天底下最好的，再也找不到。那我就认为他是天底下最大的骗子，相信这种话的人不是傻子也是疯子。

时刻努力学习（向优秀人物学、向书本学、向实践学），处处留心是学问。用知识武装头脑，不要刻意打扮自己的外表。保持贞操，做一个有知识的女性。如果整天只着重外表的打扮，这会招惹是非，招惹"苍蝇"，甚至"蝎子"。要善于保护自己，时时提高警惕。马克思的"怀疑一切"，毛泽东的"凡事都要问个为什么"的教导永远是我们成长中的座右铭。

永远不要轻易接受他人的钱物，"天下从来就没有免费的午餐"，"天下也没有贴面的厨师"，拿了人的手短，吃了人的嘴软。做一个光明磊落的人。人穷志气在，虎瘦威力在。记住有志气，有骨气，才能有好运气。

没有打底稿，前拉后扯，谈了以上。尽管我们年龄相差很大，有着非常明显的代沟，但是，做人的道理永远是相通的。有不妥之处，做参考。

（注意保存，再过几年、几十年再来看看那是一种什么感觉。）

再见。

爷　爷

2010 年 1 月 8 日午夜

给参军孙女的信（一）

亲爱的孙女：

你好，辛苦了。

一场大张旗鼓、精心挑选、严格审查的二〇一三年自治区征集女兵的工作随着九月五日银川火车站的一声汽笛正式宣告结束。

自从你走后，我和你奶奶一直思念着你。九月十二日突然来电话，听到你的声音，你奶奶和我有些安慰。

你是我们这个家庭自新中国成立以来，第一个参军服现役的军人。我们感到无比的光荣和自豪，因为无兵不安、忘战必危，保卫祖国是每个公民的神圣职责。军队是一所大学校，在那里不但学习政治、军事、文化知识，还能学习很多做人的道理。军队是个大熔炉，在那里百炼成钢、锻造成型。这是我们所期盼的，也是你正在践行的。

从老百姓到一个真正的军人，虽然不能说要经过万里长征，但必须有一个艰辛甚至痛苦的锻炼过程。在这个过程中，学习、坚持、忍耐、克服是必不可少的思想行为。

军营里偶尔也会飘进社会上的不良风气，所以，时刻警惕，内心深处多问一个为什么。洁身自好，时刻把做一个高尚的人、有道德的人、脱离低级趣味的人、一个有益人民的人作为自己永远追求的目标。

牢记自己是组织上从一千五百多个女孩子中挑选出来的。虽然不能说是出类拔萃，也应该是"屈指可数"吧。平时除了完成部队的训练任务外，挤时间多看书学习，坚持记日记。

今天给你寄去十斤长红枣，你和战友一起品尝吧。需要啥来电话。

沙冬青

　　再见。

爷　奶

2013 年 9 月 19 日

给参军孙女的信（二）

亲爱的孙女：

你好，辛苦了。

11 月 3 日的两封来信已同时收到，可以看出你是流着泪写的。而我也是流着泪念的，你奶奶更是啜泣连连。这不是痛苦的泪、悲伤的泪，而是激动的泪、感慨的泪，更是高兴的泪。因为我们的孙女在部队有了很大的进步（受到了营嘉奖），思想上有了质的飞跃，认识上有了前所未有的提高。这是多年来，我们千方百计对你的培养所没有收到的效果。曾有人给我说过"不参军，后悔一生"的话，我认为这是发自肺腑的真话。

我曾给你讲过，我初中毕业后没有考高中或中专——完全可以上大学端上公家的饭碗，因为我是班上的前几名，但没有同家人商量，自作主张回到农村。两年的农村劳动锻炼，让我终身受益。我现在的这种吃苦耐劳、勤俭执着、认真踏实等的品质不是学校教的，也不是书本里学的，而是农村劳动中锻炼出来的。把在农村劳动的三分之一的劲头用在单位里，完全可以评上先进。你在部队的两年，对你的人生而言将取得甚至上大学都不一定能有的收获，将终身受益。

你在信中说，在部队只能说"是"没有"不"。服从命令是军人的天职。如果有一个人说"不"，那就是动摇军心。如果有一部分人说"不"，那就是失去战斗力的乌合之众。如果近几年我说你听，你不说'不'，可能正像你所说的那样"不是清华北大，也是重点"。这不是大话空话，因为你聪慧过人，又处在我这样一个书香门第的家庭。可是，时过境迁，这些都是废话。面对现实，既来之则安之。

人无压力轻飘飘，钢无压力不成刀。现在的问题是如何把压力变成动力，变成创造力。路的前方孕育着希望，希望的背后却是艰辛和努力。再有几天就是你二十岁的生日了。你现在是我们放飞到蓝天的雄鹰，不是麻雀。部队为你在蓝天下翱翔提供了冲刺的空间。两年的时间，那变数是很多的，谁也难以预料。只能是在奋斗中争取，在学习中脱颖，在忍耐中等待。没有冲天一飞，即使长得像鹰，别人也会把你当鸡看待。

生命中不是没有苦涩，是因为我们有调节苦涩的头脑；生命中不是没有坎坷，是因为我们有勇敢面对坎坷的心态；生命中不是没有喜悦，是因为我们有一个清醒而淡定的素养。不要忘了区征兵办那位领导给你的嘱咐。

人生需要沉淀，要有足够的时间去反思、回忆、对比。仔细参悟，才能有所醒悟，不断的参悟醒悟，最终才会觉悟，让自己变得更完美。人生需要积累，只有常回头看看，才能在品味得失和甘苦中升华。向前看是目标、是梦想，向后看是修正，是总结。有许多事，如果当初回头看看，就会做得更好。回头看，身后其实也展现着前方的路。你们学院的办公楼道里有马克思的一句名言："人类学会走路，也得学会摔跤，而且只有经过摔跤，他才能学会走路。"

你信中对弟妹的提醒与鼓励的话情真意切、感天动地。他们看后十分感动，纷纷表示要听姐姐的话，努力学习，学做好人。

一定要与领导和战友搞好关系。关系也是财富。关系好就会产生亲和力、战斗力，关系不好就会产生摩擦力，甚至破坏力。要勤快、忍让、沉默。华盛顿有一句格言：该干什么，干什么，沉默是对诽谤最好的回答。

不再说了，也许你收到这封信的时候，我和你奶奶就出现在你的面前。

（包裹、灵犀、默契、有序、沧桑、锻炼、依赖、孝敬、崭新。这几个词与你的书写习惯对照一下，写规范。）

再见。

爷

2013 年 12 月 23 日

随想录

笔者按:

《随想录》是我多年生活、学习和工作中，就某人某事在思想中碰撞出的火花。瑕不掩瑜，这些只言片语中有精彩的佳话，有平常的实话，有废话，也有幽默的笑话，甚至有偏激的错话。有的简练精悍，精辟感人；有的杂芜冗繁，浅薄随意，甚至主观武断、以偏概全。

众所周知，一个观点的确立，或一次感悟的升华，往往需要多次点拨灵感和沙里淘金的过程，还要经过社会实践的反复检验。三言两语是不一定能说清道明的。但是，只要能够引起读者思索、共鸣甚至批评，起到抛砖引玉的作用足矣。

1.制作火柴梗的木头说：我虽然被搞得支离破碎，甚至粉身碎骨。但是，我给人间带来了温暖和光明。

2.农民犁地时需要前进，磨田就得迂回，插秧则要后退。没有前进、迂回和后退，就不会有收获，人生岂不也是如此吗？

3.火炉中的煤矸石烧红了，以为自己能发热发光了。把它取出后，很快冷却了。它才认识到那是集体的能量，团结起来的光热。

4.平心而论，黎民百姓的人生是始终围绕三次"新闻发布会"及它的派生物而忙碌着、奋斗着、痛苦着、喜悦着。第一次是坐满月——某某出生了。第二次是婚宴——某某成人了。第三次是葬礼——某某离开人世了。清醒认识"新闻发布会"，给它降降温，力争活得理智一些，洒脱一些，恬淡一些。

5. 人只有不断提升自己的修养和品位，才能活得更充实更精彩。

6. 人生的历程，就是一次次过筛子的经过。过筛子则是人综合能力的测试，机遇的捕捉。处在筛子上面的没必要兴高采烈，被过滤在筛子下面也没必要气馁。筛子有个眼大眼小的区分。要生存，要发展，就得努力奋斗，过筛子的机会是一定会有的。

7. 人生像钟摆，始终摆动在奋斗与烦恼之间，它不只是生存发条给的力，更是不断的欲望鼓的劲。然而，一旦违背了约定俗成的社会定律，摆动就是徒劳的，甚至是罪孽的。

8. 外出是个人灵魂暴露最充分的时候。仔细观察，认真分析，给某些人在自己心目中重新定个位吧。

9. 不在屋檐下，也应把头低。这是衡量一个人为人处世、修养高低、城府深浅的尺度。

10. 良心是什么？是永存的感恩之心，是坚守的道德之心，是不用监督的公平之心。既不能论尺，也不好称斤，却是无法比拟的厚重而又高尚的人格。

11. 社会生活中，生存与发展是并驾齐驱的一套马车，或是相依为命的兄妹。只有在生存中谋发展，才能在发展中保生存。生存离不开发展，发展是为了更好地生存。

12. 深谙奋斗和烦恼是装点人生的哲理，用知识与信念不断铸造脊梁和决心，用坚实的步伐丈量着崎岖和坎坷的现实，直奔人生的巅峰。

13. 人的成功与失败，正确与错误，幸福与痛苦，坦途与歧路……关键时刻往往是一两句话的作用，一两件事的启迪，一两个人的影响，一两分钟的决定，一两步路的努力……并不用很多，看重这一二，警惕这一二，利用这一二，把握这一二……

14. 说失败是成功之母，是鼓励人们敢于斗争，勇于拼搏，不要怕失败，即便是失败了，不要气馁，要振作。但是，光有失败没有成功，这成功之母也就成了弃妇。

15. 农田的原则是：你种什么就出什么，你付出多少汗水就应该有多少收获。但是，气候不帮忙，方法不科学，要农田坚持原则不走样是不可能的。

16. 真理、正义、公道在有些时候、有些场合，也许会迟到。但是，终究不会缺席。因此，不要气馁，不要消极等待，不要患得患失，更不要半途而废，用坚定、坚持、坚强、坚忍不拔的精神取胜。

17. 在人生的舞台，每前进一步，无论正视、侧视、俯视、仰视，都需要重视；无论左看、右看、历史地看、客观地看，都需要一分为二地看，辩证地看。

18. 用自己的实践证明自己某个观点的正确性，往往是要付出代价的。一旦观点错误，那代价就是昂贵的，还是集思广益、博采众长、三思而行好。

19. 尽管风在呼啸，山却不动。然而，在长时间的暴雨侵袭下，经受不住考验的山体却滑了坡。所以，经历了无数次狂风暴雨洗礼的山，才是有脊梁、有骨气的山。

20. 耐住寂寞，沉下心来思索，才有可能寻求突破，继而跨越。

21. 想的说话，谋的干事，比的学习，站的看书，挺起胸脯走路，低下头来做人。

22. 社会管生，宗教管死，历来如此。当然社会也管死，如殡葬仪式的改革等，宗教也管生，不过更多的是宗教职业者的生。

23. 人生恰到好处很难把握，有时走得快了撺上"术迷"了，有时走得慢了又让"术迷"撺上了。（术迷——宁夏方言，意为"倒霉""晦气"或难看的人和事）

24. 人生就是折腾，折腾一回前进一次，没有折腾的人生是无望的人生。关键是选准目标和善于总结。

25. 喋喋不休地说教如同夏夜的青蛙没有多少人理睬。偶尔几句掷地有声的话语如同公鸡的晨鸣，使人眼亮心明。关键是看准对象，把握时机，掌握分寸，切中要害。

26. 绣球花是一年四季常开的品种，五颜六色，娇美动人，颇受人们的喜爱。只要一碰，就发出难闻的气味，这是它自我保护的本能。人们赞扬它的优点时，包容和理解了它的缺点，它才变成了最受欢迎的"大众花"。

27. 母鸡下蛋后发出"咯嗒，咯嗒……"的叫声，被误认为有了成绩自吹自擂，是骄傲自满的表现。其实母鸡是在求偶。科学证实，此时公母结合受精率最高。只要天天下蛋，天天叫唤未尝不可。人们厌恶的是生一个吹两个，或站在窝里光叫唤不下蛋，甚至偷吃蛋的鸡。

28. 乐极生悲是因为一些人高兴过度而得意忘形的结果。然而，另一些人却是因祸得福，这不是因为祸好，而是善于总结和利用的结果。

29. 老鹰抓野兔是弱肉强食手到擒来的举动。然而，兔儿蹬鹰却是弱者逼不得已，孤注一掷的选择——应该说每个生物都有自己的力量和生存的本能。

30. 幸福就是心情舒畅时的一种感觉，或者是没有痛苦时的一种心灵震颤。也是与以前、同周围一种静下心来认真比较，明智思考，用心感悟后的满足和优越感。一句话：奋斗、知足、健康就是幸福。

31. 有人说，出生遇个好父母，上学遇上好老师，走向社会遇上好领导，婚姻遇个好伴侣，老了遇个好儿女，就会终生幸福。事实上都遇好是不可能的，关键是遇个好社会——外因是变化的条件。更为重要是取决于个人的努力和修养——内因是变化的根据，不然，一切都是空的。

32. 天下大雪了，触景生情的儿子幻想说："如果下的不是雪而是白面，那就终年不用下地劳动了。"父亲反驳说："那还要扫、要装袋子、要搬运、要储藏……干脆到太平间里去，永远也不用劳动了。"

33. 率真是会受非议，受委屈，甚全要吃亏的。执着是要出力，要吃苦流汗，甚至流血。但是，只要有梦想，并且渴望梦想的实现，就离不开率真与执着。

34. 人往往是在虚伪中活着，这不只是因为人喜欢虚伪，而是生活中处处有虚伪。有的是自造的，有的是借鉴的，有的是逼出来的。少一些虚伪，就少一些庸俗，少一些劳累，少一些烦恼。多一些实在，就多一些轻松与尊严，多一些希望与成功。

35. 希望是能激发人奋发向上的想法……奢望则是冒险的非分之想。一夜暴富是奢望，一举成名是奢望，一步登天是奢望……

36. 小人物的一生，往往就是一条"毛巾"的历史。当完"毛巾"当"抹布"，当完"抹布"变"垃圾"。只是希望当"毛巾"时洁身自好，忠于职守，当"抹布"时"忍辱负重"站好最后一班岗，有一天当了"垃圾"也无怨无悔。

37. 人世间无论何时何地，清楚与摆正自己的位置，永远是一个不是命题的命题。不要苛求认识得多么清楚，摆得多么准确，只要有自知之明，努力了，充分发挥了作用就算摆正了。

38. 农村工作三部曲：（一）大哄大嗡，大喊大叫地宣传鼓动；（二）发动积极分子带头，树立典型引路；（三）拔除钉子，打击恶势力，杀一儆百以儆效尤。这一切都离不开深入调查研究和从实际出发。

39. 人为什么穷？应该说原因是多方面的，但是穷观念、穷思维、穷逻辑、穷习惯，穷了知识、穷了动力，导致的穷活法是穷的根本原因。

40. 对于占我小便宜的人，双眼一闭权当没看见，做人不能是"皮漏勺舀水——点点不洒"。对于占稍大一点便宜，睁只眼、闭只眼给予适当的认可和宽容。对于占大便宜的人，必须针锋相对，让他不能得逞。已经得逞的要以其人之道还治其人之身的办法回击。

41. 好多事情是不怨上天没襄助，只恨自己少付出；不说周围没提醒，只怪自己没记性；不是环境没有利，而是自己不努力……

42. 帽子，因居人之首而自鸣得意。而在人们的心目中是可有可无的装束。然而，政治帽子却是另一番景致。地主的帽子是拿剥削来的钱买的，右派的帽子是用不放闲的嘴说的，反革命的帽子是亲手戴的，知识分子的帽子是用多年辛勤的汗水换的……

43. 一个人，对他人的认识和看法正确与否，关系到他的人际关系处理得优劣。然而,人生最难的是准确地认识自己,并且适时适度地把握自己。认识得过高会骄傲自满、胆大妄为,认识得过低又会奴颜婢膝、无所作为。

44.世上最有力量的人,是与人和睦相处的人,能与人和睦相处的人是最能首先止怒的人,能首先止怒的人是有修养、善学习的人。

45.原则是约束人、规范人的思想行为的规矩。意识放松了,就容易忘记原则;习惯放纵了,就容易跨越原则;私欲膨胀了,就容易背离原则。一旦没了原则,就成了没有规矩的图形,这种"四不像图形"是泥潭、是陷阱、是囚牢、是坟墓。

46.社会生活中,往往是本事大了受人嫉妒,本事小了受人欺负。当然嫉妒也是一种欺负,那是另一个层面上的事。我宁可受人嫉妒,也不愿受人欺负,所以刻苦学习、努力工作,不断提高自己的本领。"任尔东西南北风","一任群芳妒","两岸猿声啼不住,轻舟已过万重山"等诗句的内涵,便是我不断提高本事的动力和前进的座右铭。

47.苏东坡的"春江水暖鸭先知"的诗句为鸭子争功不少。其实先知春的何止是鸭,还有风、草、树、女人、众人的心情……仅仅知道并不重要,重要的是着力为春天争辉添彩。

48.人生不要仅仅满足于众人口碑中的位置和说辞,更应该不断追求自己在众人心目中的形象和分量。

49.伴随人一生,且能掌控的唯有体魄、时间、知识和名声。十分珍惜,极力争取,直到最后一口气——不该碌碌无为,虚度年华。游离于人身之外,又不能没有的,始终是钱财、儿女、爱情和家庭。看轻看淡,顺其自然,直到无所谓——不要活得太累。

50.好的钟表不只是牌子亮,重要的是走得准。而长时间的准,还需接受人为的适时调整。

51.过世者被议论,不可避免。只褒少贬,不说为好。然而,说过论非总是人们的惯性思维,常常用来对照参考,从中吸取有益东西,充实与完善自我。

52.一个长时间为所欲为的人，终将失去做人的自由。一个没有自由的人，会失去做人的乐趣。一个没有做人乐趣的人，是一具行尸走肉。

53.世上最肮脏的是茅坑，比茅坑更肮脏的是"吃人贼"的心。

54.关系融洽是因为有利益连带与共享，暂时没了利害冲突而已。因利害产生矛盾是迟早的、必然的。一个心怀叵测的人，为了获得更大的利益，能用金钱美色收买你，就一定会为了既得利益出卖你……

55.巧立名目、雁过拔毛、机关算尽、贪得无厌是一切腐败分子惯用的手段——不怕你搞得欢，就怕秋后拉清单。

道貌岸然、阳奉阴违、逢场作戏、贼喊捉贼是一切腐败分子对外的形象和做派——众人心里是一面明镜，一切嘴脸都被照出原形。

法网恢恢、锒铛入狱、自食恶果、悔恨终生是多数腐败分子应得的下场——毁了前程，愧了先人，祸害了后人。

疏而有漏、侥幸着陆、提心吊胆、寝食难安，是极少数漏网腐败分子的现状——积极投案、老实交代、争取从宽，即便蒙混过关，也被众人的吐沫淹个七死一还。

56.前进的方向错了，走得越快，离目标越远。只要方向正确了，哪怕走得慢，最终也能到达。人生最重要的不是所处的位置，而是所朝的方向，以及为此付出锲而不舍的努力。

57.人生犹如一场赌博。赌的是时间和生命，搏的是精神和命运，赌赢了没有多少时间兴高采烈，赌输了来不及捶胸顿足，就已经结束了一生。

58.在婚恋时，谁要说这是百里挑一的，那不是没见过世面的井底之蛙，就是心怀叵测的骗子。谁要相信这种话，那准是被"爱情迷魂汤"灌醉的疯子。

59.早婚早灾，早婚早衰，早婚还可能早死。如同瓜果一样，在没有成熟之前是苦涩的，难免被丢弃。

60.爱情是生命火花的碰撞，是情感愉悦的结晶。但是，它离不开才、貌、钱、地位、家庭等综合势力的比试和较量。

61. 投胎是人生不能自我选择和定位的。婚姻则是人生至关重要，较能自由的选择和转折，而且是关系到后半生的生存质量，甚至后辈人的命运的选择和转折。

62. 命运就是人种。人种的优劣大多数取决于母亲智商的高低。民间早有定论——娶一个好婆姨顶种三十亩好地。

63. 婚丧宴席，是主人人缘范围的一次检阅，势力强弱的一次比拼。可是，席宴的目的却是"抱娃娃拜年——要钱"。

64. 恋爱只是男女之间相见恨晚、海誓山盟而又充满变数的过程。婚姻却是酸甜苦辣麻、柴米油盐茶等无法逃避的现实。

65. 在家庭生活中，往往是谁出点子，谁出力。然而，不出点子，不出力，家庭的运转谁来维持？

66. 害怕孤独，又厌烦嘈杂，这是老年人常有的心态。尊老是美德，敬老是行善积德，尊老敬老是为自己的晚年做最终铺垫——知恩、感恩、报恩，给子女树立实实在在的榜样。

67. 男人说：只要有块好地，撒把蒿子也是肥头大耳。地不好，再好的优良品种也不会茁壮成长。女人说：地再好，种的高粱能出玉米吗？

68. 儿女的命运虽然说是掌握在自己手里，却是父母智商的延续。

69. 漂亮是资本，是优势，关键时候还能"抵上半个光阴"。如果思想定位不准，有时又是祸根，是罪过，可谓"红颜薄命"。

70. 现如今，找工作，找对象，推销商品等，都时兴"主动出击，自我推销"。毛遂自荐的故事有了更多的续篇和新编。但是毛遂已不是当年的毛遂了……

71. 不是所有的红杏都会出墙，但只要出了墙，就避免不了遭遇任人采摘的可能与危险。

72. 结婚可以派生出三样东西：一是爱情的延续，二是孩子的出生和培养，三是无限的责任和无尽的烦恼。

73. 吵架声让邻居听不清楚的家庭，就是幸福家庭，但不算美满家庭。美满家庭应该叫邻居听不到吵架声。

74. 任何关于婚姻的学说，只能告诉你正确的思维方法，而不是最后的结果。从高不可攀开始并非匪夷所思，不急于求成、慎而又慎是理智的选择。

75. 在夫妻私生活中，宁可当个"囊损的"，切不可当个"抵命的"。这也许是延年益寿的秘诀之一吧。

76. 投桃报李、栽树乘凉，是急功近利的市侩哲学。我赞成前半生投桃，辛勤耕耘，克制寂寞，忍耐清贫，后半生报李的长远做法。我更赞扬前人栽树后人乘凉的大度胸怀和奉献精神。

77. 是英雄必有用武之地，前提是英雄而不是狗熊。五彩缤纷的世界用的是五花八门的人才，前提是人才，而不是蠢才，因此必须努力成才。

78. 人，各有各的想法（思维方式），各有各的说法（表达方式），各有各的干法（生存方式），一句话是各有各的活法（生活方式），可谓人各有志。但是做人的常理不能颠倒，原则不能违背，道德底线更不能突破。生活中求大同存小异，包容忍让是明智的活法。

79. 尽管社会上偶尔有"过河拆桥"，"送殡打阴阳"，甚至"卸磨杀驴"的事例发生，但是，它泯灭不了绝大多数人的良知，妨碍不了大众感恩之心的发扬，更阻挡不了好心人做好事、献爱心的脚步。因为积德行善是普天下永存的光明行为，也是众人推崇的金科玉律。

80. 亏不全是老实人吃的，但是，老实人不吃亏，吃啥？吃吧！有时候吃亏确实是福。

81. 处在和平盛世的好时代，应该是保持现有质量，争取多活点数量。对于吃、穿、住、用诸方面比咱强的，不羡慕，不攀比，不向往，也不嫉妒。

82. 老好人中，有的是庸庸碌碌、唯唯诺诺、人云亦云的窝囊人，有的则是乔装打扮、工于心计的奸诈人。

83. 哭喊高兴地生——求之不得——出生。奋斗烦恼地活——逼不得已——成人。挣扎折腾地死——无可奈何——老矣。

84. 语言是人们心灵活动表达的重要方式之一。在一些场合往往是：钱多的说大话，钱少的说废话，没钱的说胡话。然而，在另一些场合则是：钱多的不说话，钱少的少说话，没钱的别说话。

85. 在加入议论他人他事的行列前，来不及尿尿照影子，先吞咽三口吐沫，再衡量有无必要加入或把握开口的分寸。最好是闭嘴。

86. "正正为正，正负为负，负负为正"，不仅是有理数乘除法的法则，有时也是一些人为人处世的一招。

87. 有时假话实说更能蛊惑人心。

88. 当一个人急躁、慌张、凭感情用事之时，就是他追悔莫及，自食苦果，甚至悔恨终生的开始。

89. 与人商量探讨集思广益，博采众长，是一个人成熟且有修养的表现。虽然不能马上成功，至少不至做出不合时宜的决断。

90. 做人要诚实，做事要诚信。孩子说假话是不诚实的表现，发展下去害人害己，应当给予正确的引导。还应看到这是逼不得已的举措。从另一个侧面，也反映孩子随机应变的能力。

91. 命运 = 投胎的生 + 生存环境的造 + 机遇把握得准。

92. 飞来的横财，你敢敛，说明你有贼胆，爱喝咸盐水，能敛上是一时的便宜。有一天，东窗事发将悔恨终生，甚至波及后人。即便是"安全着陆"，只要听听背后的议论，看看那鄙夷的目光，也是提心吊胆，寝食难安。

93. 一些不食人间烟火的理想主义者，被碰得鼻青脸肿，是因为仅明白挂在墙上的规章，而忽视了潜规则的内涵。

94. 万事如意，恭喜发财，健康长寿……这都是人们之间真诚的而又需要的良好的祝愿与祈盼。然而，人生中真正如意的、发财的、长寿的能有多少？这不仅是因为人的欲望无止境，还有主客观条件限制等等。因此，遗憾和无奈却总是陪伴着每个人走向生命的终点。

95. 只要明白医术再精湛的外科大夫却不能给自己的痼疾开刀，不是他大公无私，而是他有能无奈的道理，就会理解个别"一把手"的违纪行为的惩处不力。

96. 厕所里看书，能说成是争分夺秒的表现吗？这种一心二、用不分香臭的做法是不值得推崇的。

97. 在没有伤害一个人的既得利益时，是很难彻底认识这个人的本来面目的。

98. 良药不苦口，也能利于病，因为装了胶囊，裹了糖衣，人们乐于服用。忠言不逆耳，更能利于行。细致入微，循循善诱，使对方乐于接受，才能兑现于行动。

99. 在众多的场合里，沉默寡言胜过能言巧说，守口如瓶强过哗众取宠。人，用三年学习说话，用大半生学习会说话，用一生学会不说话。因为"丧家亡身，言语八分"。

100. 栽树是向空中要地，是朝银行里存入用之不竭的积蓄，是给大自然增添绿色因子，也是给后人留下取之不尽的财富。

101. 窗帘是遮羞布，它挡住了外人的眼球，掩盖了室内的隐私。但是，官场中讲的是透明，遮羞布还是不要的好。

102. 犟人不应该只是性格问题，而是由一个人智商的高低，文化素养的深浅，阅历的长短等因素决定的。

103. 父母期望的实现，应该是儿女幸福生活的继续。但是，有时期望过高，失望的打击越大。

104. 有志气，有骨气，才能有好运气。

105. 自尊、自爱、自重、自强，虽然是对女同胞的要求，实际上对于男人同样适用，因为男人除了粗鲁的毛病外，内心深处的脆弱不亚于女人。

106. 嫉妒并非女人的专利，男人也会有此诟病。但即便是嫉妒了周围所有的人，唯独不会嫉妒自己的儿女，相反竭尽全力支持儿女超越自己，生活得更有出息。

107. 世上好汉子败给囊汉子的事例屡见不鲜，可谓"将士遇上冒士"。不按规矩出牌，再高明的牌手，也是干急（气）无奈。

108. 生命在于命运，身体在于运动。

109. 脸面上出现了纵横的"沟岔"，胸前有了塌陷的"山河"，没必要心烦意乱，这是人生的必然。此时，整个身体的"二保"才是正循。

110. 睡眠不足，不利于健康。要想天天睡足，就力争早死三年吧！

111. 努力用知识武装头脑，不要刻意打扮自己的外表。

112. 一切病魔都在核磁共振中现了原形，然而，要把病魔消灭殆尽，先要患者掏票子，再请医生动脑子，关键看造物主吊不吊脸子。

113. 黎明时，只有渴望活得好的孩子们紧紧张张地去上学，只有向往减缓"夕阳落山"的老人们悠闲自得地锻炼。唯有"一忙二累，三是无所谓"的一些青年人懒在被窝里。他们正遵循着"年轻时拼命挣钱，上了年纪拿钱买命"的规律。应该说人首先是死于无知，其次才是死于疾病等。因此，坚持体育锻炼，懂点卫生保健知识，学会自我调理，很有必要。

114. 树老根先朽，人老路难走，要想迟挂棍，安步当车久。

115. 长期坚持体育锻炼的人，是最乐意与健康交朋友的人，也是保持旺盛活力的人。

116. 不要讥笑说"医生能治病，病还要了他的命"，这不全是他的无能，是生老病死的规律使然。但总体上医生总比一般人活得明白，死得清楚些。

117. 相互利用的友情，其友情的寿命很难超出利用期。

118. 全面掌握知识仅仅是储备能量，正确地运用知识才是释放能量，这是拥有知识的真正目的和象征。

119. 把记忆留给过去，把对大脑和手脚的充分使用赋予现在，把希望交给不断努力的未来。

120. "银钱不能争气，儿女不能争气"，这是人们规劝人时常用的一句表面伟大实则泄气的废话。其实只要有志气，不能争大气，完全可以争小气，这里不争气，他处总能行，现在不争气，以后总可以……

121. 人的全部尊严在于思考。一个没有思考的人，就显得浅薄；一个没有思考的民族，注定要落后；一个没有思考的时代，就会变得浮躁。浅薄的人，落后的民族，浮躁的社会谈何进步？写日记则是我生活的轨迹，心灵的思考在笔端呈现和结晶。尽管这结晶有些粗糙，但毕竟是思考了，日积月累地思考，那就不是浅薄而是厚重了。

122. 有人说"学好数理化，不如有个好爸爸"，我要说，有没有好爸爸，都要学好数理化。因为现在的努力是为自己的一生做准备。

123. 学习是一个日积月累、循序渐进的奋斗过程。没有分秒必争、一丝不苟、持之以恒的精神和毅力，就不会有水滴石穿的效果。

124. 在我看来，写文章就写事说理——歌颂光明，鞭挞丑陋，扬正祛邪，交流知识，传递信息，给人启迪；就写"自己"——自己听到的，见过的，知道的，想到的。

125. 从一个孜孜不倦的读者到一个下笔成文的作者，虽然不是万里长征，却需要经过无数次的千锤百炼。文章是作者辛勤笔耕的硕果，与其说是写出来的，倒不如说是三番五次改出来的。

126. 厚积薄发是学问德行修炼到一定程度的境界所在。厚积是功底，薄发是厚积的验证和升华。薄发不等于不发，不发积得再厚又有何意义？人总是在不断地改变自己的人生坐标，加大自己社会存在的意义和价值。

127. 每当发生事故后，往往听到"如果……""万一……""假如……"的议论和遐想。应该说，这是不顾眼前现实，加重当事人心理负担的"马后炮"。但是，对旁观者无疑是一种警示和教育。

128. 在原来的基点上登上新的基点，在攀登新的高度中告别新的基点登得更高，这叫勇往直前，永无止境。

129. 现在看我，至少不能叫你从门缝里看扁，以后看我，必叫你刮目相看，这应该才是我们应有的志向。

130. 人们常说："赶鸭子上架。"——这似乎是违背常理，强人所难的非分要求。实际上，能赶上架的鸭子是潜能发挥到极致的表现。为了一个崇高的目标，超越自我，超越常规，超越极限，超出一般人的思维定式，努力当几回被赶上架的鸭子，也是人生一大乐趣，未尝不可？

131. 目的是一切行动的方向、动力和归宿。只有目的是伟大的，才有方向的明确，动力的永恒，归宿的完美。

132. 多看、多听、多问、多学、多思善想，才能增加智慧，充实思想内涵，提升素质品位。

133. 多数人是：二十岁之前无忧无虑地活，几乎是被动地学。三四十岁明白了，只嫌前面的路不平，努力地学，拼命地干，勇往直前地走。五六十岁事业有成了，却步入了人生的"空巢阶段"——青春第二次爆发——时间短、速度快、威力小，一些人"没个掌握"，很快百病丛生，甚至提前结束一生。七八十岁看透了，虽然有遗憾、有无奈，但不自责、不感叹，豁达开朗笑对余生。

134. 一个不能充分认识和重视自己缺点和弱点的人，永远得不到实质性的进步和提高。

135. 用功了，努力了，付出了，就待瓜熟蒂落了，这便是顺其自然。有时，顺其自然是无奈的解脱，或是妥协的选择，也是一个人有无修养的体现。

136. 人困难时、贫穷时，团结是必要的也是自觉的，甚至是被迫的。平安时、富有时，出现矛盾在所难免，分裂也是情理之中的事。因为每个人都是独立的、自负盈亏的经济实体。但要想长时间的平安和富有，团结却是永远的。

137. 有时，聪明人与糊涂人没有什么明显的界定。不过是在某一时段内，某一领域里，某一群体中相比而言。除了天资外，聪明人是糊涂人中长时间磨炼出来的，糊涂人是聪明人逐渐蜕变的。人世间总是聪明人统领、利用、使役糊涂人，这似乎是必然，也是需要。只是现实生活中，那些所谓聪明人未必真聪明，那些糊涂人未必老糊涂。

138. "合算，划来"只是相比之下，相对而言，人不能活得太精。当生命即将走到尽头时，回首往事，合算、划来的不多。只要无愧于社会，无愧于自己，无愧于舆论，就是真正地合算与划来。

139. 说起跟风，论起赶时髦，年轻人激动不已，老年人谴责之辞不绝于耳。我说，只能用七分之一的清醒入乡随俗，用七分之一的明白随波逐流，用七分之一的聪明逢场作戏，剩下的我行我素，这也是拥有个性，保持了自我和本真。

140. "吃不起羊肉就说羊肉膻"，"吃不到葡萄就说葡萄酸"，这是一些人嫉妒心理的真实反映，同时也是对嫉贤妒能者的一种恰如其分的嘲讽和回击。

141. 路是要人走的，不是叫人站的。长时间地站立就有肇事的危险。书是要人看的，不是装门面的，坚持看书学习，就能收到吹糠见米的功效。一辈子看书学习就会有化蛹成蝶的可能。

142. 屁股决定思维，脚跟影响话语，裤带捆绑道德，目光锁定人格。

143. 人性中的短板（或叫软肋）应该是：自私自利，见利忘义，见财起意，悲观厌世，好吃懒做，嫉贤妒能，嫌贫爱富，喜新厌旧，浅尝辄止，敷衍了事……时刻正视短板的存在，充分认识短板的危害，竭尽全力改造和克服短板的凸显。以及它在人生中的不良影响和破坏作用，坚定地说"不"。终生向着这些短板所展示的相反方向努力做好。

144. 人生中自觉"矮化"与明智后的糊涂，永远是一个有修养的人为人处世的难能可贵的品行修炼。只出众，不矮化；只聪明，不糊涂，往往会情不自禁地炫耀，可炫耀总是高兴了自己、难受了他人。这会使自己的生存空间缩小，成长的环境恶化。应该明白嫉贤妒能是绝大多数人固有的心理反应。民间有"枪打出头鸟"，"出头椽子先烂"的俗语。古人有"木秀于林，风必摧之；堆出于岸，水必湍之；行高于人，众必非之"的训诫。

145. 公鸡的晨鸣只为报晓，却打扰了个别人的酣梦，有人厌恨。即便是宰了公鸡，也挡不住天亮，因为天亮与不亮不是公鸡说了算。

146. 奔跑的骏马，虽然有失前蹄的危险，但绝不会影响它勇往直前驰骋疆场的信念和决心。

147. 蔬菜逻辑给人生的启迪：
萝卜——看问题不能满足表面，解决问题就要刨根问底。

芫荽——谁看不起我，我就在他最困难时与他亲近，因为我是"香菜"。

韭菜——尽管铲掉一茬又一茬，向上奋进的行动永不停止。

白菜——我是童叟无欺，永远也不会嫌贫爱富。

大蒜——吃蒜的口气有点难闻，可大蒜是消炎的植物"青霉素"。

豆芽菜——为了全身心地奉献，人们让我停止生长，忘掉子孙，结束生命。我是义无反顾，在所不惜。

辣椒——尽管"上辣嘴唇，下辣肛门"，多数人内心深处还是欢迎坚持"辣"原则的人。

莲藕——为人处世一定要多留个心眼。可心眼太多，会疑神疑鬼、趑趄不前，甚至无所适从。

大葱——从小到大，从里到外，青白的形象始终如一。即便是移栽他处，哪怕是走上国宴，青白的品质绝不会有丝毫的改变。

红心萝卜——从播种、成长到收获，无论生存环境怎样变化，红心的初衷从来不会改变。因此，又被人们尊称为"心里美"萝卜。

148.溜须为讨好，拍马想骑马，烧香有图谋，上供盼如愿……世上一切举动都是有目的的。无目的的举动称为嬉耍，嬉耍也是为套近乎……

149.人生中取得成绩的大小，取决于能力的发挥与机遇的抓碰。而一旦干了见不得人的事，就是道德品质出了问题，是要进行脱胎换骨改造的大事。

150.《十少幸福歌》：读多愚少，思多蠢少，欲多福少，谨言祸少，慎行错少，节色病少，降高食少，饮（水）多毒少，动多脂少，素多肉少，坚持十少，幸福到老。

151.凡事都应有所感悟——不论多与少。对照鉴别有所参悟——不论好与差。进而恍然图新有所醒悟——不论迟与早。最终总结分析，对号入座有所觉悟——不论高与低。这些都是促使一个人走向成熟的捷径之一。那种充耳不闻、麻木不仁、无动于衷、无所用心的做派，只能是自私、守旧而落后于当下。

152.看人生几十年，似乎有些漫长。细细想来就是"三天"——昨天、今天、明天。不要说经天纬地，驰骋古今，就是为了做人的清醒和有为，为了生活的理智和富有，最有效的方法首选孜孜不倦地阅读。

153. 作为普通农民，小富即安不应该是他人生的终极目标，可是那种永不知足奋斗到死的做派也是不可取的。无灾无难有一定的余钱剩米就应知足，没病没疾有个健康的体魄就是幸福。

154. 从外表到内心，从言语到行为，时刻把自己拾掇好。你就是这个社会的一个亮点。

155. 我们给子孙留下什么样的家训，取决于给这个社会留下什么样的子孙。

156. 要学会虚心接受他人意见或建议，只有集思广益、博采众长，才能兼听则明。即便是当时不愿意接受，至少洗耳恭听、学会沉默。再不就顺着说话，绝不要一搕就响，甚至一搕几响。

157. 如果仅凭嚎叫能解决问题，用不着比赛与选拔，驴是当之无愧的高手。

158. 在羡慕猪饱食终日、无所用心——吃了睡、睡了吃的生活方式时，可别忘了它正在加速地跑向屠宰场的结局。

159. 放飞的鸽子，不论路途多么遥远，总要竭尽全力飞向家里。家中豢养的狗，无论主人再穷，它都能忠于职守看家护院。那些连自己祖国都不热爱的人，能不能从这些畜生的品行中受到鞭策和启迪？

160. 仅仅拔去刚开始的几根白发阻挡不住身体衰老的脚步，此刻，比拔白发更明智的是：抓紧时间，该干啥干啥，力争干好，不致虚度年华。

161. 有机会、该出力时，怕苦偷懒，只顾东张西望，待到错失良机无力可使时，望洋兴叹，捶胸顿足，悔恨终生。

162. 俗有人比人活不成之说。我要说，人不比人活不好。重要的是如何比：往上比的生，"不比不知道，一比吓一跳"，比出奋起直追的决心和动力；往下比的活，"比上不足，比下有余"，比出满足感、幸福感，活得不累。

跋

　　《沙冬青》是本人凭着对文学艺术的执着和追求，极力排除干扰，发扬"春蚕到死丝方尽"的拼搏精神，陆陆续续撰写的散文集。

　　文稿虽经无数次的修改，却总跳不出"自我"的圈子，索性又搁置了五年。一方面加强自身文学素养的提高，另一方面请朋友对文稿"评头论足，吹毛求疵"。哪怕指出一个鲁鱼亥豕之字，挑出一个词不达意之句，提出一条似是而非的意见……对我来说都是雪中送炭、求之不得、受益匪浅。

　　诚然，要朋友耐下心来，逐篇逐段、斟字酌句推敲是强人所难，能说个大概已是难能可贵。至于那些言过其实的赞美，一笑了之。真正的修改——汗，还要从自己身上出。

　　起先，想把这些年写的文稿不分良莠全部编辑到《沙冬青》里。后来我意识到，应该精心筛选，把"有模有样"的作品奉献给读者。删，要毫不吝啬地删。

　　散文写作提倡凤头蛇尾。我却受教师职业病的影响，总在一些文章的结尾画龙点睛，甚至画蛇添足，不能给读者留有思考、联想的余地。画龙点睛往往变成了狗尾续貂。改，不厌其烦地改。

　　"莫道人间多混客，自有高人不信邪"。终于，一位忠厚而执着的文友——宁夏文联组联部主任闵生裕，把我的文稿逐篇仔细阅读后，毫不客气，一针见血地提出了很好的修改意见。不愧是行家里手，使我茅塞顿开。对书稿再次反复"去粗""打磨"。终于有了近来的模样。但仍有不尽如人意之处。敬请读者朋友批评雅正。

　　《沙冬青》终于付梓了，非常不容易。衷心感谢宁夏隆基宁光仪表股份有限公司，以及国务院政府特殊津贴获得者、自治区劳动模范、总经理赵四海先生的鼎力资助。感谢宁夏社科联原副主席魏锦、宁夏文联组联部主任闵生裕，两位汉族文友热情豪爽地为本书作序。感谢自治区自学成才的书法家——我的舅舅王育发，师范同班学友牛文举，得意门生杨文炯，好友马学宝为本书题词。感谢王旭东、王凤国、马青海、谭晶、韩荐等朋友的不吝赐教！感谢宁夏人民出版社编辑为此书的出版所做的不懈的努力。